月球房地产推销员

李唐——著

江苏凤凰文艺出版社
JIANGSU PHOENIX LITERATURE AND ART PUBLISHING, LTD

图书在版编目（CIP）数据

月球房地产推销员 / 李唐著. — 南京：江苏凤凰文艺出版社，2019.1

ISBN 978-7-5594-2556-0

Ⅰ.①月… Ⅱ.①李… Ⅲ.①长篇小说－中国－当代 Ⅳ.①I247.5

中国版本图书馆CIP数据核字（2018）第163216号

书　　名	月球房地产推销员
作　　者	李　唐
责任编辑	丁小卉　姚　丽
选题策划	李　娟
出版发行	凤凰出版传媒股份有限公司 江苏凤凰文艺出版社
出版社地址	南京市中央路165号，邮编：210009
出版社网址	www.jswenyi.com
经　　销	凤凰出版传媒股份有限公司
印　　刷	天津丰富彩艺印刷有限公司
开　　本	880毫米×1230毫米　1/32
字　　数	200千字
印　　张	9
版　　次	2019年1月第1版　2019年1月第1次印刷
标准书号	ISBN 978-7-5594-2556-0
定　　价	42.00元

目录

第一章

1

曾有一段时间，我着迷于思考自己为何会变成如今这个样子。每天，我回到家中，半躺在客厅的沙发上，凝视昏暗的天花板。快要入冬了，天黑得很早。不一会儿，客厅就完全沉浸在了黑暗中。可我不想开灯，只想静静地待上一会儿。

我厌恶这些无谓的情绪。我知道，伤感无济于事，只会让事情变得更糟。

当我听到那“嗡嗡”的声响在我耳边徘徊，我立刻回过神，打开灯，寻找声音的源头。我看到一只黑色的小飞虫正在我左肩稍上的位置飞旋。又来了。我瞅准时机，伸出手，敏捷地抓住了它。它在我掌中挣扎着。我使了使劲，它不动了。

我张开手掌。这个有小拇指指甲盖大小的苍蝇躺在我的手心里。它是机器做的。我将它放在茶几上，然后到浴室洗了一把脸。

大约过了两分钟，我听到按门铃的声音，接着便是大力的敲门声。我拿起毛巾擦了擦脸，又将毛巾放回架子上摆好。敲门声越来越用力了。我检查了一下牙膏，还有四分之一，暂时不用买新的。敲门声依然在继续。我拿起梳子，揪出梳齿间残留的干枯的头发。这时，敲门声逐渐低了下去。我走出浴室。

打开门，阿鲸正站在楼道的灯光里。

我面无表情地让他进来。

他一进屋，就开始在冰箱里翻找起来。我坐回沙发，看着他。我这才发觉，回家后我一直没有脱外套。

“全世界最干净的冰箱。”阿鲸“啧啧”着关上冰箱门，站在茶几前面，伸出手，说，“还给我吧。”

我抬起头，故意问他：“什么？”

“苍蝇。”他有些着急，“我的苍蝇，你把它放哪儿了？”

“刚才你有没有听到冲马桶的声音？”我笑着说。

他脸色变了，慌忙冲进厕所里，趴在马桶旁往里看，就差没把头伸进去了。他的样子很滑稽，我真想从后面狠狠地踢他屁股一脚，不过我忍住了。

“你真的冲走了？”他绝望地喊道，“那可是我好不容易做出来的侦查苍蝇啊！两个月的成果！就被你……”他几乎快要哭出来了。

“谁让它这么容易就被发现，”我说，“而且噪音很大。”

“还在测试阶段。”

他慢慢地站起身，整个人显得软塌塌的，像是被掏空了一般挤到沙发上。怕冷似的蜷缩着身体，占据了沙发大半的空间。

我们沉默着。客厅的吊灯不时会闪烁一下，那是电路不稳的信号……或许我也应该考虑换一盏核动力灯泡了。

我指了指茶几上的那只侦查苍蝇，说：“拿走吧，在茶几上。”

他往茶几看去。终于，他发现了他亲爱的苍蝇。

“我就知道你不会这么冷酷绝情！”他忙将苍蝇放进裤子口袋里，就像不这么做它就会自己飞走似的。而我累极了，只想睡一觉。

他碰碰我的胳膊肘，“喂，要不要去打游戏？”

我不想说话，闭起眼睛，假装睡着了。他叹了口气，拍了拍我的肩膀，然后站起身说：“那我就先走了，有事叫我。”

我听到了关门声。我以为我真的会睡着，但是没有。可能是在沙发上睡太难受了，况且我连外衣都懒得脱。我看了眼电子钟，才九点一刻。我想，现在睡觉是不是太颓废了？于是我起身来到窗边，看着外面车水马龙的立交桥。汽车的灯光在立交桥上汇聚成了一片光的河流。远处，鳞次栉比的高楼闪烁着缤纷的霓虹光芒，照亮了夜空。它们之中有的已经高耸入云，上半截隐没在云层里。玻璃幕墙此刻变成了一面面大屏幕，上面播放着各种汽车、旅游或房地产的广告。租赁这样的广告位是非常昂贵的。

我拉上窗帘。

从沙发底下，我把一箱子酒挪出来。如果我把它们放在冰箱里，不出一天，就会被阿鲸席卷一空。他就住在我的隔壁，随时会光临，而且还有侦查苍蝇。我不得不留个后手。我拿出一罐啤酒，打开电视，一边看电视一边喝起酒来。

十分钟后，我关掉了电视。

不知不觉就到了十一点钟。我喝了五罐啤酒，却一点也没有醉意。我放了一张迈尔斯·戴维斯版本的《我的王子终会到来》——我经常听着这张专辑入睡——但今晚它失灵了，一整张专辑听完，我依然毫无睡意。不论是迈尔斯·戴维斯还是约翰·科川，或是“加农炮”阿德雷，都挽救不了我的睡眠。

我决定出去走一走。

天气渐渐地冷了。整个夏天我东奔西跑，即使是在最炎热的日子里。我依然一无所获。在公司里，我的业绩总是排在最末。老板是个好人，但他有时看我的眼神分明在说：这样下去可不行啊。

当然，我知道，可是推销不出去那片荒芜的土地我也没办法。我觉得我并不适合这份工作。

我心烦意乱地走在街上。

此时正是这座城市最热闹的时候。我裹紧大衣，走过两旁的商店、饭馆、美发店、小型超市……再过两条街，就是有名的酒吧聚集区。从门口路过，可以听到从酒吧内部传来的震耳欲聋的音乐声。到处都是各种肤色的人。衣着时髦的年轻男女，醉醺醺、相貌模糊的酒鬼，探头探脑的拉客者，还有被五光十色的灯火炫花眼的旅客。他们全都拥挤在并不宽敞的马路上，身子被灯光染成了各种颜色。汽车的喇叭声不绝于耳，慢吞吞挪动着，艰难地开辟出一条路。而那些骑摩托车的飞车党则见缝插针，在人群中穿梭，当他们终于摆脱人群，便轰鸣一声，绝尘而去。

我看到了“双峰”酒吧红蓝相间的招牌，很想进去喝一杯，但是我不想让这个夜晚变得麻木不仁。况且第二天我还要上班。我已经有好几次迷迷糊糊地去公司了。

“不能喝酒就不要喝，”老板训斥我说，“你看看这叫什么样子！”

确实，我的酒量很差。与其说我喜欢喝酒，倒不如说喜欢酒吧里的氛围。那些音乐、喧闹很容易便将你填充。当我一个人待着时，时间是难熬的。电子钟的数字似乎要过一百年才会变动一下，穷极无聊时我会跟它聊聊天。当然，我也可以放放唱片，写写东西，打发这些无聊的时间。可我仍然感到痛苦。我总是会思考写作的意义。写下这堆文字究竟有什么意义？这个想法几乎使我寸步难行。我写下一行字，然后再删掉，这样重复一整晚。

“双峰”里有我的朋友。我知道他们就在那儿。

我从“双峰”红色的大门走过，透过两旁的窗子，我看见库珀正站在一张桌子前，跟一个年轻女孩嬉笑地说着什么。但愿这一幕不要被戴安看到。我默默地为他祈祷。然后我穿过了酒吧聚集区。

空气一下子安静下来，音乐被远远地抛在身后。我放慢了脚步，抬起头，看见天空中明亮的月。我承认，月亮总是很美妙，尤其是在这样糟糕的夜晚。可是我已经没有心情去欣赏它的美好，现在，当我看见它，脑子里最先浮现出来的是我那怎么也卖不出去的土地，还有那些难缠的客户。

我是一名房地产推销员，而我推销的土地就在月球上。

准确地说，那还不是房子，那里什么也没有，与荒漠无异。我们推销的是月球的土地。“月球大开发项目”已经在世界各国如火如荼地进行着。月球的土地可以在各种渠道（公开或非公开，合法或非法）进行交易。月球房地产公司遍地开花，而我供职的就是其中一家。老板通过私人关系，得到了月球的某几块地皮。

我停下脚步。

现在，在我面前的是一家24小时便利店。无论多晚，它都灯火通明。里面的核动力灯泡总是开得很足，当你走进去，会有一种如入白昼的错觉。隔着橱窗，我看见阿树正懒洋洋地在收银台后面看杂志。

我推门走了进去。门口的感应器发出“叮咚”的响声。

便利店里的温度很适宜。我走到柜台前。阿树仍然专心致志地读着手里那本叫《知月》的杂志。这份杂志是“月球大开发”兴起后创刊的，每期都会刊登很多与月亮有关的科普文章和民间故事，有时也会刊登些相关的小说。我站在她面前，她依然没有发觉我的存在。

“欢迎光临！”一个男人的声音在我背后响起。

这时阿树才回过神来，看到我，愣了一下。“你什么时候出现的？”她放下杂志，冲我笑了笑。那个向我打招呼的店员也走了过来。我认识他，因为他实在太有特点了——这个人的岁数和我差不多，可是头发却几乎全掉光了，为此他也很苦恼。“他的工资基本上全都用在各种生发产品上了。”有一次，阿树提起店里的趣闻时这样对我说。我知道他俩的关系不太和睦，主要是由于对店里背景音乐播放权的争夺。秃头店员坚持要放轻柔、舒缓的轻音乐，而阿树每次都要求放户川纯或椎名林檎——两个她最喜爱的歌手。

秃头店员也认出了我，刚才那股子亲热劲立刻消失了。他干咳了两声，转过身继续检查货架上的生产日期。

“你怎么过来了？”阿树穿着蓝色的员工服，她的身后是各种酒类和香烟。她总是喜欢留一种像是小男孩的短发。

“睡不着，过来看看你。”我说，“几点下班？”

阿树看了一眼手腕上的表。“还有四个小时，四点钟下班。”她说。

我的女朋友阿树是一个工作狂，认识她的人全知道。不过，也事出有因。在她大约四、五岁左右的时候，曾出过一次车祸。在那场车祸中，她失去了父母，而她的脑袋则受到了猛烈的撞击，从此留下了严重的后遗症——她再也没办法睡觉了。医生说她脑子的神经系统受到了损伤，她只能闭着眼睛休息，却无法真正入睡。就这样，她的时间比正常人多出了一倍，整个夜晚都可以任意支配。便利店店员算是她兼职的第二份工作。

“下班后回家吗？”我问。

她露出一副为难的表情。

“我答应好库珀了，下班后去‘双峰’打扫卫生。”她挠了挠头，“你也知道，他那里总是缺人手，戴安自己又忙不过来……”

“好吧好吧。”我有些沮丧。我真的希望她可以在工作之余回家陪陪我，有时我们连续好几天都见不到面。由于她的杰出表现，“效率委员会”还特意给她颁发了“杰出市民”的奖状。这事还登上了报纸。

“给我一杯热咖啡。”我说。

她听出了我语气中的生硬，便凑过来笑嘻嘻地说：“新书写得怎么样了？”她的脸离我很近，明亮的眼睛闪烁着。这么多年过去了，她的眼睛跟小时候没有分别。我们从小就是邻居——我，阿树，以及阿树的哥哥阿鲸，我们一起长大。

“唔，嗯，正在写……”我嘟囔着，“只是不太顺利……”

“我哥是不是又打扰你了？”

“还好。”我的胳膊肘放在收银台上，把全身的力气都集中在上面，这样会使我舒服一些，“只是他最近总喜欢用侦查苍蝇偷窥我。”

这时，我的耳边传来椎名林檎[①]的《赌局》。

“你什么时候又把音乐换掉了？”秃头员工从层层叠叠的货架中猛地站起身，怒气冲冲地喊道，“这是什么歌啊？难听死了！放这样的歌还不把顾客全吓跑了？”

“现在哪有顾客？”阿树一边从暖柜里取出咖啡，一边不紧不慢地说。她回到收银台前，把咖啡递给我。

“明天还要上班？”她问道。

“是啊，”我拉开咖啡罐的拉环，小抿了一口，“还有客户要见。”

想到工作，我的心情又黯淡了下去。我磨蹭了一会儿，然后跟阿树告了别。我必须要睡会儿觉，否则明天打不起精神又要被骂。我低着头，匆匆走在有些潮湿的路面上（刚刚下雨了？），月亮悬在头顶，发出柔和的幽光。已经快两点了，四周依然有不少人在游荡。不

---

① 椎名林檎：（1978年11月25日——）日本女歌手、音乐家。

可思议，他们都是从哪儿冒出来的？不过我很快意识到，我也是其中一员。

2

早上，我刚一进公司，老板就把我叫到一旁，说：“你可别给我搞砸了！”

今天我要接待一个他们口中的“大客户”。据说对方非常有实力，这笔生意的成功率很高。可奇怪的是，老板迟迟不发我客户资料，一直到现在我连那人是男是女都不知道，更别提对方的长相了。“这太荒谬了，”我对老板说，“我对这个人一无所知，难道研究客户资料不是我们作为推销员的必要步骤吗？如果我没记错，您给我们做入职培训时也格外强调了研究客户资料的重要性。”

“没错，你说得很对。”老板说。他身材高挑，留着旧时代样式的小胡子，大约五十多岁。他用手指捋着一边的胡子，沉吟了一会儿，“我对你实话实说，这是客户的要求。”

“客户的要求？”

“没错，客户不愿意提前泄漏身份信息，怕给自己惹来麻烦。”

“请您坦诚相告，”我的身体不自觉地前倾，双手撑在老板的办公桌上，等我反应过来时我的脸几乎快伸到老板面前了，“这笔单子是不是涉嫌违法？”

“哪有哪有。”老板笑着挥了挥手，表情有些狡黠。他站起身，面对着办公室的大落地窗，与我隔开一点距离，“我可以保证，绝对合法。是客户有自己的难言之隐，总之你见到就知道了。”

我还想说些什么，老板绕过桌子，来到我身旁，拍了拍我的肩膀。“白河啊，”他的语气换成了长辈般的语重心长，“你已经连续三个月业绩垫底，再这样下去……”

我走出办公室的大门，深深地叹了一口气。我扭过头，看到我的同事贾马站在门口，显然他一直在偷听。

“老板怎么说的？”他看起来比我还慌张，“他真的要开除你？”

“没有，”我说，“至少这次没有。”

“那就好。”他似乎放下了悬着的心。他身材矮小，整天紧张兮兮的，好像随时都会有狙击手瞄准他。他的个头正好与老板形成鲜明对比。

贾马放心地转身离开了。我当然知道他是怎么想的，公司的业绩排行他总是排在倒数第二，如果我被开除了，那么下一个必然轮到他。

现在，我穿着整齐，站在接待室的门前。门后便是那个神秘客户。无疑，这笔单子的成功与否将决定我是否能够继续留在公司。如今的社会，自动化、机器人高度介入，留给人的工作岗位越来越少，找工作变得十分困难。在此之前，我曾失业过很长一段时间，已经快到了“效率委员会”所规定的期限，如果我再找不到工作，就只能等着被委员会抓去进行人生改造，然后依照效率原则强制分配工作，那样的话就算把我分配到南极养企鹅也不是没有可能，甚至会把我送到战场上。不，不，我还是想过正常人的日子。

“放松，放松……”我在心里默念着，推开了门。

一个神色落寞的年轻人坐在椅子上，正对着手里的咖啡杯发呆。见我进来，他微微抬起头，有些空洞的眼神望向我。他大概二十出头的样子，看起来心事重重的。

“你好。”我走过去，伸出手。而他只是轻轻地点了点头。我有点尴尬地将手缩回去。我拿出事先准备好的材料，放到桌子上，说：“听说您对我们公司出售的某块月球土地感兴趣？现在我就为您详细介绍一下……”

他突然站起身，打断了我。“怎么了？”我困惑不解。他快步走到门前，迅速关上了门。“你刚才忘了关门。”他解释道，重新回到座位上。

“这块土地位于万户环形山的东南方，编号ZS51-M170……”我调整心情，继续说道。

“随便哪里都可以，”他不耐烦地再一次打断我，“我需要的是时间。今天我就可以成交，问题是所有的手续办下来需要多长时间？”

“呃，这个，不会太久的，请您放心……”我一时不知道该如何接话。

“好！”他忽然站了起来，“告诉我，哪里去交钱？”

“等等，”我也站了起来，这种情况以前我还从未遇到过。一般情况下，顾客总是会问许多稀奇古怪的问题，迟迟不肯做决定。“我希望您可以再了解一下这块土地的具体情况再做决定不迟。”

“不用了，”他说，“我需要的是时间。”

“那好吧，”我说，“请您跟我来。”

我带他来到全息模拟室。这里是专门为客户展示月球实景图的地方，每一家月球房地产公司都会有。由于公司往往没有条件带客户去实地考察（登月旅行可是一笔不菲的开销），所以只能用全息影像替代。

全息模拟室里一片昏暗，我打开灯。这里大概有两百平方米，空空如也，连一把椅子都没有。四周是灰色的墙壁，没有任何图案。墙壁呈椭圆形。站在这里，就仿佛置身于一只巨大的灰色球体内。

“这是哪儿？”年轻的客户问。

“请您稍等一下。”我拿出事先带在身上的遥控器——与空调的遥控器非常相似，夏天时，我经常把两者搞混，用模拟室的遥控器对着空调按半天。

我按下遥控器的开关。

隐藏在灰色墙壁顶端的照明灯一下子暗下来。紧接着，影像开始成形。一些光影在原本枯燥的灰色墙壁上闪现，迅速集结。很快，我们周围的背景就变成了宇宙。炫目的星光在我们头顶闪耀，而在另一侧，巨大的蔚蓝色球体仿佛正从地平线上徐徐升起。

“那是地球，”我对他解释道，“从这里的环形山看过去，由于角度问题，我们无法看到地球的全貌，因此这个位置的地皮会便宜一些。”

“我不在乎。”他依然有些焦躁，但显然被眼前的景象吸引住了。他试着往前走了两步。此时，我们脚下的是月球的土地。那是一种银灰色的土壤，而我们正行走于环形山的边缘。

“这就是ZS51-M170的全息模拟画面，也就是你将要购买的土地。”我说。

某种蓝紫色的光芒从宇宙深处缓缓照射过来，像是一条条透明的彩带，在我们身上流转。他伸出手，看到那源自宇宙的光芒正在手中蔓延。不得不说，这间全息模拟室的效果是一流的，据说老板为此花了大价钱。“我们必须让顾客拥有最完美的体验。”当他提起这间他引以为傲的模拟室，总会这么说。

他终于安静下来了。他的面前，蓝色的球体正不易察觉地慢慢挪动。

“我感觉我正站在宇宙中心。”他像个小男孩般惊奇地四处张望。

“可以打听一下吗？”我终于忍不住了，开口问道：“你为什么这么着急？像您这样着急的客户确实是不多见的……”

“因为我的母亲随时都可能找到我。”他又恢复成了我刚见到时的落寞模样，双手无助地垂落在身体两侧。

“我不是很明白……”

“是这样的。”他说，“我生在一个十分……怎么说呢，十分‘畸形’的家庭。我们家族有着庞大的企业，而我的母亲掌管这一切。作为企业的继承人，我从小的生活是被严格要求的。吃饭、学习、睡觉，甚至上卫生间都有严格规定的时间和程序，我必须要遵从母亲的指示。我的房间里到处都是监视器和对讲机，一旦发现我的行为有不符合程序的地方，从对讲机里就会传来母亲或老师的声音，随时纠正我。她不允许我说粗野的词，更不能说脏话，比如‘卫生间’就不能被叫作……厕所。”他迟疑了片刻，才说出“厕所”这个词，“因为母亲认为它是不文明的词汇。”

不知不觉间，我们已经盘腿坐在“月球”的土地上。我安静地听着他的讲述。

“我的伙伴们也都是母亲精心挑选过的。”他继续说道，“原本，我并不认为这样的生活有什么不对。直到我遇到了小萝。”

“小萝是谁？”我问。

“小萝是我的保姆……之一。”他说，“她比我大三岁，可是见识却比我多得多。她跟我遇到的所有人都不一样。她熟悉家里的环境，总是会带我去没有监视器或死角的地方，跟我说她所见过的世界。那是一个我完全不知道的世界，说实话，她的讲述一开始真的吓到我了，但又是那么有趣。我津津有味地听着，就像是听神话故事一样。有一天，她突然对我说，‘你简直像活在监狱里’。我被惊得目瞪口呆，突然意识到我的生活是多么的不正常。那一刻我觉得自己白活了。我在她面前羞愧得无地自容……”

“不好意思，”我心里暗暗计算着全息模拟室的电量问题，“请您长话短说。”

“嗯，我爱上她了。”他加快了语速，“我被自己吓坏了。我竟然爱上了我的保姆！如果这事被母亲知道，她一定会狠狠地惩罚我。但这也是我第一次真正地爱上一个女人。我们在没有监视器的储物间里偷偷接吻……啊，太疯狂了，总之她教给了我很多以前我想都不敢想的事。”

即使周围光线黯淡，我仍能看出他的脸泛红了。

“但是，我们还是被发现了。”他叹了口气，“母亲解雇了她，让她离开我。可是小萝说她也爱我，会一直等着我。听到她这么说，我高兴坏了。我想，我早晚有一天会逃出去，逃出那个令我窒息的家，和她一起生活。”

“后来呢？”见他突然沉默下来，我追问道。

“后来母亲给了小萝一大笔钱，”他舔了舔嘴唇，继续说，“然后小萝跟我说，她不再爱我了，就离开了我。”

他并不难过，甚至还露出了微笑。“不过没关系，”他说，“重要的是，她让我看到了另一个世界。我对外面的世界越憧憬，家里的生活就越令我难以忍受。我不断地跟母亲斗争，几次逃出了家，但都被她找到了。母亲的人脉很广，有一次她对我说，只要我在地球上，就别想逃出她的手掌心。”

“所以，你准备跑到月球上？”我接着说，“而且准备定居月球？”

“你很聪明，”他说，“不过我们要尽快，如果被母亲发现了，我的银行卡会被她冻结，那就全完了。”

“明白。”我点了点头。

“一切都计划好了。”他再次露出了得意的微笑，“我已经应聘了‘月球大开发’的翻译文员工作，并且被录取了。我会六种语言，还有国际语。”

“那咱们就快点吧。”我站起身，关掉了全息影像。立刻，模拟室又恢复成了灰色的、毫无个性的椭圆形。“虽然你用的是你母亲的钱。”我补充道。

“我不得不这样做。我保证，这是最后一次。”他目光坚定地望着我，“况且，这点钱对她来说是九牛一毛。”

3

我来到“双峰”酒吧时，正好是这里最繁忙的时候。我走进门，看到熟悉的红色帷幕，还有黑白相间的地砖。舞台上没有乐队，只是背景音乐正以高分贝播放着没有歌词的电子乐。是“发电站”乐队（Kraftwerk）的经典曲目。光线昏暗，人们的面孔模糊不清。我的左边，有几个年轻人在窃窃私语，不时爆发出一阵欢快的笑声。卡座已经满员了，我只能去吧台找一把高脚凳坐着。我现在只想休息一会儿，什么也不干，什么也不想，但愿没有哪个多管闲事的酒鬼打扰我。

“给我来一杯柠檬酒。”我对戴安说。我从小就对柠檬的味道有莫名的依赖，我喜欢尝试一切与柠檬有关的东西。柠檬的味道令我欲罢不能。有些事情是很难解释清楚的。

戴安比我大十岁，日夜操劳使她的眼睛周围总是有明显的黑眼圈，就像化了妆。她的身上没有一丝赘肉，有时她会开玩笑说：“自从开了这家酒吧，我倒是不用再去健身房了。”她每天都要跑来跑去，为许多琐碎的事忙前忙后。

“你今天看起来没有精神啊。”戴安把酒杯放到我面前，笑着说。今晚，她穿了一身红色的紧身运动衣，仿佛一会儿要出去夜跑似的。我打量了她一下，说：“只是有一点点累。”

她托着下巴若有所思地看着我。

“你总是一副无精打采的样子，”她说，“这样可不好，不如以后跟我去运动运动吧。你是不是不经常出门？”

“什么运动？跑步吗？”我问。

“拳击。”她露出略显狡诈的笑容，“我最近很迷这个。”说着，她从吧台底下拿出一只红色的拳击手套，扔到吧台上。在迷离的灯光中，那只手套看起来熠熠生辉。

“库珀呢？”

“喏。”她左侧的眉毛向上挑了一下，微微抬起下巴，眼神望向我身后的某个方向。我转过身，看见库珀正坐在一张桌子前，而他的对面则是一个年轻女孩。她在说着什么，抽抽搭搭的，不时用纸巾擦擦眼睛，或是擤几下鼻涕。

“怎么回事？”我问戴安。

“一个失恋的女学生，”她双臂交叉在胸前，“一进来就坐在那里不停地哭，库珀就变得心不在焉了，老是在我耳边说‘到底发生什么事了？’或是‘咱们不管不问是不是不太好？’——你知道的，他这个死样子。于是我就跟他说‘那你过去问问吧’，然后他就一直问到了现在。”她看了眼手表，“再过五分钟，就整整两个小时了。”

我有了不祥的预感。果然，五分钟过去后，戴安走出吧台，径直走向库珀所在的位置。我看到库珀立刻站了起来，眼中闪现出惊恐的神色。戴安站在他面前，说了两句什么，库珀便乖乖地回来了。

他看到我，仿佛看到了救星，绽放出夸张的笑容。库珀四十多岁，那张大脸上的皱纹日益增多，可是他的一举一动却又像个毛躁的小伙子，似乎他的生命在某个时间段突然停止了。

“小河来了啊，”他做作地拍了拍我的肩膀，“好像很久没见到你了。”

戴安面无表情地在用抹布擦一只杯子。等她为顾客拿酒时，库珀终于恢复成了真实的模样。“这女人最近正在学拳击，你能想象吗？”他压低声音，在我耳边说，“之前她还练过两年跆拳道，而且最近还有对咏春感兴趣的苗头。我觉得自己迟早要死在这个女人手上。”

“但这家酒吧基本上都是戴安在打理，”我说，“而你甚至连杯子都洗不干净。”

他皱起眉头，怀疑地盯着我。

我不说话了，默默地喝着酒。我有点害怕他会无休无止地讲下去，可我今天不是来听他唠叨的。所幸，戴安很快回来了，库珀马上住了嘴。

“你在嘀咕什么？”戴安说。

“我们在谈小河的新小说。”库珀说。

“对了，”戴安忽然变得很热切，“你的小说写得如何了？”

天啊！我在心里说，让我原地爆炸吧。

“正在写。”我尽量心平气和地说。事实上，我已经写了七个开头了。

“你的上一本书很好看，”戴安鼓励似的说道，“只是我现在已经很少读小说了。”

库珀眨了眨眼睛，没再说什么。他看到了一个熟人，便过去打招呼。又有一拨顾客涌进“双峰”，戴安再次忙碌起来。现在没人打扰我了，我心里却乱糟糟的。我快速地喝完杯里剩下的柠檬酒，离开了座位。

来到门口时，我看见一个女人正坐在窗边。她岁数已经不小了，独自一人，自斟自饮，望着窗外的夜色。我只能看到她的侧脸。忽然间，我觉得她有些眼熟，但想不起来哪里见过。

我推开门，酒吧里的喧嚣立刻减弱了，就像电视机调小了音量。冷风吹拂在我的脸上。我深深地吸了一口夜晚的冷气。

已经凌晨三点了，我走在空旷的大街上。秋末的夜晚，空气冷冽。我站在路边，点了一根烟，盯着街角的信号灯。我选择了一条偏僻的道路。没有车，信号灯独自变幻着。我看着它从红色变为黄色，紧接着变成绿色。过了大约五十秒，又重新变成黄色，接着是红色……单调地循环，每循环一次大约两分钟。不时从远处传来摩托车划破空气的尖锐响声，那是飞车族在行动了。声音在这样的夜晚显得无比空旷。

信号灯反复变了很多次。我站在底下，抽了三根烟，又站了会儿，任凭酒精在寒冷的温度里消失殆尽。我呼吸着，看着从嘴巴和鼻孔冒出的白色烟气。

一辆车缓缓地驶过来，从我面前经过时司机放低车速，用询问的目光打量我。我冷冷地注视着他。黑车司机一声不吭，加大油门开走了。

我继续往前走。

比起酒吧聚集区，这个街区显得荒凉多了。两旁多是老旧的住宅。那里的人习惯于早睡早起，下班去健身房锻炼身体，周末陪父母去商场购物，然后攒钱移民月球。街角处，我看见几个酒鬼扶着墙壁在呕吐。一个戴着滑稽棉帽子的矮个子男人正对着一棵树哈哈大笑。他醉得不轻。

这种夜深人静的时刻，我总是会思考一些毫无意义的问题。思考它们的唯一目的就是使我自己难堪。比如说：我是怎么变成如今这个样子的？变成一个像现在这样的人——游荡在深夜的大街上，不愿意回家。究竟是哪些事情，一步一步造就了我，将我抛掷在这个夜晚？

是的，问题毫无意义，但我总是对无意义的事情着迷。假如让我回溯自己并不漫长的人生，恐怕就不得不说母亲离家出走的那天。事到如今，我已经快忘了母亲的容貌。母亲离开后，父亲将她的照片还有其他东西全都收走了，或许都扔掉了。

母亲离开的时候我还小。说实话，对于母亲的印象我已经非常淡漠了，只记得她会在我睡觉时轻抚我的头发，有时会把手放在我的额头上，好像在检查我是否发烧了。她的手总是很暖。

至今，父亲仍对母亲离开的原因闭口不谈。他辞掉了工作，开始整日酗酒。他成为了一名“城市游荡者”，只在城市中流浪，躲避“效率委员会”的追查，住在大型的购物商城或隐秘的胶囊旅馆。我几乎有一年多没见到他的人影了。

母亲为什么离开？曾有很长一段时间我一点也不关心问题的答案。母亲离开了我们，就是这么简单，有什么可深究的呢？可随着年岁的增长，尤其是近几年，这个问题时不时地就会闯入我的脑中，就像蛾子不停扑打着灯泡。

我站住，闭上眼睛，尽力回想着那记忆中残存的触感——母亲的手轻轻地拂过我的头发，抚摸我的额头。这几乎是我对母亲仅存的回忆，它在我脑中反复播放着，就如同那来回闪烁的信号灯。

我睁开眼，经过那几个酒鬼。我发现那个矮个子男人并非在笑，而是在哭泣。

我面无表情地从他面前走过。

第二章

1

最近一段时间，我的嗜睡症愈发严重。下班回家就开始昏昏沉沉，怎么也睡不够。只要一沾上枕头，我就立刻有了睡意。睡眠仿佛一条又长又滑的甬道，我一路下滑，直到跌进如黑色棉絮般柔软的梦境中。

手头上的小说已经荒废了将近两个月。没有人催我，因为我并非一名畅销书作家，不仅如此，我的上一本小说据说销量很差。这点是我推测的，因为我的编辑一直不肯告诉我准确的销售数量。每次我给他打电话，他都支支吾吾地说："嗯，不算很好，但是也还可以啦，马马虎虎……"后来我也就懒得去问了。

当我坐在书桌前，开始准备写作时，我不知道这个世界上是否有人真的期待我的文字。想到这一点，我的心情就很沮丧。就当是写给自己看的吧，我安慰自己。可是，确实欠缺了动力。我为什么要写作？我点燃一根烟，看着袅袅上升的烟气，灵感似乎也随之飘忽不定起来。

“不能再这样下去了。”我自言自语。一个人住久了，不知从何时起就有了这种自说自话的毛病。或许，写作本身就是一场漫长的自说自话？我试图集中精力。哪怕只写一行，我对自己说，我也要继续下去，否则我只会愈加迷茫。

我在烟灰缸里捻灭了烟，准备写下第一个句子，这时我听到了敲门声。

“玩桌游吗？”阿鲸笑着站在门外。我看到他的手里拿着装在盒子里的棋牌。

“我正要写东西，”我对他说，“等我写完再说吧。”

“那要不打一局《黑暗之邦》？”

《黑暗之邦》是一款电子游戏，夏季最热的那段日子，我们天天在一起打这款游戏，喝掉了不知多少瓶碳酸饮料，吃掉了不知多少斤西瓜。但是，现在我要写作，没有人可以阻挡我。

“不了。”我断然拒绝。

“你确定？”阿鲸摸了摸下巴，“今天出了一版新剧本，真的不想试试？”

我忽然想到了一件事。那件事很重要，可话到嘴边却变得艰难，怎么也说不出口了。我就这样愣愣地看着他，陷入了沉默。

“你怎么了？”

我下定了决心。“我想问你一件事，关于一个人。”

“阿树吗？虽然我是她的哥哥，但也不能说很了解她……”

“不是阿树，”我说，“是关于我母亲的事。”

阿鲸微微张开嘴，显得有些诧异。“你怎么突然想起来问这个？”

“你可以当我是心血来潮，”我想了想，继续说：“其实我也没想好要问什么，因为我对她几乎没什么印象。如果你还记得什么，可以对我说一说。当然，我也只是随口问问……”

阿鲸坐到沙发上，开始思索起来。

“我也记不太清了，”他说，“我很少见到你妈妈。我只记得……”很显然，他正努力搜索着有关童年的记忆，“我只记得，有时我会听到你妈妈在唱歌，没错，是唱歌。我经过你家门前，能在楼道里听到歌声，我还记得有几次我把耳朵贴在你家房门上，想听得更清楚些。”

“唱歌？”

没错，我也记起母亲曾站在客厅里，对着一面落地镜，放声高歌——可我不确定这是我想象的还是真实发生过的。

“你妈妈的歌声很特别，”阿鲸从沙发底下拿出一罐啤酒，自顾自地喝起来，“那时我没听过这样唱歌的人。直到后来，我才知道那是什么。”

我盯着他，等待他说出埋藏在我心底的那个答案。

“歌剧。”他说，“你妈妈唱的是歌剧。你还记得大概十多年前，曾流行过一段时间‘歌剧热’吗？你妈妈唱的就是那种玩意。”

尘封已久的记忆在我脑海深处闪闪发光。我记起来，父亲对我说过，母亲曾是一名歌剧演员。看来那个场景是真实的——母亲对着镜子，反复唱着某出歌剧里的片段。只是，那个时候的我根本理解不了。并且我记起那时我觉得那种声调很怪异，很难听，母亲一唱我就哇哇大哭。

“谢谢。”我对阿鲸说，“你今天的话对我很重要。”

“也不知道你今天到底是怎么了……”阿鲸讪笑着，开启了第三罐啤酒，咕嘟咕嘟地灌进喉咙里。

我忽然意识到了什么。

“等等，”我说，“你怎么知道啤酒在沙发底下？”

2

周末，我和阿树约好去参加“月球植物展”。我站在植物馆的外面，看着进进出出的人群。我们约好的时间是上午九点半（也就是植物馆开门的时间），但现在已经过去了将近半个小时，阿树还没有出现。我有些担心。以往，阿树几乎没迟到过。

随着时间的推移，我越来越担忧。给她打了手机，但她关机了——阿树做所有事情都井井有条的，但唯一控制不好的就是手机电量，经常会在关键时刻没电，也是因为她的工作太忙了。此时，她或许正在公共充电站给手机充电。由于充电的人太多，还有很多人是给汽车充电，所以总是要排队。

又过了一刻钟，终于，我看到阿树远远地小跑过来。她穿着棕色夹克，牛仔裤，布鞋。虽然不是跑步的打扮，但她步态稳健，呼吸匀称，两鬓的头发和刘海迎风抖动。

“对不起，”她说，“我迟到了。”

“没关系。”我说。

“本来快餐店的工作到凌晨五点就结束了，”我们一边往展厅里走，她一边向我解释，“可是我又临时接到了一份遛狗的工作。两个小时，帮一个女人遛她的拉布拉多，她因为工作原因没有时间遛。狗狗确实很可爱。结束后我就往这里赶，可还是遇上了堵车。”

我当然不会责怪她，尽管我需要掩饰我内心小小的不悦。我发现我对阿树好像开始缺乏耐心了，这不是个好的信号。

在馆内的小卖店，我给她买了一杯鲜榨西瓜汁，西瓜是在月球培育的，样子看起来与地球上的差不多，只是大了好几倍。小卖店老板笑眯眯地剖开西瓜，就像是在宰杀一头小羊羔。

“月球植物展”对我来说有些无聊。那些植物在月球上培育，经过了与地球完全不一样的光照、养料、射线等等，已经变得千奇百怪。都是基因突变的产物。

我们买了一颗月球上的椰果。椰肉很难吃，味同嚼蜡。

接着，我们到了纪念品柜台。阿树对一株加了月球上的氦-3元素的玫瑰花爱不释手，这种玫瑰只要通电就会冒出淡紫色的光芒。我买了下来，连同配套的插座送给阿树。最后，我们去植物馆内的餐厅吃饭。

阿树点了水果套餐，不用说，当然都是在月球培育的。我一点也不饿，就看着她吃。说实话，我还是觉得地球上的水果更好吃。邻桌是一对身材臃肿的老年夫妇，对月球水果赞不绝口。我忍不住跟他们搭话，询问他们是否对买一块月球上的土地感兴趣。

“到时您就可以去月球上安度晚年，”我对他们俩说，“种植又大又香的月球水果，每天看着地球升起又落下，多么完美的生活啊。”

他们对视了一眼，没有说话。我把名片递给他们。

“什么时候对工作这么积极了？”等那对夫妇走后，阿树对我说。

我想我只是太无聊了。月球对我来说只是与工作有关（是月球的土地养活了我们整个公司和整个行业），除此之外对我没有任何吸引力，水果也罢，植物也罢，我都不感兴趣。当然，这句话我没有说出口，我不想影响阿树的兴致。

阿树对月球有一种执着的爱。她会收藏一切能够接触到的与月亮有关的事物，比方说杂志、电影、纪念品之类。她的项链是用月球的陨石制作的。她的手臂上有一个月亮形状的文身。她的布鞋是月亮主题限量版。我们还计划一起去月球旅行，但那是一笔庞大的开销，目前我们还没有能力负担。

阿树曾对我说过她对月亮着迷的原因。那场意外的车祸后，她失去了睡眠功能，又要忍受失去双亲的痛苦。那时她还很小，如何度过漫漫长夜是一项艰巨的任务。尽管福利机构会过来照顾她和阿鲸的日常起居，但夜晚没有人陪伴，她太小，又不能去打工。于是她整夜地看书、戴着耳机听音乐，沉浸在自己的世界中。而有时她会心烦意乱，什么也不想干。黑夜的虚空包围着她，似乎随时都会将她瘦弱的身躯吞噬。那个时候，她就会来到窗边，凝望这颗永远不会消失的星球。它沉默无言，却带给她安慰，犹如茫茫大海中的一只灯塔。对阿树来说，这颗星球的存在使夜晚不再是一片虚空。

“每次我看到月亮，”阿树曾对我说，“我都会感到平静，不再觉得自己是一个有生理缺陷的孤儿，因为有它陪着我。”

我还记得上中学时，我们曾一起偷偷登上旧工厂高大的烟囱，为了离月亮更近一些。我努力克服恐高症，陪着阿树整夜待在上面，冷风吹打着我们，我们紧紧地靠在一起。那些日子是难忘的。在烟囱上，月亮似乎真的更清楚了。我们可以看到上面细密的山峰和河道。我们彻夜聊天，或者沉默地看着月亮。有时我困得不行，阿树就拉住我的胳膊，以防我不小心掉下去。

“放心睡吧，”阿树在我耳边说，“我会拉住你的。”

直到现在，当时的场景仍历历在目。

“你想什么呢？”阿树拍了拍我的手背。

我回过神来，发现阿树的水果套餐已经吃完了。

“没什么。”我笑了笑，对她说，“一会儿咱们去看徐瞳的演出吧？”

“没问题。”她也露出了笑容，“接下来我什么工作也没安排，这是只属于咱们俩的时间。”

我坐在“双峰”酒吧的卡座里，要了一杯啤酒，阿树则要了一杯鸡尾酒。另外，库珀还送了我们一盘甜甜圈，这是“双峰”的特色。“双峰”这个名字是从一部电视剧里借来的，库珀和戴安都是那部电视剧的忠实粉丝。他们因为在网上讨论这部电视剧而结识，最终成为了夫妻，并且合开了这家超级棒的酒吧。“戴安”“库珀”的外号也是从电视剧里来的。

我们喝着酒，吃着甜甜圈，等待徐瞳的演出。一般来说，徐瞳都是在地下小酒馆表演他的自由爵士，因为在其他酒吧里，这种音乐会把顾客吓跑。可库珀不在乎。

“我们就是要来点自由爵士。”库珀有一次对我说。

仔细想想，我已经很久没见到徐瞳了。这家伙总是会突然消失一阵子，没人知道他的踪迹。据说在失踪的日子里他都在刻苦练习。他以“爵士乐之神”约翰·科川为榜样，不停磨炼着自己的演奏技艺。我们最初认识就是在“双峰”的一次演出上，他的表现令人惊艳。

我正胡思乱想着，忽然一双大手将我喝了三分之一的啤酒抢了过去。我扭过头，徐瞳正笑嘻嘻地喝着我的酒。转眼之间，那杯啤酒就一滴不剩了。他用袖子抹了一把嘴。

“不好意思，我太渴了。”他把空杯子放回我面前。他还是那副样子——吊儿郎当，穿着破旧的棕黄色风衣，戴着一顶破旧的灰色礼帽，身后背着巨大的黑色萨克斯盒子，就像是电影里那些背着狙击枪的杀手一样。“我的命一半都寄居在萨克斯身上。”他曾这样跟我说。

“阿树，你好。”他脱下帽子，非常温柔地对阿树说。阿树笑了笑，举杯致意。

今晚的客人并不多，显然，门口的演出预告板并没有吸引到更多的顾客。好在徐瞳的心情看来没受到影响，一点也不介意这三三两两的观众。

“最近一段时间你都干吗去了？”我问他。

“四处游走，在各种地方演出，包括地铁里。”他笑着说。

此时，酒吧的背景音乐是一支后摇乐队的代表作。徐瞳站着听了一会儿，然后摇了摇头：“为什么库珀总爱放这种无聊的东西？他什么都好，就是音乐品味有些问题。后摇是最无聊的音乐了，装腔作势。”说完，他便与我告别，去后台找库珀了。

“我好像有点醉了。”阿树往前凑了凑，为了让我听得更清楚点。她的双颊确实有些微微泛红。

“好的。”我说，“那咱们听一两首就走。”

我们又聊到了阿鲸拿我“做实验”的事。

那天晚上，在我的逼问下，他吐露了实情：他改进了侦查苍蝇，终于实现了完全的静音状态。于是他为了测试效果，便遥控侦查苍蝇飞进我的客厅，正好看见我正从沙发底下拿啤酒。

阿鲸自己成立了一家私家侦探公司，但员工只有他一个人。中学时，他迷上了雷蒙德·钱德勒[①]和劳伦斯·布洛克[②]的小说，立志做一名私家侦探。而他的侦查苍蝇就是为了日后的工作需要。可据我所知，他现在接到的无非是帮忙找狗之类的委托。平日里，他几乎不怎么出门，整天闷在家里。这样的人如何做一名侦探，我是不得而知的。

这时，徐瞳的演出开始了。只见他站到台上，开始像机关枪扫射一般吹响萨克斯。客人纷纷逃走，转眼酒吧就空了一大半。不过徐瞳

---

① 雷蒙德·钱德勒：（1888年7月23日–1959年3月26日）美国推理小说作家。钱德勒对现代推理小说有深远的影响，尤其是他的写作风格和看法，在过去60年间为相当多的同行所采用。钱德勒的主角，菲力普·马罗，成了传统冷硬派私家侦探的同义词，与达许·汉密特的山姆·史培达并驾齐驱。

② 劳伦斯·布洛克：（1938年6月24日——）美国推理小说作家，当代美国冷硬派侦探小说大师，纽约犯罪行吟诗人。劳伦斯·布洛克生于纽约水牛城，19岁发表处女作《你不可错过》，之后近50年，笔耕不辍， 至今已有30多部小说问世，被誉为当代欧美侦探推理小说第一人。

倒没受影响，吹得更用力了，好像要把胆汁都吹出来似的。有人往台上扔甜甜圈，他敏捷地避开，继续吹奏。

回家时我很兴奋。阿树已经很久没有和我一起回家了。她总是在工作，或是奔波在工作的路上。我总是怀念上学的时候，我几乎整晚都陪在她身边。她说她喜欢看着我入睡，喜欢看我睡觉时的样子。是啊，那时世界上还不存在那么多该死的工作，阿树还没有痴迷于用工作消磨时间。

我们来到客厅，脱掉外衣，然后坐在沙发上亲吻。她的身体已经变得有些陌生。“我们去卧室吧。”她轻轻地说。我有点窘迫。阿树笑了笑，拉着我进了卧室。还好，她的笑容还是我所熟悉的笑容。我们躺在柔软的床上，拥抱在一起。阿树的双臂紧紧地搂住我的脖颈。

“等等。”我说。

“怎么了？”阿树松开手臂。

我下了床，关上了卧室的门，然后仔细地检查了一下卧室的情况。自从阿鲸鼓捣出那只侦查苍蝇，我总是心神不宁，总觉得有人在监视。不过，我相信阿鲸还没有这么变态，毕竟他是阿树的亲哥哥。

“没事了。”我摇了摇头。阿树坐在床上，一脸茫然地望着我。我们重新开始亲吻。期间我睁开眼睛，发现阿树也睁着眼。不知为何，我有些害怕阿树的目光，那目光中似乎包含着审视的意味。是的，我知道她在打量这个近在咫尺的男人。而这个男人能够带给她一个安稳的未来吗？他的工作总处于被开除的边缘，他的写作也总是不顺利。他出过一本书，可是很快就淹没在茫茫书海，毫无声息。是的，他们有过美好的过去，可是未来如此漫长，漫长到可以将一切改变。

我努力集中精力，不去想那些乱七八糟的事。我解开阿树衬衫的扣子。这时，她的手机响了。她伸手从床头柜上拿过手机，看了一眼，神色变得有些为难。

“刚刚通知我又有新工作了。”她垂下目光，吞吞吐吐地说道。

我不知道该说什么。

“我下载了一个兼职软件，”她说，“只要你通过了申请，有兼职工作的话就会随时提醒你。”

“那么……”

“对不起。”她用双手捧起我的脸，“我可能现在要走了。”

“能先不去吗？”我的声音一定非常沮丧，几乎是在哀求。

“不去的话会扣掉我的信用值。”她亲了亲我的额头，“是我的错，真的对不起。”

“你没错。”我的脑袋一片空白，“你去吧。”

于是我看着她重新穿好衣服，然后转身离开了房间。而我仍愣愣地坐在床上，没错，就像是全世界最大的傻瓜那样坐着，好久才意识到发生了什么。我又独自一人了。

难题摆在了我的面前。这个晚上我还能干吗？伤心的氛围弥漫在周围，挥之不去。我提醒自己，这没有什么大不了的，阿树沉迷工作不代表她就不再爱我了，这二者是完全不同的概念。当你自己丧失信心时，到处都会是她不爱你的证明，可事实或许并非如此。关键是看你的心摆在什么位置。

我就这样不停地安慰着自己。我哪里也不想去，于是来到客厅，放了一张蒂娜·布鲁克斯[1]的唱片。只有这个生前郁郁不得志的爵士乐天才才能使我平静下来。好了，现在我坐在客厅的沙发上，闭着眼睛，内心已经十分平静，比湖水还要平静。

什么事都影响不了我。

是的，什么事都他妈的影响不了我。

3

第二天，我早早地去了公司。老板比我到得还要早。他把我叫到办公室，面色铁青。我知道一定有什么不好的事发生。他双手撑在桌面上，低着头，好像正在努力支撑起身体。一般遇到比较难办的事时，他都会是这副样子。难道他终于下决心辞掉我了？我忐忑地等待着他接下来的话。

“那个……”他终于开口了，“待会儿有个人要见你。”

我一头雾水。

“陈涤母亲的律师。”老板说。

陈涤，就是那个年轻的家族企业继承人。如果我没记错，他现在需要的就是逃离母亲的统治。看来他的计划已经被她知道了，这可不太妙。

“为什么要见我？”我问。

---

① 蒂娜·布鲁克斯：（1932年6月7日—1974年8月13日）美国萨克斯演奏家和作曲家。

“我想，她是要让你取消合同。”老板凝视着桌子的一角，陷入沉思，“你知道该怎么做吧？”他抬起头，看着我。我略微思考了一下。“按照公司的章程，除非客户本人办理，否则我们不能无故取消合同……”

“不，不是这样。”他打断了我，焦虑地摸着胡子，“我的意思是叫你随机应变，如果她非要取消，你就给她取消，咱们没必要惹怒她，明白吗？没必要搞得这么僵。说不定以后她还能发展成咱们的客户。”

“可是陈涤已经是成年人了，”我辩解道，“难道这种事他也不能自己决定吗？”

“你要学会左右逢源。”老板说，“赚钱和得罪人，经常要在二者中有所取舍，重要的是你如何应付这种局面。对于你来说，这也是一次锻炼的机会。”

这时贾马敲了敲门，走了进来。“人来了。”他紧张地看了我一眼，对老板说，“在会客厅。”

“一定要好好说。”老板在我出门前再次叮嘱道，“记住，不要因小失大。如果那位律师找我，就说我不在。此事全权由你负责。”

陈涤母亲的律师比我想象中还要有威严。他已经上了岁数，一头蓬松的白发，非常纯净，没有一丝杂质。而他的脸却显得很年轻，不多的皱纹恰到好处地点缀了某种不容置疑的领导者气质。他穿着正式，像是来参加一个重要国际会议的政治家。

“您好。”我伸出手。说实话，我心中很是胆怯，每当跟这种一看就经历丰富的人在一起，我都会莫名害怕。

“您好。我是陈涤的舅舅，也是陈涤母亲的代理律师。”

他轻轻地跟我握了握手。

“直接说正题吧。”律师刚落座就开门见山，“陈涤的这些事，包括购买月球上的房产，全部都是对他的母亲隐瞒的。作为她的代理人，我希望你可以终止交易。”

“目前，月球的土地交易并不是十分规范，”我说话的时候不太敢看他的眼睛，“不过还是有一些章程和规则。根据目前出台的章程，如果想要终止交易，必须由交易人本人来才可以……”

他有些不耐烦地用手势打断了我。

“这些我都知道，”他说，“不过陈涤这孩子这次真的玩得有些过火了。我不希望他一错再错。现在我也不知道他躲到了什么地方。如果他真的去了月球，那麻烦可就大了。”

“其实……”我犹豫着，不知该不该说下去。律师先生倒是摆出一副仔细聆听的姿势，仿佛鼓励我说下去。于是我鼓起勇气说道：“其实这些事陈涤都跟我说过了。从旁观者的角度来说，我认为陈涤想要自主独立的意愿是每一个人的必经之路，您也没必要这么如临大敌。当然，我没有权利干涉陈涤的家事，我说得有点多了，还请您原谅。”

“我不需要这些烂俗的大道理。”他并没有动怒，只是神情变得更严肃了一些，“这些道理人人都知道，但是每个人的情况都不一样。陈涤没有必要像普通人那样去受苦，而且根本也不需要。他真正需要的是严格的教育。他必须要负担起责任。”

“但他也是一个人，不是吗？”我几乎是不经大脑地脱口而出，“他有自主做出选择的权力。他有权力选择自己的人生。”

“我们之所以让他在家里接受教育，”他面无表情地说，“就是为了让他免受这些思想的毒害。我知道，在他这个年纪的孩子希望逃离眼前的生活，这很正常，我也是从那个年纪过来的。可是，这个年纪也是最容易受蛊惑的。他真的是在自主选择吗？我认为并不见得。他只是受到了外界的诱惑，他并不知道自己想要的究竟是什么，依然是在人云亦云。好像追求所谓的自主精神才是正确的，但这种心理难道不也是受影响的表现？难道我们就该眼睁睁地看着他一时冲动或为了赌气去毁掉自己的人生？时间不会回来。他不应该用他最宝贵的时间去做那些毫无意义的蠢事。这也不符合当今社会的效率原则。”

我口才并不好，被他一席话说得哑口无言。但我的直觉告诉我，这里面有些东西不太对。我们相对沉默了一会儿。

“我一会儿还有事，”他扫了眼手表，“我希望这件事尽快办好。”

“对不起，先生。我只是一名最普通的房地产推销员，只能按章程办事。希望您不要为难我。”

“那叫你们老板出来。”他好像正在失去耐心。

“他今天不在。而且这个项目由我负责。”我说。

他用一种锐利的眼神盯着我，仿佛正试图看穿我内心的想法。我假装阅读桌子上忘了收走的会议资料，掩饰内心的紧张。我自己也有点奇怪——我为什么要如此维护陈涤？事实上他跟我一点关系也没有。我总是容易在冲动之下做事。

“我明白了。”他点了点头，“下次我会把他带到你面前，然后取消合同。我们会一分不少地付违约金。就这样。”他站起身，没再说别的话，走出了会议室的大门。

第三章

1

几天后的一个晚上，我正独自在家看《银翼杀手》——这片子总是百看不厌——正当德卡置身于逼仄、昏暗的未来电子城的街道时，敲门声不合时宜地响起。我以为是阿鲸，喊了一声，又磨蹭了一会儿才去开门。

没想到门外站着的是徐瞳。

他还是那副永远不变的打扮，身后背着巨大的黑色盒子。他彬彬有礼地将帽子拿在手中，笑着问我："请问我可以进去吗？"

"当然。"我把他让进屋子里。

我与徐瞳算是经常见面，一起讨论关于爵士乐的话题，但他登门拜访还是头一回。他恒定不变的精神偶像是约翰·科川[①]，我的兴趣

---

① 约翰·科川：（1926年9月23日—1967年7月17日）美国爵士萨克斯风表演者和作曲家，同时也是一位优秀的音乐革新家，他对六七十年代的爵士乐坛有着巨大的影响。

则比较杂一些，曾经有一段时间对李・摩根[①]痴迷不已，后来又迷上了桑尼・斯蒂特[②]、汉克・莫布利[③]和蒂娜・布鲁克斯等等爵士音乐家，总之没什么常性。

“不好意思，这次有些冒昧。”他说，“不会打扰到你吧？”

“当然不会。”我说。我拿出两罐啤酒，跟他一人一罐喝了起来。

一罐啤酒下肚，徐瞳说明了此番来意。原来，两周后在他经常演出的地下酒吧会有一场吹奏比赛，按照徐瞳的说法，这场比赛“非常重要”，关乎他“在乐迷中的声誉”。因此，这些天他必须要全力以赴地练习才行。然而不巧的是，他由于长期拖欠房租被房东赶了出来，现在无处可去。

“所以我想恳请你收留我几天。”他最后说，“我在这个城市里没什么朋友，第一个想到的就是你。如果你有什么难处，我就再另想办法。”

我住的房子是两居室的，自从父亲加入“城市游荡者”的大军后，一直都是我一个人住。有时我也会想，这里未免太冷清了些。于是我立刻就答应了下来。

“那太好了！”徐瞳兴奋地站起身，“你可真是解了我的燃眉之急啊。”

“没关系，反正平时也是我一个人住。”我说。

---

① 李・摩根：音乐人，六十年代BlueNote唱片公司的最出色的小号手之一。

② 桑尼・斯蒂特：（1924年6月2日至1982年6月22日）艺术家，萨克斯手。

③ 汉克・莫布利：艺术家，次中音萨克斯演奏者。

“请稍等一下。”徐瞳说着拉开客厅的房门，走到幽暗的楼道里——最近楼道的声控灯坏掉了——我也好奇地来到门前。片刻后，徐瞳回来了，手里拿着两个巨大的行李包。他将行李包重重地放在客厅的地板上。

就这样，徐瞳住进了我的家里。这件事使阿鲸非常兴奋。他之前虽然看过徐瞳的演出，但两人并不熟悉。阿鲸平日里也不怎么去酒吧之类的场所，他更喜欢把自己关在家里做那些可疑的研究，或是玩一些能在家玩的东西。比如打牌，电子游戏，等等。对比阿树，他们兄妹俩的性格真是差异巨大。

徐瞳搬进后，阿鲸几乎每晚都会过来找他喝酒或是打游戏。有时他也会拉着我玩。而那段时间，我的小说正进行到一个关键的阶段，我预感到如果没法跨过这个坎，恐怕这本小说又要半途而废了。我有过很多部中途放弃的小说，它们像是一具具残骸，堆放在我的电脑深处的文件夹里。

有一天，他们俩刚刚打完电子游戏，正舒服地坐在沙发上喝啤酒。阿鲸忽然心血来潮，关心起我的小说。“写多少了？”他凑过来问道。平时他对我的小说并不感兴趣，而我也不太愿意把小说拿给他看。

“有几万字了……”我对着电脑屏幕上密密麻麻的字，回答说。

“还要写多少？”

我摇摇头，眼睛仍紧盯屏幕。我的理想是写出一部大部头的小说——里面蕴含了多种可能性，有着无限广阔的空间。篇幅是非常重要的，尽管它只是外在的表现，但篇幅的多少确实能够体现出小说的重量。我的目标是写一部类似《追忆似水年华》或者《卡拉马佐夫兄弟》这样厚重的作品，要么也得是《魔山》和《没有个性的人》这样的。我对字数有着本能的偏执。不过，我的上一本小说很薄，也是我目前唯一出版的一部。我其他没有能够出版的小说字数也很少。尽管我的愿望是好的，但我发现自己无法真正地坚持下去。实际写作中，我总是很急躁，想把它快点结束，尽快地看到成果。

“你真是一个无趣的人。”阿鲸感慨道，直接在地毯上席地而坐，“你的爱好除了写作，去酒吧和阿树，还有别的吗？”

“就好像你的爱好有多广泛。”

“起码我喜欢探索一些未知的东西。对了，最近我接了一个委托。”他语气中难掩得意，“一个女人的丈夫突然不见了，委托我去找。佣金不菲。”

我没有理他。

阿鲸叹了口气，平躺在地板上。“如果再来一个人，”他忽然自言自语起来，“咱们就可以打火星麻将了。我已经有很多年没打过麻将，最近突然很想玩。”

听到他的话，我正在打字的手停了下来。我想起在我很小的时候，父亲和母亲还有其他的人（或许就是阿鲸的父母），就曾在家里打过火星麻将。那是一种经过改良后的麻将，牌面上的花色全部用各种美丽的星球表示，曾在世界范围内风靡一时。当然，那时我还不知道麻将为何物。走路还不稳的我爬到桌子底下，听着上面传来哗啦哗啦自动洗牌的声响，周围全是大人们的腿，那感觉很是奇妙。我记起有一次，一枚麻将牌掉到了桌下。我急忙攥在手中，看着牌面上的图案。一颗我不知名称的星球正在缓缓旋转，它的阴面和阳面交替变化着。

“乖，把牌给我。”一个大人的脑袋探到桌子底下，笑着对我说，并且对我伸出了手。

那人是谁？是母亲吗？我闭上眼睛，拼命回想。她的脸在我记忆的拼凑中有些模模糊糊，像是一段不稳定的电视信号，画面由于受到了干扰而不停地扭曲、拉扯着。

我把牌放到了那个大人平摊着的手掌上面。那人轻轻地摸了摸我的小手指头，然后面孔从我的视线中离开。少顷，我的头顶上又传来了阵阵洗牌声。

2

有时，阿鲸真的可称为“预言家”。就在他感叹“三缺一”的第二天晚上，一名不速之客就站在了我家门前。

当时徐瞳正在练习萨克斯——约翰·科川的早期名作《蓝色火车》。好在这栋楼的隔音效果异常出色，否则早就有人投诉了。练习与演奏完全不是一回事，这是一个枯燥乏味的过程，有时一段旋律小调要反复地磨炼，不厌其烦。我戴着耳机，听着不知名的新世纪音乐，一边构思着我的大部头巨著。阿鲸则躺在沙发上喝着啤酒，等待徐瞳练完后一起打游戏。然而我怀疑他可能已经站不起来了。

“喂，我说，”看着阿鲸烂醉如泥的样子，我忍不住摘下耳机，

“你那个帮忙找失踪的丈夫的委托进行得怎么样了？”

他将空酒罐随手扔到茶几上，伸了一个懒腰。他舌头有点打滑地说：“毫无头绪。”

“你真的去找了吗？”我怀疑地看着他。

我不知道几乎不出门的阿鲸怎么会有勇气当私家侦探。但是话说回来，就连我这样的人不是也妄想当一个小说家吗？甚至还想写出《追忆似水年华》这样的巨著呢。这么一想，我与瘫倒在沙发上的阿鲸也没有什么区别。

我停下思考，给阿树打了一个电话。她告诉我说，她现在正在快餐店打工，天亮后会去最近新开的巨型购物中心当柜台职员。“工资很高！”她兴奋地在电话里对我讲，“而且还比较清闲。你没事可以找我玩。”

我挂掉电话，决定明天白天就去找阿树，可以中午一起吃饭。那家新开的巨型购物中心我还没有去过，据说是全市最大的购物中心，已经创造了多项纪录之类。电视新闻里，我曾看到记者坐着游览车在巨型购物中心里面采访的场景。

“太不可思议了，”我记得记者曾这样感叹，“这里简直就是一个微缩版的世界。”

这样想着，门铃响了。徐瞳停下练习，与我对视了一眼。大晚上会有谁来呢？难道是来投诉的邻居？我穿上拖鞋，跑去开门。

门开的那一瞬间，我以为是自己看错了。

“嗨，”陈涤笑着对我说，“你个傻蛋愣着干吗？”

有人低声咳嗽了两声。我这才注意到陈涤身边还站着一个年轻女孩，她正在用手轻轻地拉扯陈涤的胳膊。

我完全不知道状况，只好站在那里，与他俩面面相觑。还好，片刻后女孩主动开口道：“你好，你应该就是白河吧？我叫小萝，陈涤的朋友。”

“你们是怎么回事？”我问。

“我来告诉你。”陈涤依然笑呵呵的，“这段时间我一直藏在小萝家里。但是我妈还是发现了蛛丝马迹，我趁着她手下那些狗杂种找到我之前就从小萝家逃走了，想在你这里躲一阵子。等买到星际航班的票，我就可以去月球了，我就他妈的自由了。”

他兴冲冲地一口气说完。我目瞪口呆地看着他，又看看小萝。我对小萝说：“他是怎么回事，喝多了？”

很显然，陈涤现在很不正常。

小萝面有难色，稍稍走上前，悄声对我说：“我一会儿再跟你解释。”

“为什么要找我？”我开始意识到问题的严重性，如果我藏匿陈涤的事情被他的母亲知道了，那我的工作基本上也就泡汤了，说不定还会招来其他祸事。

“因为我们是朋友，对吗？”陈涤突然搂住我的肩膀，他比我矮一点，因此这个动作有些费劲，“我知道我妈派人去找过你了，但你坚守住了底线。她肯定不会想到我会来找你。我太他妈的明智了。”

我把他的手从我脖子上拿开。

当我提起这里已经没有空房，他只能睡在客厅沙发时，陈涤显出了异常的兴奋。“太好了！”他几乎是欢呼着说，“我从小到大都没睡过沙发。真是操蛋。”

我转过头，对小萝说：“他到底是什么毛病？”

“他只是很兴奋。”小萝有些无奈地耸耸肩，“他刚从家里逃出来，一切都很新奇。前几天他让我教他一些骂人的话，因为在他家这是严令禁止的。我教给了他一些，结果他就对这些脏话上了瘾。”说着，她吐了吐舌头，“他只是觉得骂人好玩，并没有恶意——他今天给自己的人格设定的是一个粗鲁的混蛋。”

“没错。”陈涤大声说，“我现在是一个粗鲁的混蛋。”

我想，这个家伙的叛逆期未免来得有些迟。

陈涤一头倒在沙发上，对我说：“有喝的吗？我有点渴了。”

“听着。”我绕到他面前，居高临下地盯着他，“粗鲁不是那么好玩的，我希望你可以适可而止。”可能是我严肃的表情震到了他，他有点胆怯地点了点头。“你会揍我吗？”他低声说道。

听到他这么问，我反而愣住了。

“被人揍是什么样的感觉？”他抬起头，露出渴望的眼神，“从小到大，我还从来没被人揍过。”

“他什么都想试试……”小萝连忙向我解释，“并没有恶意。”

“放心，这是早晚的事。”我对陈涤说。然后，我将小萝拉到一边，“你能告诉我，你俩现在是怎么回事？他跟我说，你们已经分手了。”

“我确实承诺不再爱他，”她直言不讳，“不过我只是保证了不跟他在一起，并没有保证不能帮助他。所以我不算违约，对吧？”

“那倒是。”

“而且他能找谁呢？也只能来找我了。”小萝说，“你放心，既然我收了钱，就一定不会爱上他。”

“这是你们之间的事。”我说。

“你们两个嘀嘀咕咕什么呢？”陈涤不满地嚷嚷道。

“那我先走一步，”小萝说，“陈涤就拜托你了。”

“我送你回去。”徐瞳说。

而我不知道该说什么，毕竟整件事来得太突然了。

第二天，我起了个大早，准备收拾收拾去见阿树。徐瞳睡在另一间屋里，还没起床，通常他要睡到中午才醒。我去刷牙的时候，看到陈涤躺在客厅的沙发上，身上盖着厚厚的毛毯，睡得正香。

我走在街上。现在正是交通最繁忙的时段，马路上的汽车塞得很满，半天也挪动不了分毫。而人行道上也好不到哪儿去。每个人都行色匆匆，拥挤在并不宽敞的道路上，似乎每个人都嫌前面的行人太磨叽，想要超过去，但挡在他前面的是一堵肉墙，没有足够的缝隙可以钻。

我拥挤在人群中。好不容易挤到了公交车站，又要排长长的队。倒也可以选择低空飞行器，但那玩意又贵又不安全，据说第一批使用低空飞行器的人到现在非死即残——城市的陷阱太多了，到处都是意想不到的障碍物。我忽然觉得，陈涤想要移民到月球是非常正确的选择。公交车倒是来得很快，但每次只能使队列缩短一点点。杯水车薪。想必此时地铁也是这副样子。

地球的人口实在太多了。

终于到了巨型购物中心门口时，已经快中午。我站在它无数个通道之一的某个入口，抬头看。我还是第一次来这里。它仿佛一座巨型的堡垒，坚固的混凝土与玻璃的围墙面向两侧无限延展，望不到边际。阳光照射在上面，朝四面八方发射着反光。我感到了一种巨大的压迫感。设计者将之命名为“巴别塔购物中心”，据说它的哲学含义是“商品与消费可以将世界连接起来，取消人类之间的隔阂”。

人们从无数个门口进进出出。如果从上空往下看，应该就像蚂蚁穿梭于蚁穴之中。我这么想着，突然意识到一个问题，那就是我已经很多年没有见过真正的蚂蚁了。

我仔细想了想，上次见到真实的蚂蚁应该还是在童年时期。现在，无论是地上还是地下，都填满了各种人工构造。“效率委员会”的统一管理，不会放过任何一个可以利用的角落。于是，蚂蚁、蜻蜓这一类的昆虫从城市中消失了，甚至苍蝇也是。它们消失多久了？

没有人在意这些小事。

我又想起小时候，跟父母一起去公园遛弯，总是会被那些不停忙碌的蚂蚁吸引。我当时自然不会知道，那可能是这个城市最后一批蚂蚁了。我伸出手，让其中的几只蚂蚁爬上我的手腕，有一点痒痒的感觉。我轻轻地吹气，它们也不会轻易掉下来。

“不要玩蚂蚁，”我听到母亲在我耳边说，“它们都很脏。”

这个声音是突然而至的，并且很快逝去。我以为我早已忘记母亲的嗓音了，可刚刚我确实清晰地听到了，清楚得就如同人群中有人在喊我的名字。我转过身，看着从购物中心穿梭不止的人们，一时间有些恍惚。并且，我可以肯定，刚才我的手腕上又出现了蚂蚁爬过时的酥痒感。

记忆真是一种奇妙的东西。我闭上眼睛，让自己冷静下来。这时，手机的连通器开始朝我的神经元发送提示，有阿树的电话打进来。

“你怎么还没到？”她在电话里说，“不是说好一起吃午饭吗？现在都几点了……”

“很快，”我对她说，“我已经到门口了。”

挂了电话，我竟然并不是很着急。我想要安静地思考一小会儿，哪怕只有一分钟。我要想想我的童年，想想母亲和蚂蚁，想想我为什么要来这里。

我好像突然被定住了，站在门口一动不动，任由进出的行人从我身旁经过。我对老板撒了谎，谎称要去见客户，下午还要回公司。宝贵的时间在流逝，可我却什么也没干。我觉得自己被一种来自童年的光晕笼罩着，什么也做不了，就像得知母亲离开的那一天。

3

走进巨型购物中心，我立刻就迷失了方向。无数条通道如同章鱼的触手般伸向各个区域和楼层，当你走入其中的一处，又会发现更加繁复的通道。每个人的表情都有些茫然，因为虽然到处都有指路牌，但它们只会把你带进更莫名的地带。不知不觉中，你已经不知道自己置身何处。周围尽是疲惫的人，由于找不到自己想去的区域，由于无数次地误入歧途而精疲力竭。我走过那些全然不同，又无比相似的店铺，恍惚间有一种被放逐的感觉。

手机信号又开始刺激我的神经元。我有点后悔将它连接到我的神经组织了。

“你到哪里了？”阿树问，“我都快饿死了。”

“抱歉，”我对她说，“现在我完全迷路了，你能不能说得更详细些？”

于是，阿树在手机里给我指路。从小我就知道，她的方向感无人能及。中学时，记得有一年的暑假，我们相约一起去一座陌生的沿海城市旅行。那座城市我们都没有去过，可是她只是看了下地图，就轻易地穿行在综合交错的小巷中，就像是她对那座城市早已了如指掌。相较之下，我简直像是无头苍蝇。

按照阿树的指示，我来到了三层，经过错综复杂的回廊、休息区、过道、中庭、陈列台，期间我看到购物中心的游览车从身边一辆辆驶过。只要你买票，游览车可以送你到达任何地方。我还看到了不止一家旅馆，供顾客歇脚或是过夜，据说夜晚的“巴别塔”会更热闹，居住在旅馆里的顾客会聚集在购物中心的酒吧里，探讨购物心得，以及某些区域的特点，有些顾客会在购物中心的旅馆里待上几个星期。由于购物中心太庞大了，甚至出现了专业的“探索者”，为顾客订制各种购物攻略。他们中间有些人以此发了横财。

此外，在某些区域，我还看到了假山和喷泉，甚至还有一座动物园和海洋馆——当然，它们并不是观光性质的，里面的动物都是收藏品，否则就不会出现在购物中心里了。区域与区域之间的风格也大相径庭。有的区域完全是异域风格，修筑得像是远古的宫殿；而有的区域则非常现代，未来感十足——那往往是属于电子产品的区域；还有一些区域让你分辨不出究竟是什么风格，杂乱无章。

当我来到儿童用品专卖区域时，发生了一个小插曲，后来我才意识到它对我人生的重要性。

儿童用品区完全被装潢成了十足的童话世界，孩子们沉醉于游乐场般的体验中。旋转木马和悦耳的音乐，打扮成亲切的动画人物的工作人员，还有那些漂亮的玩具车、小灯泡、遥控机器人、飞碟，让孩子们流连忘返。

这时，我看到在一座抓娃娃机的下面，坐着一个面容憔悴的男人，与旁边欢乐的童话氛围格格不入。他穿着皱巴巴的棕色皮夹克，好像在水里泡过似的。头发和胡须也留得很长，不过还能看清面容。他面如枯槁，抱着头坐在那里。

一个穿着可爱的米老鼠工作服的人走过去，踹了那个男人一脚。

“不要坐在这里。”工作人员警告道。

那个男人惶惑地抬起头，颤巍巍地说：“请带我出去……”

“滚开！”穿着米老鼠衣服的人怒吼道。

男人只好摇摇晃晃地站起身，慢慢地离开了滑梯。他的身体看起来很虚弱，像是生了一场重病。“不知道哪儿来的这么多流浪汉。”工作人员愤愤地嘀咕道。

他给我留下了深刻的印象。因为我想到了父亲。他现在会不会也是这副样子呢？我承认，我从未心疼过他，因为这个家成为现在这个样子与他有莫大的关系。可是，看到那个男人的一刻，我的心里莫名有些难受。

“喂，喂？”手机里传出阿树的声音，“你到哪儿了，听到我说话了吗？”

“啊，”我回过神来，“你继续说，我听着呢。”

有了阿树指引，我不需要游览车，更不需要旅馆。我很快就找到了阿树所在的化妆品柜台。阿树穿着笔挺的职业装，正在为一名顾客讲解着什么。我站在旁边，耐心地等待了一会儿。经过此番长途跋涉，我的体力消耗了不少。望着来来往往的顾客，我有一种心力交瘁的感觉。

“走吧！”正当我愣神时，阿树笑着拍了拍我的肩膀。

想到阿树特意腾出了几个小时的时间陪我，我的心情略微振作了一些。当然，我们首先要去吃饭，可吃什么好呢？我们又犯了难，还好购物中心里有专门负责帮你决定吃什么的“选择机”，你只要按一下上面的红色按钮，它就可以自行帮你选择吃什么。

“选择机”帮我们选了一家面馆。面条非常难吃。我终于理解为什么有的地方的“选择机”被砸烂了。不过，阿树倒是吃得津津有味，她对食物从来都没有什么要求。

按照计划，吃完饭我们会去“双峰”。下午五点，“双峰”还没有什么人，这个时间段是非常安静的。吧台宽敞、明亮，空气里也没有弥漫的呛人烟味。我们选择一处角落里的位子坐下。我点了一杯柠檬威士忌，阿树要了杯调和果汁。此时，酒保和服务生都慢悠悠的，收拾着桌子上的东西，或者擦拭酒杯。我喜欢这样的时刻，不是那么忙碌，一切都井井有条。

“最近工作忙吗？”我问。

“还行，”阿树说，“都能应付。”

之后，我们就陷入了沉默，各自喝着杯子里的液体。不知从何时起，我们经常出现这样长时间的沉默。我发现我们的话题只能围绕着工作，除此以外，几乎就没什么可谈论的了。我意识到，我们已经很久没有真正地在一起生活过。是的，我们依然经常见面，并且从不吵架，可是我总觉得有什么东西横亘在我们之间，无法逾越。

可能是酒精起了作用——虽然阿树就坐在我的对面，可我却觉得她离我很遥远，像是一幅全息影像。这种感觉究竟是什么时候产生的呢？我难过地将杯中的威士忌一饮而尽。

“我想……”我谨慎地选择着措辞，“我们应该好好谈一谈……”

这时，有人走到我们的桌子旁，站住。我抬起头，是库珀。他端着一盘甜甜圈，冲着我打招呼，却故意忽略了阿树。我有些奇怪。“本店赠送的，”他将甜甜圈摆到桌子上，接着俯下身，在我耳边低声说：“对不起，我不能跟阿树说话，一会儿帮我道个歉。”

“怎么回事？”我问。

“戴安不让我跟任何女人说话，”库珀一脸苦涩，“她总是对我不放心。”

“连阿树都不行？”

“阿树当然没问题，但你是知道的，”库珀说，“戴安总是很严格。”

“好吧。”我拍了拍他的肩膀。

戴安这么做也是事出有因。库珀年轻的时候——当然现在他也不算老，但也确实已是中年人了——是众所周知的多情浪子，身边从不缺少女人。他生来一副英俊如电影明星的面孔，还有高大的身材，自然而然会吸引众多女性的目光。直到他遇到了完全能够治住他的人——戴安。

谁能想到呢，当初“四处留情”的库珀，如今被戴安调教得服服帖帖。

随着时间的推移，酒吧里的人渐渐多起来，变得有些嘈杂。我建议出去逛逛，阿树欣然同意。我们走出酒吧。天已经黑了。

路面有些潮湿，像是刚刚下过雨。我们漫无目的地走着。远处高楼的大屏幕上，反复播放着移民月球的广告。如今，你已经很难再找到一处真正僻静的角落了，除非在很晚的时候，但那时你又会遇到呕吐不止的酒鬼。

不过，今晚街道上的人却不多，可以说难得地安静。我和阿树慢悠悠地往前走，呼吸着清爽的空气。两旁是明亮的橱窗和街灯，还有巨大的动态广告招牌。我们谁也没说话，但心情无疑是愉悦的。阿树主动地挽起我的胳膊。我闻到她头发上的香味。

我们走到一棵树下，阿树停下脚步。

“这是什么树？”她问，“是合成的吗？”

我抬起头。茂密的树冠上开放着蓝色和紫色的小花，随着晚风轻轻摇曳，如果仔细看，它们似乎还散发着不易察觉的微光。我并不知道这是什么树，我对植物一窍不通。

我们就这样静静地欣赏了一会儿。阿树慢慢贴近我，握住了我的胳膊。我望向她的眼眸。通透，闪烁，眼神中似乎蕴藏着一种未经探明的情感。我知道，只有当她动情时才会显现。很多年前，我就是被这样的目光打动。即使那时我年纪尚小，根本不知爱为何物。而多年以后，阿树的目光仍未有任何折损，夜色中，依然鲜明如初。

我们开始亲吻，在这棵不知名的树下。

两旁不断有行人经过。由于性格原因，平日里我和阿树是有些排斥在公众场合的亲密行为的，总觉得不适应。但是今晚，我们排除了一切杂念，忽略了旁人的眼光。我与阿树紧紧地抱在一起。她很用力地拥抱着我，像是害怕我随时会消失。她的情绪有一点激动，我不知道是为什么，但我无疑是开心的，仿佛我们又回到了上学的时候，那无数个夜晚，月光之下。

不知过了多久，阿树轻声说："我们走吧。"我们便手挽着手，继续往前走。经过了刚才的甜蜜时刻，我的心境犹如萨特小说里的主人公，由于偶然听到了一首美妙的爵士乐曲，而消除了对于一切存在的恐惧感。路过一家电影院时，我问阿树想不想看电影。阿树说："好哇，很久没看电影了。"

我还清楚地记得第一次与阿树一起看电影的情景。那是一次老电影回顾展，我们看的是《银翼杀手》。期间，我和阿树的手一直握在一起。有一阵子她看得入迷。我扭过头，借着电影屏幕的光凝视她的侧脸。我忽然产生了一个念头：我愿意和这个女孩共度一生。

我还记得电影结束后，阿树久久不愿离开。直到片尾曲放完，她才恋恋不舍地站起身。"没想到看电影这么甜蜜。"她有些羞涩地对我说，“可以握着你的手。”

曾经的记忆依旧动人。仔细想想，我俩确实很久没一起看电影了。我来到售票机前，查看电影信息。

唯一一部我们都想看的电影要一个小时后才有场次。

“没事的，”阿树安慰我，“今晚已经很好了。”

于是我们离开电影院。再走一段路，就到了一处幽暗的街心公园。我们坐在长椅上。天气并不寒冷。月亮高悬天际，没有云层遮挡，可以清楚地望见上面的陨石坑和山脉。阿树对月亮总是格外着迷。经常地，她坐在窗边，凝望月亮整整一晚，直到白昼来临。而我却有些心不在焉，因为想到月球上很快也会建起各种住宅区、高楼、购物中心，也会像地球一样人声鼎沸。每当这样想时我都很扫兴。

周围很静谧。这样的夜晚并不多见。我忍不住小声哼唱起了斯坦·盖茨[①]演奏的巴萨诺瓦的某段旋律。这时，阿树的手机提醒音响了起来。她又要去工作了。我们相视而笑，一起站起来，但并没有松开彼此相握的手。我送她到附近的公交车站。

“今晚很愉快。”公交车到站的那一刻，她忽然再一次抱住了我。我听到她在我耳边说：“谢谢你。”

我目送着她上车。车子开走了。过了一会儿，我收到了阿树的短信，那上面写着几个字：

对不起，我们分手吧。

---

① 斯坦·盖茨：（1927年至1991年）爵士乐领域的旋律即兴的代表人物，也是六十年代拉丁爵士的代表人物，在乐迷的心中，他是位音乐艺术家，也是音乐界的一位英雄。

第四章

1

人生中很多事都无法预料。不知从何时起，我与阿树的心已经渐行渐远。有时我会回想起学生时代——那时阿树还没那么多工作，而我还对自己的写作充满信心。每晚我都会陪着阿树。“看到你睡着的样子，我感到很安心。”我清楚地记得，阿树曾这么对我说，“因为我知道你确确实实地在我身边，我伸手就可以摸到你，这种感觉真好。”

可是，究竟是什么让这一切改变了呢？

那场车祸让她失去了睡眠的同时，也失去了父母。与阿鲸沉溺于自己的侦探小说、古怪发明、电子游戏的世界不同的是，阿树渴望与人交流，渴望得到外界的温暖。可她的性格里又有着某种与生俱来的孤僻，根本不善于与别人打交道。我不知道她究竟承受着多大的折磨与压力，并且，那折磨由于漫漫长夜又在成倍滋长。那时我们上同一所中学，同一个班，我亲眼目睹她如何努力地想要融入集体，却又被莫名排斥。她尽力想要改变自己的性格，脸上总是绽放着笑容，但我知道，那都是伪装出来的，只是为了博得大家的喜爱。然而她的伪装并不高明，因为她拒绝别人进入她的内心世界，当有人真的想要靠近，她就会惊讶地远离，弄得别人一头雾水。

因此，直到毕业，她也只有唯一的一个朋友。

那个朋友就是我。

或许那时我已经产生了对阿树的保护欲。我想要走进这个女孩的内心，让她不再觉得自己孤单无依。是的，在此后很长一段时间里，我认为自己做到了，我已经进入了阿树层层密封的隐秘的内心世界，并且那个世界也接纳了我。可是直到今天我才明白，这或许只是一种幻觉。

人和人之间真的能够互相了解吗？阿树的离开促使我再次思考这个问题。或许每个人的内心深处都有一个黑洞，无论怎样的光芒都无法照亮。而我们的爱就建立在这种时刻发生的错位与误解之上。或许，任何想要完全了解对方的念头都是自私的，因为那同时也意味着占有，意味着将你的观念强加于对方。那并不是真正的了解，只是服从。

阿树离开后，手机就再也打不通了。我去了她打工的便利店，见到了那名秃头店员。他告诉我阿树已经辞职，没人知道她去了哪儿。我站在一排排货架之间，听着便利店里弥漫的轻音乐。

“不过……”秃头店员忽然停了下来，“有时我还挺想念阿树放的音乐的。她喜欢的歌手叫什么来着？”

我告诉了他。

“没错。”他说，“说不定以后我也偶尔会在店里放一放。”

阿树的突然离开，使我对一切都没了心思。下班后，我把自己锁在屋子里。书当然读不进去，小说更没心情写。我只是躺在床上愣神，盯着墙上的裂缝，或者某个毫无意义的角落。这个时候，我特别想变成一张桌子，或一只书柜，因为这些家具是没有感情的，也不会感到痛苦。

每天我会循环无数次户川纯[①]的《谛念》。这个诡异的女人在歌里唱道："爱我的话，打我杀我也可以。不爱我的话，我会腐烂，我和猪牛一样只是一块肉。"

爱究竟是什么呢？它为什么会有这么大的力量，又为何会令人恐惧呢？——我每天都在思考这种莫名其妙的问题。我的工作效率越来越低，并且经常出错。老板一气之下命我出去发传单。这种古老的宣传手段早已过时，如今它只是作为某种惩罚的手段。站在寒冷的街头，面对着熙熙攘攘的行人，我像是机器人一样无数次伸出印着月球房产广告的印刷单，递给那些陌生的面孔。我希望可以在人群中再见到那张我朝思暮想的面容。我甚至幻想着有一天，她会轻轻走到我身边，接过我手里的传单。然后一切都恢复正常……

"愣什么神呢？"公司的监督员对我大吼。

我回过神来，继续分发手里的东西。人们冷漠地摆摆手，表示并不需要。

晚上回到家里，我早已精疲力竭。徐瞳和陈涤从来不会打扰我，毕竟没人会傻到刺激一个刚刚失恋的人，即使是陈涤这样几乎无情商

---

① 户川纯：（1961年3月31日——）一位创作型女歌手，1961年生于东京。自1980年出道以来，参演过许多电视剧和电影、舞台剧。

可言的家伙。他终于不再随便骂人了，可能是脏话的新鲜感终于过去，也可能他的人格设定又发生了改变。

“失恋多美妙呀，”有一次，陈涤突然对我说，“我失去小萝时虽然很难受，但那种感觉真的太美妙了。作为一个活着的人，我们就应该体验各种不一样的东西，不是吗？”

我窝在沙发里，不想回答。

“这也是我从家里逃出来的原因。”他继续滔滔不绝地说，“是小萝让我认识到，世界太美好了，充满了可能性，我想要不停地体验、体验、再体验。是不停的体验才让我感受到了自己的存在，而我以前简直就像一具空壳。”

“但我宁愿不要这样的体验，”我有气无力地说，身上盖着厚厚的毯子，喝着热茶，“我宁愿感受不到自己的存在。”

陈涤后来说了什么我没有听，因为我的思绪转到了另一个地方。我又想起了父亲。当初母亲离开他时，他是怎样一种心情呢？显然，他曾面对比我更加棘手、惨痛的局面。

我意识到，确实已太久没跟父亲联系。

又是一天晚上，我听到了打麻将的声音。我走出屋子，发现阿鲸、陈涤、徐瞳还有小萝围坐在桌子前，正兴致勃勃地玩着火星麻将。

“小萝？”我愣了愣。

“嗨，”她一边摸牌一边冲我笑笑，“好久不见。感觉好点了吗？”

我知道阿鲸他们一定把我的事告诉了小萝。我正想生气，却看见了阿鲸放在手边的一张照片。我走过去，拿起照片，仔细观瞧。

“这就是我那个客户失踪的老公，”他沉迷于打牌，头也不抬地说，“你们要是不小心在大街上遇到，一定要告诉我。虽然这种事根本不可能发生……我胡了。”

“我今天手气太差。”小萝沮丧地说。

“会好起来的。”徐瞳安慰道。

他们开始重新洗牌。

而我盯着手中的照片看了好久。没错，就是他，虽然照片上他的胡须没有那么长，头发也梳理得整整齐齐，但从眼神和神态上我还是能辨认出来。况且，照片上穿的衣服也是一模一样。

“谁是庄家？”阿鲸问。无论是何种游戏，他总是得心应手。

“我见过他。”我说。

他们的注意力全在麻将上面，以致没有人理会我。于是我又重复了一遍。

“你见过什么？”阿鲸抬起头，茫然地问。

“照片上的这个人。”我说，“在‘巴别塔’。”

2

“太不可思议了。你知道吗，”阿鲸一边穿外套一边对我说，“这是真正的奇迹。”

说完，他立刻打开门，连夜赶往“巴别塔”，留下桌子前面面相觑的另外三个人。我知道他是害怕被其他的私家侦探捷足先登。我的直觉告诉我，是到了跟父亲联络的时候了。据我所知，很多“城市游荡者”都将购物中心当成栖息地，说不定父亲对“巴别塔”内部的地形比我们要熟悉得多。

我已经有一年多没见过父亲了，期间也没任何联系。上一次见面还是去年夏天，在一家偏僻的唱片店内。据称这里是这座城市最后一家实体唱片店。或许真是如此。

我从小就跟着父亲来这里买唱片，而父亲也曾经跟我说，他还年轻时就已是这家的常客。后来父亲离开了家，我时常一个人来，有时也带着阿树。店主是一个喜欢穿牛仔裤的热心老伯，总是笑眯眯的，眼睛又小，一笑就眯成一条缝。他坐在层层叠叠、五花八门的唱片后面，像是这些唱片的保护神。店主老伯的记性极好，你只要说出想要的唱片，他都能立刻从那些放满了唱片的木质唱片柜里给你找到。

夏天时，他会给客人准备冰镇饮料。到了冬天，每次我过去他都会为我煮一壶热气腾腾的咖啡。我还记得去年夏天雨水充沛，几乎每天都在下雨。我和父亲约好在唱片店见面。我到时，发现店里只有我一个客人。

唱片店的生意总是不景气。不过当我迈进店里时，还是听到了那句平静又不乏热情的招呼：“欢迎光临！”只见店主老伯正眯缝着眼，坐在柜台后面的沙发椅上，冲我点头示意。

店里正放着查尔斯·劳埃德[①]的经典专辑《天水长》。

“老伯！”我愉快地说，“您看到我爸了吗？”

---

① 查尔斯·劳埃德：（1938年——）音乐家。

“他还没来，”店主老伯说，“小子，你是今天第一个客人，想喝点什么？”

“有冰镇柠檬茶的话，给我来一杯吧！”我说。

“专门给你留了。”店主老伯得意地起身打开冰箱，“我知道你喜欢柠檬。”

我喝着冰镇柠檬茶，一边翻看架子上琳琅满目的唱片，一边等待父亲。店主老伯则继续沉浸在音乐中。他并不太喜欢与顾客闲聊。唱片店里没有空调，只有一台老式电风扇在运转。外面的雨声淅淅沥沥。

过了一会儿，我又听到店主老伯说“欢迎光临”。我转过头，看见父亲正在脱雨衣。

“等了很久吗？”他将雨衣挂在店里门口的衣架上，朝我走过来，几乎是下意识地摸了摸我的头发。即使我早已比他身材高大了，见面时他还是会重复这种源自我童年时期的习惯。我有些不适地退后了一步。

“没等多久。”我喝了一口柠檬茶。

父亲看起来有些憔悴，脸上满是胡茬，头发也一绺一绺的，好像没洗过。父亲真的是一副流浪汉的模样了。看着他这个样子，我不知道该生气还是该心疼。为什么，父亲为什么要选择这样一条道路呢？我始终搞不明白，难道仅仅是母亲的离家出走使他心灰意冷？我问过他原因，可他每次都不做正面回答。

“这是我选择的路，”他总是这么说，“我可以对自己负责。”

那天是为什么见面来着？哦，对了，那天是我的生日。我们默默地看了一会儿唱片，几乎没有交谈。他给我选了一张悉尼·贝彻特[①]的唱片作为生日礼物。

“生日快乐。”在唱片的货架之间，他轻轻地对我说，好像怕被人听到似的。

我点了点头，没说话。然后，他给了我一张纸条，上面写着一串数字。

“有事给我打电话，”他说，“这是我的联络方式。”

雨依然在下，比我来时还更大了一些。父亲重新穿好雨衣，跟店主老伯告别后，就冲进了雨幕中。

“你的父亲，变化很大啊。”店主老伯忽然说道。

“嗯？”

“我还记得当年他经常跟他的妻子，哦，也就是你妈妈，一起来我这里看唱片。我还记得他那时的模样，是一个朝气蓬勃的年轻人呢，就像现在的你。”店主老伯眯着眼睛，看着父亲的雨衣刚刚在地板上留下的一小摊水渍，“每次进店，他都会大声地跟我打招呼，有时会把我吓一跳。”说完，店主老伯便闭口不言了。他起身换了一张唱片。

我望着父亲消失的方向。雨没有丝毫停歇的意思。

我记得那张纸条夹在了一本书里。于是我站在书架前，看着那些密密麻麻码放在一起的书，它们都用书脊对着我。有时我不知道买这

---

① 悉尼·贝彻特：爵士乐史上以高音萨克斯风为主揍乐器的先驱。

么多书究竟干什么，正如同我也不知道自己读了这么多书有什么用，我的生活并没有因此好起来，甚至目前来看，是更糟了。不仅如此，除了书架里的书，还有好多书堆在床头柜上，几乎快要顶到天花板了。我总是会冒出一种想法，觉得它们终有一天会坍塌，将我砸死。或许，最终我真的会死在这堆书上。

站在书架前，我使劲回想着，那张纸条会夹在哪一本书里。我伸手抽出一本红色的硬皮书——威廉·巴勒斯[①]的《赤裸的午餐》——果然，那张写着电话号码的纸条就夹在这本书里。我当时想的是，以后再也不会重新翻开这本破碎难懂的书了。

但无论如何，我还是松了一口气，往客厅瞅了瞅。陈涤和小萝正坐在沙发上看电视，徐曈则站在阳台上，吹奏着一首缓慢的标准曲。

我按照纸条上的号码拨打手机。拨通了，传出的却不是父亲的声音。

“喂？”那是一个女人的声音，没睡醒的样子。

“呃，我找白山。”我说。

“哦，”她习以为常地说，“手头有纸笔吗？记一个号码。”

我在笔记本电脑上记下了她说的号码，然后拨通了那个新号码。接通的人依然不是父亲。这次是一个气呼呼的男人。“吵死了，”他说，“以后能不能早点给我打？手头有纸笔吗？记一个号码。”

---

① 威廉·巴勒斯：(1914年至1997年)美国作家，与艾伦·金斯伯格(Allen Ginsberg)及杰克·凯鲁亚克同为“垮掉的一代”文学运动的创始者。巴勒斯的晚年主要和金斯伯格在演艺界玩耍捣乱，创作了不少通俗歌曲，甚至被一些年轻人奉为朋克摇滚宗师。巴勒斯晚年还演过电影，作画出售，并且为耐克运动鞋在电视上做广告，几乎无所不为。在金斯伯格逝世后的4个月，巴勒斯心脏病发，离开人世。

这样反复了五六次后，我得到了一个电子邮箱，登录进里面，我找到了一串新的号码。此时我几乎已经绝望了，想着这真是一次错误，父亲这么做或许是为了戏耍我。抱着最后的侥幸，我拨通了那个新号码。

“喂？”里面终于传来了熟悉的声音，“是小河吗？”

“为什么要转那么多次？”我生气地质问道。

“为了保险起见嘛，”父亲在电话里解释道，“你知道，我必须要避开‘效率委员会’那帮人……”

“好吧，好吧。”我早已口干舌燥，想尽快跟他说明来意，多余的话一句也不想说。听完后，父亲沉吟了片刻，说：“包在我身上，‘巴别塔’里有很多我的游荡者朋友，应该会有人认识你说的那个人。”

父亲和我约定好一会儿在“巴别塔”的某个入口见。刚挂断，阿鲸就打了进来。

“糟糕了！”阿鲸说，“我需要你的帮助。你能不能现在来一趟？”

“出什么事了？”

“也不是什么大事，”阿鲸叹了口气，接着说，“我也迷路了。”

3

这是我时隔一年多后再次见到父亲。在“巴别塔”的入口处，我一眼就认出了他。让我惊讶的是，父亲并没有想象中的颓废，相反，比上次见到时还要年轻不少。他穿着颜色鲜亮的橙色短身羽绒服，像是一个小伙子那样双手插兜，不时东瞧西望。

他也一下子就认出了我，笑着冲我挥了挥手，然后小跑着来到我面前。

“好久不见，你好像沧桑了不少。”这是他对我说的第一句话。他将手伸过来，想要摸摸我的头发，被我躲开了。

“您倒是看上去很快活……”我揶揄说。

“当你适应了生活，就会像我一样快活。”不知是装傻还是怎样，他丝毫没有听出我语气中嘲讽的意味。

“这几位是？”父亲朝我身后看了看。

“我的朋友，徐瞳、陈涤还有小萝。”

他们得知阿鲸迷失在“巴别塔”后，坚决要跟我一起过来。“现在我们要找的是两个人，”徐瞳说，“人多一点总没有坏处。”

“没错。”陈涤附和道，“正好我还从没去过那里。”

“那我也顺路去逛逛衣服好了。”小萝说。

于是，他们三人也跟我一道赶来“巴别塔”。此时已近午夜，可“巴别塔”周围依然车水马龙，人声鼎沸。等待客人的出租车在外面排成了长龙。

“放心吧，”父亲一边领路带我们进去一边说，“我有几个‘城市游荡者’的朋友长期住在这里，对环境非常熟悉。”

父亲所言不虚。在几个看似普通顾客、实则是“城市游荡者”的人的帮助下，我们很轻松地就找到了阿鲸。他被困在了镜子专卖区。

“你能想象吗？”阿鲸见到我们后就大吐苦水，“四周全是镜子！而镜子里全是我自己！如果我再多待一分钟，一定会精神分裂的。”

“我理解。”其中一个“城市游荡者”拍了拍他的肩膀，“这里确实是最容易迷路的区域之一。我每次都尽量不经过这里。”

往里又经过了几个区域后，我们跟父亲的另一个朋友碰了头。

阿鲸把那个人的照片递给了一个戴着黑色渔夫帽、留着络腮胡子的胖子。他十分仔细地看过了照片，然后摸了摸厚实的下巴。“这人我见过。”他的声音有些含糊不清，但我还是听明白了。

“真的？”阿鲸兴奋地两眼放光。

“他住在寝具区。”他嘟嘟囔囔地说，举起了粗壮的手指，“跟我来。”

我们搭乘了一辆游览车，在寝具区下了车——车费比外面的出租车还贵——放眼望去，这里摆满了大大小小的床，望不到尽头，每张床的上面都有一盏昏暗的灯照耀着。胖子说了几句什么，这次我没听清。

“他的意思是，”父亲给我们翻译，“寝具区是那些迷路者的聚集区，因为可以免费睡在这些作为展品的床铺上。”

我们也发现了，很多床铺上都有睡着的人。

“他们全是迷路者？”我问父亲。

“谁知道呢，”父亲说，“里面也有一些是游荡者，但大部分是迷路的人。因为‘效率委员会’会不时来这里搜查，所以我们基本不住在这种太明显的地方。”

我看着这些形形色色的躺在展品床上的人们。难以置信，迷路的人竟有这么多。

这时，胖子在其中一个床位前停下。“是他吗？”他低下头，像是在对着自己硕大的肚子自言自语。

眼前的这张床上躺着一个人，正在熟睡着。我和阿鲸走上前，对照照片反复确认了几次。然后，我们对视了一下，冲彼此点了点头。

“起床啦！”阿鲸在那人耳边大声喊道，“砂原先生！”

被称为砂原的男人一跃而起，把我吓了一跳。

“我交代！”他举起双手，大声地说，“我全都交代！”

过了一会儿，他好像终于清醒了过来，睁开眼睛，无助地望着我们。“你们是谁？”他有些困惑地看着这群围住他的人。从他的头发上飘散出长期不清洗的酸臭味。

从“巴别塔”出来，我提议去“双峰”喝一杯。夜色正浓，我们一群人游荡在寒夜的街头，竟有了种异样的和谐。或许是很久都没有这样过了——像现在这样大家聚在一起，说说笑笑，无论是熟悉还是陌生。我呼吸着夜晚清冷的空气。这是阿树离开后，我第一次感到真正的开心。但同时我也有些恐惧，我害怕自己将很快适应失去阿树的生活，因为那也意味着，我真正地失去了她。

砂原先生仍然惊魂未定，结结巴巴地叙述着自己这些天的遭遇。他说不知道自己在“巴别塔”里迷路了多久，因为里面没有日夜之分。他原本只是去给妻子买一瓶调味酒，结果不知为何，突然就失去了方向感。所有地方都变得异常陌生又似曾相识。他慌慌张张地去问工作人员，但那里实在太大了，他绕来绕去怎么也找不到出口。甚至有好几次，他都转回了原先经过的地方。

“不知道是怎么了，”他苦笑道，“我的方向感其实一直很好，但这段时间，我感觉自己恐怕连一间幼儿园都绕不出去。”

戴渔夫帽的胖子突然咕哝了几句。

“他是说‘失路症’，”父亲解释道，“这是一种突发的心理疾病，患者会在一瞬间彻底失去方向感，并且越紧张症状就越明显。我在电视上看到过一个极端的案例，有个男人曾在自己家差点被饿死，只是因为他找不到客厅的大门。警察找到他的时候，他仍然执着地认为浴室的门才是出口。”

“就是这样，”砂原先生说，“更倒霉的是，我发现我的钱包和手机都被偷了。也就是说我身无分文被困在了该死的购物中心里。幸好里面到处有试吃和试喝的活动，否则我估计早就饿死在里面了。”

“那这种死法也是挺有趣的。”陈涤说。

我瞪了他一眼。

砂原先生倒没生气。他自嘲地笑了笑，说：“不过也有好处。以前我以为我妻子根本不会在意我的死活，没想到她竟然还会去找私家侦探，说真的，让我非常感动。”

“可你失踪这么久，你的妻子为什么不报警呢？”徐瞳问道。

砂原先生迅速地瞥了徐瞳一眼。“我们都不喜欢警察。”他说，然后便不再言语了。

很快，我们就到了“双峰”。此时酒吧的氛围已经趋于稳定。演出已结束，背景音乐在播放着一曲缓慢的后摇。灯光调至柔和。准备来此一醉方休的客人们陆续散场，喧闹变为安静。剩下三三两两的人进入了推心置腹的阶段，窝在角落中窃窃私语或是浅浅睡着。库珀为我们安排了一张大桌子。戴安则贴心地端上甜甜圈，然后就继续在角落里独自抽烟去了。她最近好像不太爱说话。

“能不能换一首音乐？”入座前，徐瞳低声对库珀说，“我讨厌后摇。”库珀笑笑，没说什么，转身离开了。片刻后，背景音乐切换成了约翰·科川与约翰·哈特曼[①]共同演绎的《唯一的爱》。舒缓的音乐声在酒吧里缓缓流淌。

有一段时间，我们漫不经心地闲聊着。约在这里主要是为了方便等砂原先生的妻子。

“我好像看您有些眼熟。”砂原先生突然对我说道。

“我们之前好像并没有见过。”我笑着摇了摇头。

“不，”砂原先生紧紧盯着我的双眼，说，“您是不是写过书？”

“书倒是写过……”我非常诧异。

他似乎还想继续说些什么，这时，我清楚地听到了一阵高跟鞋踏在木质地板上的声音。我回过头，看见一个女人站在我身后。她穿着黑色大衣，一头灰色的波浪卷发引人注目，身上还带着外面的寒气。

“这是我的妻子。”砂原先生说，不过语气中没多少热情。

“你们好。”砂原夫人摘下黑色皮质手套，冲我们打招呼。然后她皱着眉头打量了一下自己的丈夫，说：“浑身上下脏透了，为什么不直接回家？”

---

① 约翰·哈特曼：（1805年5月14日至1900年3月10日），美国一位中音爵士手，他对爵士民谣驾轻就熟的演绎被大家铭记，而他与约翰·科川的合作最为著名。1963年他们的专辑是爵士乐经典之作，其作品“豪华的生活”于2000年进入格莱美名人堂。1983年他因肺癌而死，之后于1986年进入“大乐队和爵士乐名人堂”。

“我急需喝一杯。”砂原先生说。

砂原夫人走上前，搀起丈夫，或者说将他拖了起来。两人往外走去。期间砂原先生艰难地扭过头，喊道：“今晚很愉快。再见啦，大家！”

“你知道吗，砂原先生的妻子出手很大方。”阿鲸凑过来对我说。

然而，我的思绪已经完全转到其他事情上。我在观察父亲。这一年，他似乎变得比以前要开朗许多。是否随着时间的推移，父亲已经走出了那件事呢？我不敢确定。其实我很想今晚就试着跟他聊聊关于母亲的事，但我还是忍住了。

走出酒吧，空气异常寒冷。我呼吸了一口冷冽的晚风，抬起头，就看见了那轮明月。月亮安静地悬置在天边，明亮，寂寥。阿树在做什么呢？还有我几乎遗忘了模样的母亲，此刻又置身何处呢？这枚悬浮在宇宙中的天体，离我们最近的星球，汇聚了所有人的目光，还有期待——无论是近在身旁的人，还是那些或许再也见不到的人。

4

我手捧热气腾腾的咖啡，望着外面。这时要是下一场雪就太完美了。不过现在冬天还没有真正来临。天气已经开始变得寒冷了，空气也变得硬邦邦的。店主老伯还是像往常一样坐在沙发椅上，微闭着双眼，听着唱片机里播放的爵士乐。他的手指不时在椅子扶手上敲打两下。

唱片店还是老样子。在我的记忆中，它从未改变过模样，时间在这里仿佛停滞了。但是我也注意到，店主老伯似乎又老了一些，手背和额头多了几块老年斑，动作也迟缓了。我记得以前他找唱片的速度都是在转瞬间，像是变戏法一样，而现在，他会慢慢翻找，有时老半天才能想起某张唱片放的位置。

“您最近身体还好吧？”我不禁有些担忧。

“暂时没事。”店主老伯睁开眼，对我笑笑，“怎么，我是不是已经老得不像样了？”

“哪里。”我转动了一下咖啡杯，“只是天气冷了，看您穿得有点少。”

“早就习惯了。”店主老伯微微坐起身，揉了揉太阳穴，“冬天奈何不了我。”

“那就好。”我说，接着一口将剩下的咖啡喝完。

今天是周末，我与父亲约好在这里见面。我想借机问问关于母亲的事，因为我有一种预感，如果这次不问，可能以后就更加艰难了。

父亲果然又迟到了。我瞟了眼唱片店墙上的钟表，离约定的时间已过去半个小时。这段时间只有一对年轻情侣走进来过。他们转了两圈，小声嘀咕着什么，然后就离开了。生意如此冷清，我真的不知道老伯究竟是靠什么维持这家店。

“有新的唱片吗？”为了打发时间，我问。

“现在的都不灵。”店主老伯有点烦地挥了挥手，“那些什么电音爵士、融合爵士、说唱爵士……反正我这个老朽是接受不了。”

“其实我也不喜欢。”我说。

“还要咖啡吗？”

“已经够了，谢谢。”

这时我听见了摩托车排气管的轰鸣声。我循声望去，果然是父亲。只见他穿着厚皮夹克，正在摘头盔。摩托车的款式看起来很旧了，应该是二手的。

他将头盔和手套放在油箱上，走进店来。

“怎么突然想见我？”他露出那副嬉皮笑脸的表情，“又有什么需要老爸帮忙的？”

我有点反感他这副玩世不恭的样子。我觉得他是故意装出来的，可谁又知道呢？说不定他本来就是这样。可是在我的记忆中，他并不是这个样子。与现在相反，那时他总是愁眉苦脸，整天借酒浇愁。现在回想起来，他与母亲应该已经陷入了冷战，只是当时我还太小，不明白这些事。

“想问点事。”我故意板起脸，语气也很严肃。

“什么事？”

我看了眼店主老伯。他并没有关注我们俩，而是在鼓捣一沓唱片。

“妈妈为什么要离开我们？”我的话比我预想的还要直截了当。

笑容从父亲的脸上消失了。几乎只是瞬间，他与刚才便判若两人。“为什么突然问这个？”他阴沉着脸，盯着地板上的某处，不再与我对视。

“我觉得我有权利知道。”

“都过去了。”他不耐烦地说，“她不再爱这个家了，就是这样。这个世界上每天都有那么多人离婚或离家出走，不是很正常吗？”

父亲看起来越气急败坏，我就知道他越是隐藏了什么。这个话题如此敏感，即使这么多年过去了，依然碰触不得。看来我还是想得太容易了。

“那你自己呢？”沉默了一会儿，我说。

“我自己？”

“你为什么要选择自我放逐？我知道这一定跟妈妈的离开有关，是不是？”父亲的消极态度反而激起了我的求胜心，我决心一问到底。

父亲焦虑地扭了扭脖子。

“你今天就是来说这些的？”他神情漠然地看着我，“那我们没什么好谈的。”

我还想再说什么，可父亲没有给我机会。他转过身，大跨步走出唱片店门口。他启动摩托车的引擎，重新戴上手套和头盔。

“最近我没有想买的唱片，不好意思了，老伯。”他对店主老伯说。

“没关系，没关系。”店主老伯点了点头。

然后，父亲驾驶着摩托车离开了。我看着他的背影，气得说不出话来。

“孩子，”店主老伯一边用抹布擦那台已经用不上的电风扇，一边对我说，“你要清楚，有些事情确实不是非要知道的。谁都有不愿意告诉别人的秘密，即使是最亲的人。”

我突然觉得很疲倦。我随便买了一张唱片，与店主老伯告辞，便也离开了唱片店。

第五章

1

我、陈涤、阿鲸还有小萝，四个人排成一列，由我打头，走下这条逼仄、昏暗的阶梯。地下酒吧的喧闹声已经隐约可闻。这种酒吧一般都是由地窖或是地下室改建而来，往往都属于某些特定的小圈子，外人很难找到。比如我们现在正在进入的这家地下酒吧，就是属于爵士乐迷才知晓的所在，它的入口处是一个不起眼的仓库，没有任何标志。

今天是徐瞳比赛的日子。他之所以如此重视这场比赛，除了它在爵士乐圈子里的重要性外，还有一个不容忽视的原因——可观的奖金。徐瞳作为一个贫困潦倒的萨克斯乐手，实在太需要这笔钱了。

阶梯两旁没有任何照明装置，眼前模糊一片，我们只能凭借感觉往下走。我的手扶着潮湿阴冷的墙壁。阶梯简直漫长到没有边际。我几乎快要失去耐心。

此前我从没有来过这种地方。事实上，如果不是徐瞳的邀请，我根本不会知道这个地方的存在——我虽然也喜欢爵士乐，但离资深乐迷还有很大距离。

终于，眼前出现了光亮，阶梯走到头了。我们从一扇小门穿过去，又走过一小段走廊。走廊上有几个人在交谈，还有一对年轻的情侣倚在墙角亲昵。年轻男子正轻轻抚摸着女子的脸庞。

我推开走廊尽头的另一扇黄色的门。刺鼻的烟味、酒精味、吵闹声、震耳欲聋的爵士乐一同朝我们扑来。地下酒吧的面积很小，人们都如沙丁鱼罐头般挤在一起。微弱的灯光中烟雾缭绕。人们大声交谈、嬉笑着。有一支热场的爵士乐队正在台上演奏。我看了一会儿，转过头，发现阿鲸他们已经不见了，我面前晃动的都是陌生的面孔。不知道他们究竟钻到了哪儿去。

地下酒吧摆放的都是最普通的木头桌椅，由于人多地少，有些人干脆站在了椅子和桌子上。我被身边的人挤来挤去，终于来到吧台前。只有两个服务生在忙，全都漫不经心地，一边叼着烟卷一边给客人倒酒。四周弥漫着劣质威士忌的味道。

我随便点了一杯酒，靠在吧台上准备休息片刻。这时，我注意到离我大概两个座位的位置，有一个女人正坐在高脚椅上自斟自饮。她大约五十多岁，戴一副黑框眼镜，穿着很暖和的毛皮大衣，在昏暗的灯光的映衬下，她脸上和脖颈的皱纹的阴影很是突出，但是能看出来，她年轻时一定非常漂亮。一种描述不出的与众不同的气质使她一下子与周围的人区别开来。

她让我感觉很熟悉，似乎在哪里见过。我使劲回想着这张脸。没错，我想起来了，我曾在“双峰”见过她。不过，一定还有其他原因使我对她产生熟悉感。

我拿起酒杯走了过去，来到她身旁。她正在用笔记本电脑专注地写着什么，以致一时没发觉我的存在。

“您好。”我说。

她这才抬起头，把眼镜放低，看了我一眼。她好像之前喝了酒，眼神有些迷离。

“你好。”她客气地回应道，接着她戴好眼镜，准备继续写东西。

“对不起，”我借着酒劲说，“我不确定是否以前见过您，但您对我来说十分面熟……”

听到我的话，她似乎并未感到奇怪。她露出微笑，摘下眼镜，伸出手。“我叫米亚，”她说，“《低保真》杂志的记者。”

我当然听说过《低保真》，它是目前最权威的音乐杂志。我和她握了握手，还想接着问一些问题。这时，从舞台方向传来一阵音响的嗡鸣声，吸引了所有人的注意。我和她一齐望过去。

舞台上，一个戴着红色礼帽的小个子男人正对着话筒，面露灿烂的笑容。他两颊紧缩，像是营养不良的儿童。

“酒鬼们，欢迎来到地下酒吧！”他优雅地向下面的观众鞠了一个躬。掌声四起，还夹杂着零星的口哨声。主持人笑着伸出双手往下压，示意人群安静下来。

“嗯，今天来的酒鬼真是不少，那我也不废话了，咱们都知道这里是干什么的，那么，比赛马上开始。”主持人大声说道，“请注意，今晚是即兴演奏比赛，所有人都可以随时上台，挑战台上的演奏者，只要你对自己的实力有信心。当然，别怪我没提醒你，如果你实在太糟糕……”他的眼珠浮夸地转动了几下，故意装出哭丧脸的表情，“观众也有权利直接把你揪下台！”

“非常公平！”台下有人喊。紧跟着是兴奋的口哨声。

“好了，”主持人打了一个响指，“那么，就请第一位演奏者上台吧，他好像已经等得不耐烦了。”

伴随着欢呼声，徐瞳一步一步走上舞台。他表情肃穆，手里端着的萨克斯管在灯光下闪烁着金属冷漠的光泽。他依然穿着那件破旧的棕黄色风衣，稳稳地站在台上，目光扫视着台下的观众。

第一个与他对垒的是一个吹小号的大腹便便的中年男人。比赛开始。两人同时开始奋力吹奏。一时间，两人的乐器就像是瞬间被激活的野兽，爆发出惊人的呐喊。音符在地下酒吧狭窄的空间中碰撞、纠缠、厮杀。两人全都青筋暴起，痛苦地扭动身体，似乎将全部的生命都投入到癫狂而迷乱的即兴旋律中。

终于，十几分钟后，中年男人支撑不住徐瞳的连续“进攻”，败下阵来。他灰溜溜地跳下台，迅速消失在人群中。而徐瞳的演奏没有受到丝毫影响，继续炫技般地飞快地吹出一大堆音符，将一首曲子拉长到令人瞠目的程度。我知道，这在自由爵士中很常见，约翰·科川或阿部熏[①]经常可以这样一首曲子反复演绎二三十分钟之久。

之后陆续又有几名挑战者带着各自的乐器跳上台，但并没有对徐瞳构成有力的威胁。徐瞳紧闭双眼，大汗淋漓，我想他根本就不在意这些挑战者，他的心中有一种坚定的信念，甚至可以说信仰，这超乎

---

① 阿部熏：（1980年3月27日——）日本演员，出生于秋田县秋田市。

了输赢之别。

我看着在台上正在用音乐燃烧自己的徐瞳。或许，此时此刻，约翰·科川的精神力量正在他的体内复活。正如科川那张专辑的名字——《至高无上的爱》——徐瞳在音乐中应该也能体会到这种“至高无上”的情感吧？

快要到结束的时间了，如果没有新的挑战者上台，徐瞳就赢得了这场即兴比赛。我看了一眼表，还有最后五分钟。

就在这时，戏剧性的一幕发生了。

一个瘦小的身影忽然出现在台上。

那是一个瘦弱的小男孩，大约十五六岁的样子。他一开始站在台上时显得怯生生的，手里拿着一把锈迹斑斑的小号。徐瞳仍旧紧闭双眼，没有注意到有新的挑战者上台。

台下爆发出阵阵笑声。人们想看看这个不知天高地厚的小男孩究竟能吹成什么样，能在台上站多久。

男孩像是有些沮丧地叹了口气，然后举起小号，吹出了第一个音符。是一个长音。瞬间，人群变得安静下来。几个一直在伴随着音乐舞动的观众也停了下来，茫然地望向男孩，不知道发生了什么事。

我看到徐瞳第一次睁开了眼。

男孩继续演奏起来。我不知该如何形容这个场景。像是烫得通红的铁片突然沉入水中。男孩像徐瞳一样，也闭着眼睛，但很明显他是由于羞涩。悠扬而纯净的小号声回荡在地下酒吧，无形的音波一阵阵掠过人们的身体。

渐渐地，徐瞳的声音越来越小，变得迟疑，犹豫不定。他不停地朝男孩看过去，而男孩只是静静地站在那里，雕塑般一动不动。情况不妙，我想。观众的注意力此时全都被男孩吸引过去了。

终于，徐瞳的声音消失了——他停止了演奏。他手里拿着萨克斯站在台上，似乎恍惚了片刻，然后露出了一种意味不明的微笑。他向观众鞠了一躬，慢慢地走下台，没入台下的黑暗中。

胜负已分。

“不可思议。”我听到那个叫米亚的记者说道。

“什么不可思议？”我问。

“我是说那个男孩，”米亚朝我笑了笑，“我很久没听到过这么清澈动人的声音了，那是源自心底最真诚的呼声，没有修饰，却充满了力量，毫不矫揉造作。上一次听到这么纯粹的声音还是在我当歌剧演员的时候……”

“您当过歌剧演员？”我转过头，凝视着她。

“那是很久以前的事了。”她回过神来，显得有点尴尬。

男孩的演奏结束了，全场陷入了静默。似乎面对这样的音乐，人们忽然间变得小心翼翼起来。大家面面相觑，谁也没有说话。男孩紧张地站在台上，不安地扭动身体。如果没有那把小号，他可能都不知道该怎么摆放他的双手。

然后，不知是谁第一个鼓起掌来。紧接着，台下爆发出雷鸣般热烈的掌声与呼喊。男孩不知所措地将小号挡在胸前，承受这突如其来的赞美。

我寻找着徐瞳的身影，但是没有看到。

“对不起，”米亚说，“我要去采访一下那个男孩，今晚就要出稿。时间紧迫，失陪了。”

“我能否另找时间跟您聊一聊？”我急忙说，“是我的一些私事……”

“当然，”她掏出一张名片，放在吧台桌子上，“有事可以找我。”说完，她转身朝人群中走去。我拿起名片，揣进裤兜里。欢呼声仍在持续。徐瞳现在在哪里呢？我有些为他担心。我又要了一杯酒，一饮而尽。

那天晚上，徐瞳很晚才回来。他神态正常，没有遭受过沉重打击的样子，只是看起来有些疲倦。我们心照不宣地没提比赛的事。他很快就入睡了，没有再像以往那样练习完萨克斯后才睡觉。

2

接下来的几天，大家的生活都恢复了正常。阿鲸每天都把自己闷在家里，不知道在鼓捣什么；陈涤依然在等星际航班的退票，因为到了年底，很多工作、移民月球的人要飞回地球与家人团聚，或是生活在地球的人飞去月球探亲和旅游，总之是一年中的旺季，星际航班的机票极其难买，只能寄托于有人退票。

“我的账户被我妈封锁了，”有一天，陈涤对我说，“你能帮我找份工作吗？我剩下的钱差不多只够买星际航班的机票了。”

对于陈涤而言，去月球代表着新生活的开始。我总是对此充满疑问。难道去了月球就真的能够获得新生吗？到了那里，你依然要面对许许多多的困难，依然要面对形形色色的人，与地球有何本质上的区别呢?

“你会什么？”我问。

“有没有翻译的工作？”陈涤眨了眨眼，“别忘了我会很多种语言。”

我点了点头，这个主意倒是相当靠谱，“我会帮你留意一下。”

“太感谢！”他说，“还有一事想请你帮忙。”

“什么？”我有种不祥的预感。

他沉思了一会儿，才说：“我很想体验一回喝醉是什么感觉。真的，我以前从没体验过，我妈在家只让我喝一点点。你能陪我喝醉一次吗？”

对于他的请求我简直哭笑不得。“没问题，”我说，“但你必须答应我，只能在家里喝。我可不想让你喝醉了到外面去丢人现眼。”

“我答应。”他兴奋地一把抱住了我，把我吓了一跳，“你是个好人。我以前从来没有过真正的朋友，我的那些‘朋友’都是母亲为我挑选的。你是我第一个真的朋友。”

他紧紧地抱着我，一时我不知该说些什么。

“你这样我会不适应的，”我笑着拍了拍他的后背，“像你说的，人生就是一场体验，不是吗？之后你一定还会有更多的朋友。”

这段时间，我主动揽下了很多工作。“最近表现不错，你终于有了上进心。”开会的时候，老板不止一次地表扬我。而真实的原因只有我自己知道——如果我闲下来，就会不由自主地去想念阿树。借由工作，我可以暂时忘掉这些。只有忙碌能使我得到解脱。我发疯似的给客户打推销电话、发邮件、进行视频会议，几乎不给自己留片刻闲暇。

“你最近怎么突然像变了一个人？”贾马用怀疑的目光看着我问道。

“人总是要进步的。”我喝了一口咖啡，转过身去，不想与他纠缠。

“你让我充满了危机感。”贾马笑了笑，“我一定不会让你超过我的，咱们走着瞧！”

我端着咖啡杯来到公司的露台上，点了一根烟。手机突然刺激了一下我的神经元，提示有信息进来，我连忙拿出来查看。是另一家月球房地产公司的推销广告。我删掉，又放了回去。最近每次的手机提醒，我都下意识地想到是阿树发的信息，但每次都希望落空。

阿树一次也没有联系过我。这个人就像是从世界上消失了。

我走到围栏前，向下看。公路上的汽车缓缓爬行着，像是一条蜿蜒流动的河。林立的房屋制造了一道道阴影，随着太阳的角落发生着偏移运动。还有空中那看不见的信息、电磁波、辐射，往来穿梭，纵横交错，正一刻不停地穿透我的身体。而我的体内，细胞和各种神经组织也在凝结、流通、新生、死亡……一切都在运转，上一秒与下一秒可能就是完全不同的世界。而我们就身处于这样的世界中。

露台上的风有些大，在我耳边呼呼地吹着。我出来时没有穿外衣，全身快被冻僵了。

回到工位，我开始浏览新闻。在某个音乐网站，我看到了一张图，是那天晚上那个吹小号的男孩，他闭着眼，站得笔直，高高地举着手中生锈的小号。图中只有他一个人，旁边的徐瞳没有出现在镜头里。图片下方是一行新闻标题：“天才少年”诞生的夜晚。

我点开图，里面是对那个男孩的专访。作者栏写着米亚的名字。

米亚的电话响了五六声后才接通。

“喂？”电话里传来米亚的声音，有些无精打采的。

我介绍了一下我自己。

“哦，是你。”她说，“我记得。你找我有什么事吗？”

“您上次说您以前是歌剧演员？”

“是，以前是。”她语调很快，似乎不想多谈论这个话题。

“如果您有时间，我想询问您一些事情。”

“什么事？”她开始有了一丝不耐烦，“我最近很忙……”

“我的母亲以前也是歌剧演员，”我说，“但是她在我很小的时候就离开了。我想知道一些她以前的事。或许您能为我提供一些帮助。”

“你的母亲？她叫什么名字？”

我说出了母亲的名字。

电话里，米亚陷入了长时间的沉默。如果不是持续的呼吸声，我会以为她已经挂断了电话。

“好吧，”过了一会儿，她终于开口道，“今晚十点如何？”

“好的，谢谢您。”

我们商定好在“双峰”酒吧碰面。我等着米亚挂断电话，然后收起了手机。

3

下班以后，时间还早。我草草吃过晚饭，在街上溜达。最近食欲很差，吃什么都没有味道。天气也愈发寒冷起来。在冬天的氛围中，我觉得大街上似乎都沉静了不少。人们不言不语，将双手插进裤兜里，微微低着头赶路。衣服越发倾向于深色。几天前我梦见自己在荒无人烟的雪地中跋涉。现在，我有一种又回到梦中的感觉，只不过此刻我的四周全是人。无形的雪在下着。

在一处街角，我又看到了那家书店。红色的门，很抢眼。因为它建在街角，人们便称之为“街角书店”。这个城市的书店已经所剩无几，而街角书店是其中比较有名的一家。我看了眼手机，离约定的时间还有很久，于是我迈步向前，推开红色的门。

书店的格局并不大，一进门便有一个展示柜，上面全都是经过“效率委员会”评定的“对人类最有用的书”。效率等级A+。它们往往卖得很好。但是我对它们都没多大兴趣。

我绕过展示台，走向那些偏僻的角落。放在角落里的书往往效率评分只有C，甚至C-，也就是说“对人类作用有限”，不过还没到“彻底无用”的地步。

我的书评分就是C-。编辑曾对我说：“你以后能不能写一些更有用的书？”

“什么叫有用？”我几乎在电话里跟他吼起来，“我只是在写自己感兴趣的东西。”

我听到编辑的叹息。

“自己感兴趣的东西不一定就是读者感兴趣的。”他说，“别忘了，现在可是效率社会。你的评分总上不去的话，会很打击销量。”

“去它的评分。”我记得当时我是这么挂断电话的。

不过，话虽如此，事后我认真反思了一下，觉得确实是自己反应过头了。编辑说得没错，他也是为了我好。作者往往会忽视读者的需要，进入一种太过自我的状态。他只是在善意地提醒我。

角落里有一排光线黯淡的书架。只有两个读者站在那里，全是学生模样，好像在寻找着什么。我站在他们身旁，也开始找起来。我一层一层地看过去，从上到下。我不得不弯下腰，最后，我只好蹲着在最底层寻找。

两个学生好奇地看着我。

终于，在最下面，我终于找到了自己的书。我将它抽出来，忍不住骂了句脏话。两个学生吓了一跳。

“啊，别介意，我只是有点生气。”我对他们解释道，“这家书店总把书放最下面，请问有人会从最下面找书吗？有脑子的人都不会干出这种事——我是指这里的店员。”

“这是什么书？”其中一个学生问。

“一本小说。”我犹犹豫豫地说，“你们想买一本吗？”

两个学生一齐摇了摇头。

“我们在找老师推荐的书，但是没有找到。”其中一个学生说。

我没再说什么，把我的小说放进了最中间的一层。这时，我听到身后一个女人的声音响起：“怎么又是你？”

我转过头，看见一个身材娇小的女孩正站在我身后。她穿着店员白蓝相间的工作服，抱着胳膊，盯着我，一副警惕的表情。

每次我都能遇见这个书店女孩。只要我一来，她就会像防贼一样悄悄地监视我。至于吗？我不就是经常会趁人不注意把自己的书放到书架中间吗？毕竟每个作者都希望自己的书能摆到让读者看得见的地方。这要求很过分吗？但我知道，跟他们是讲不通道理的。

“我们的书都是按照评分摆放，”她的姿势改为双手叉腰，显得气呼呼的，“你这样会给我的工作造成极大的困扰。”

“在最下面！”我也有些语无伦次了，“请问，谁能看到我的书？请问？”

“那我管不着。”她不由分说地走上前，将我刚刚放在书架中间的书重新放回最底层，“我只是按照书店的规章制度办事。”

“不通情理。”我摇了摇头。她瞥了我一眼，没有说话。

离开街角书店前，我又去诗歌的书架那边逛了逛。一眼望去，全部都是人工智能出版的诗集——当然，人工智能的写作水平也有高有低，取决于设计者的才华，但我对它们都不太感兴趣。我拿下一本诗集，随手翻了翻，又放了回去。我抬起头，正好与书店女孩的目光相遇——她仍在戒备似的偷偷瞄我。我感觉自己受到了侮辱，于是快步走出了书店的大门。

4

我准时来到“双峰”，一眼就看见了米亚。她选择了一个靠窗户的位置，给自己点了一份威士忌，杯中还剩下一点点。我走过去，她也看到了我，冲我微微一笑。她依然戴着那副黑框眼镜。不得不说，她的笑容很美，或者说，让人很舒服。

“没让您久等吧？”我坐下，忽然觉得有些莫名紧张。

“你很准时。”她的嘴角依然保持着若有若无的浅笑，“只是我自己习惯早来一会儿，可能是出于记者的习惯。”

“很巧，我今天刚刚读到您的文章。”我说。

“是关于天才少年的那篇？”

“是的，我很喜欢那篇文章，里面有种非常结实的质地。细节恰到好处，令人信服的同时又充满美感，并且可以让读者想到更多的东西。比如关于他童年生的大病，如何与死亡擦肩而过，死亡意识又如何影响了他的音乐的那段。”我想了想，又补充说，“别误会，我并没有故意恭维您的意思，因为我自己平时也写东西，所以这些都是有感而发。”

她显得很开心。

“那个少年确实是一个难得的音乐天才，”她说，“这种美妙的音乐不是所有人都能有幸驾驭的，更与年龄无关，有些人一辈子也达不到这种程度。怎么说呢，天赋是一种美丽又残忍的东西。或许美丽本身就是一种残忍。”

这时服务生走过来，问我要点些什么。

“红茶。”我说。今天我不想喝酒，我希望头脑可以保持最大程度的清醒。

“那您觉得我那个朋友怎么样？”服务生走后，我问道。

“朋友？”她愣了一下，随即反应过来，“你是说那个叫徐瞳的萨克斯手吧？可以看出他非常努力，而且有很强的领悟力。不过他的演奏经常会过火，他实在太想展示自己的力量了，反而会令人疑惑。”

我若有所思地点了点头。这时酒吧里正在放唐纳德·伯德[①]那首幽默感十足的《如果我不知道怎么办》。

“您在文章中称那个少年为迈尔斯·戴维斯[②]的在世传人，”我继续说，“您觉得他以后真的能走这么远吗？”

“谁知道呢。”米亚呷了一小口酒，又轻轻放下，“有天赋是一回事，但命运又是另一回事。他未来究竟会怎样谁也说不准。而且我必须要承认，称他为‘迈尔斯·戴维斯’的传人也有夸张的成分，毕竟文章要吸引特定的读者，需要一些耸动的话题。”

“您很坦诚。”我说。

“这没什么，”米亚不以为然地说，“这是人人都知道的规则，从人类学会怎么讲故事以来一直如此。”

我们短暂地沉默了一会儿。

“我好像说得有点多了，”她说，“我相信今天咱们约在这里不是只为了聊他吧？”

“当然不是，”我决定切入正题，“我是想问一些关于我的母亲

---

① 唐纳德·伯德：（1932年至2013年）美国爵士小号大师。

② 迈尔斯·戴维斯：（1926年5月26日至1991年9月28日）爵士乐代表人物，素有“黑暗王子”之称，出身于富裕中产阶级家庭的他，九岁的时候就开始接触小号演奏。在13岁生日那年拿到生平第一支小号生日礼物，他父亲绝对想不到这支小号竟开启了他的音乐旅程，并且让他成为爵士发展过程上一位重要人物。

的事。如果我没猜错的话，你们是认识的，是吧？”

“你猜得不错。”她稍稍收敛了轻松的表情，摇晃了几下杯中所剩无几的威士忌，“我们不仅仅认识，而且还曾共事多年。”

我凝视着她。这是我第一次认真打量她的相貌。忽然间，之前那种点点滴滴熟悉的感觉开始迅速汇聚到了一起，我在脑海中努力地搜寻着回忆。模模糊糊的轮廓逐渐清晰。记忆的影子在我的眼前晃动。

“其实米亚不是我的真名。”她摘下了眼镜，似乎有些疲惫，将之放到一旁。玻璃杯里的酒不知何时已经喝完了。

“我的真名叫孙娅。”她说。

时间的堤坝终于被汹涌而至的记忆冲垮。这个名字像是一个按钮，重启了我记忆中的某个场景。我仿佛又回到了那一天：深夜，母亲坐在电视机前。客厅里关着灯，全部的光线都源自于电视屏幕。惨淡的光映照着母亲的面容。父亲则在阳台上抽烟，一根接一根。四周很安静，然而空气中有种让人深感不安的东西。

我在哪里？我为什么会见到这幅场景？具体的原因我已经忘记了。或许是我起身上厕所，或许是我做了噩梦。又或者，我莫名地在半夜醒来，就像是之前很多次那样，我悄悄地打开房门，向客厅窥探。

从我的方向，可以看见电视屏幕上的影像。一个女人，穿戴得光鲜亮丽，站在灯光簇拥的舞台上歌唱。奇怪的是，她却发不出声音。这时我才意识到电视是静音的。母亲只是凝神看着屏幕里的女人的影像。

空气里弥漫着某种味道。没错，是酒精的味道。父亲吸完烟，醉醺醺地从阳台走进来。他挡在电视机前，待了一会儿，好似也在专心致志地欣赏电视里女人的无声演唱。接着，他发出一声轻蔑地冷哼。

“孙娅。”父亲说，他背对着我，身体黑黝黝的，“你看这个又有什么意义呢？无非是给自己找不痛快。”

静默。过了一会儿，母亲的声音像是从很远的地方传来：“我只是想看看，我究竟失去了什么。”

“都是我和小河的错，是不是？”他冷笑道，“孙娅可以上电视，办巡演，名利双收。而你却只能坐在深夜的电视机前，披头散发，像是一个怨妇。”

虽然我听不懂他们在说什么，但从父亲的语气中，我预感到母亲会生气。然而并没有。母亲沉默着，一动不动，仍然在看着电视机里的女人。她已经表演完毕，正在笑盈盈地说着什么，好像是在回答记者的问题。

母亲忽然抬起头，四处望望，好像正在黑暗中寻觅什么东西。然后，她指着电视屏幕，说：“这个人本来应该是我。”

“别一厢情愿了。”父亲嗤之以鼻，“事实证明，这些本来就不应该是你的。该是你的谁也抢不走。”

“当然。”母亲说，“我也只是这么一说，开开玩笑。你应该已经习惯了吧？你不是说过喜欢我的幽默感吗？你曾说，没想到看似一本正经的歌剧演员也有这么顽皮的人，那是我们第一次见面时你对我说的话。”

父亲双手插兜，面向着阳台的方向。我看不见他脸上的表情，只能听到他在喘息。“早点睡吧。”片刻后，他轻轻地说，“我们都很累了。”

然后，父亲消失在我的视线中，应该是回到了他们的卧室。母亲依然坐在电视机前，丝毫没有要去睡觉的意思。只不过，电视节目已经播完了，电视机里飘荡着一片纷乱的雪花。

“我还清楚地记得那个时候，我跟你的母亲朝夕相处。那时我们都很年轻。”

孙娅的话使我回到现实中。我注视着她，试图将她与我记忆中那个电视上的女人对上号。但是已经相隔了太多年，我应该早已忘记了电视上那个女人的模样，或许只有一些模糊的印象沉积了下来。她端起酒杯，将第二份威士忌一饮而尽。

“我们几乎是同时来到‘太空歌剧院’的——可能你的母亲比我早半个月左右？反正我们俩都还是青涩的孩子，岁数也差不多。我们很快就成了好朋友。她经常会跟我讲她故乡的一些好玩的事，我很羡慕，因为我从小就在城市里长大，没有任何乡村生活。她说的很多乐趣都是我从未听闻过的。我还记得你的母亲对我说，她第一次听到歌剧是从外公的收音机里，她一下子就被那种声音迷住了——这就是她作为一名歌剧演员的起源。”

孙娅又要了一杯酒。我没有说话，生怕打断她的思绪。能够看出来，她已经完全沉浸在往昔的回忆中了。

“那个时候歌剧就像当今一样不景气。剧院里冷冷清清的，演出的机会并不多。不过你的母亲很刻苦，比任何人都刻苦。最可怕的是——原谅我用这个词——她属于非常有天赋的歌者。你还记得天才少年演出那天，我对你说，我此前也曾听到过这么纯粹的声音？我指的就是你母亲的歌喉。没想到这么巧，我们能够碰见，这只能归结于命运的安排。”

酒瞬间就被喝掉了一半。她的眼神中已有丝丝醉意。

“我必须要承认，有很长一段时间，我是非常嫉妒你的母亲的。她长得漂亮，而且又有天赋。康赫——太空歌剧院的老板——对她非常欣赏，因此你的母亲获得了比其他任何演员都多的演出机会，很快在圈子里小有名气。反观我自己呢，长相平平，资质一般，唯一拿得出手的就是技巧和控制力还可以。那时我只能充当你母亲的‘B角’，也就是替补。我要背会你母亲所有的台词，和她一起没日没夜地排练，但只有当你的母亲生病或请假时，我才有登台演出的机会。你可以想象，在那个年纪的女孩，要说没有丝毫妒意是不可能的。每当我看到她站在台上大放异彩的时候，心里都有说不出的滋味。因此，我甚至萌生了改行的念头。我觉得一辈子都不可能达到你母亲的成就。有谁甘心一辈子当别人的替补呢？”

“你们之间有过矛盾吗？”我忍不住插话道。

“没有。”她笑了，“我羞于透露内心的真实想法，所以起码在表面上，我跟你的母亲关系依然非常好。但不得不说，嫉妒使友谊变得不再那么纯粹。所以当你母亲出事时，我并没有感到特别难过，甚至还觉得松了一口气。”

“出事？”

“哦，事情是这样的。那时你的母亲认识了一个年轻男人，是一个初出茅庐的剧作者。她瞒着所有人，后来我才知道他们的关系发展得很迅速。之后我就听到了一个重磅消息——你的母亲怀孕了，这件事一下子就流传开来，变成了圈子里人尽皆知的事。我不知道期间发生了什么。有一段时间，她几乎消失不见了。然后有一天晚上，她突然过来找我，跟我说想要退出的事。我非常惊讶，没想到会闹到这种地步。‘我想留下这个孩子，’你的母亲对我说，‘我爱他。我要跟他结婚。’我知道她心意已决。康赫对这件事非常愤怒，但也只能接受。于是，我接替了你的母亲的位置。”

这些事我都是第一次听说。在孙娅平缓地叙述中，我竟有些恍惚。

“那么……”我也喝了一大口酒，问道：“那个初出茅庐的剧作者就是我的父亲，而那个孩子就是我咯？”

“从时间来看，应该是的。”她似乎有些醉了，用手指轻轻扶着额角，靠在椅子上。

“后来呢？”我问，“你们还见过吗？”

“后来……”她的眼神有些迷离，“有好几年，我们再没有见过。那些年发生了很多事，可以说改变了我的命运。最重要的就是‘歌剧热’。突然之间，人们就对歌剧这种古板、边缘的艺术形式产生了兴趣，于是我也莫名其妙地成了明星。”说到这儿，她自嘲地笑了笑。

我曾听说过“歌剧热”，现在想来，应该就是在母亲出走后的那几年。

“短暂的辉煌。”孙娅长长地吐出一口气，“就像是一场梦。那段时间，我甚至比电影明星还要有名，频频上电视节目。康赫也一时成为了显赫的人物，他的歌剧院赚足了钱……我不知道那个时候你的母亲在做什么，她是否关心这一切。”

她当然知道。我在心里说。那天晚上的记忆再次浮现我眼前。

“后来的事应该你也知道了，‘歌剧热’只是昙花一现。人们的兴趣是如此易变，很快就转到了其他领域。短短几年，歌剧从天上重新摔回地面，像是一个弃儿。再没有整日蹲在我家门口的记者，再没有宴会邀请，也没有了电视节目录制。歌剧院开始入不敷出。我无法忍受这种落差，转型也不成功，于是干脆改了行。所幸我有名时积累了一些人脉，现在才能成为《低保真》的主笔。”

她再一次仰头将酒喝尽。

“那么您后来还见过她吗？”我追问道。

“一切都不可挽回地逝去了。”她开始说些莫名其妙的话，“我就像一个冒名顶替的人，获得了不属于自己的东西。现在好了，一切都恢复正常。命运是最公平的。”

她的声音越来越含糊。我知道，她已经醉了。她趴在桌子上，睡着了。

“把她搀到休息室吧。”戴安见状走过来，扶起孙娅。我俩一起将她搀到了“双峰”酒吧的女士休息室，那是专门为烂醉如泥、回不去家的顾客准备的。

“你回去吧，这里交给我。”戴安点了一根烟，对我说。我点了点头，道过谢，转身走出酒吧的大门。我依然在思考着孙娅今晚说的这些话。不知是酒精还是别的什么原因，我感觉脚底轻飘飘的，好像正行走在失去了引力的未知地带。

第六章

1

“开始吧！”陈涤目光坚定地望着我。

“呃……”我看了看我们周围的这些东西，“那就开始吧。”

现在摆放在客厅地板上的，是大大小小数不清的罐装啤酒、威士忌以及酒精饮料，都是从便利店买来的。它们直挺挺地立在那里，被客厅的灯光照耀着，瓶身散发出柔和而不失诱惑的光，就像是一排排新式小型鱼雷。

陈涤的眼中难掩兴奋。这是我和他约好的，让他体验一回“喝醉”的感觉，因为他以前从未喝醉过。他那强势的母亲虽然偶尔也让他喝一点酒，但量是完全规定好的，根本没有醉酒的可能。“喝醉不是一件体面的事，会让人看不起。”他的母亲曾这样对他说。

即使如此，买这么多还是有点夸张了。去便利店挑酒的时候，正好赶上酒水特惠，再加上陈涤什么都想尝尝，于是我们的购物车里堆满了酒，很是引人瞩目。

徐瞳在一旁微笑着，已经拿一罐啤酒开始喝起来了。我出门去对面叫阿鲸。门铃响了好久，阿鲸才打开门，一脸不情愿的样子。

“怎么啦？”他探出头，疑惑地盯着我。我注意到他的黑眼圈很重，眼睛里也有血丝，似乎是连续熬夜所致。

“去喝酒，”我对他说，“我们买了好多……”

出乎我的意料，阿鲸竟然拒绝了我。

“不了，”他说，打了一个哈欠，“我这里还有点事情。如果没别的事我先关门咯。”

“你有什么事？”我下意识地往门缝里瞅了瞅，可他故意把门开得很小，我什么也看不到。“该不会又在研究什么侦探蚂蚁、侦探蜘蛛之类的玩意吧？”我打趣道。

“不是的。”他说，“我在打游戏。”

“打游戏着什么急，”我笑道，“快出来喝酒。”

“不了，”他再次拒绝了我，“有人还在等着我。回见。”

说着，他不等我再开口便关上了门。

有人等着他？我在门外站了片刻，感到很诧异。按照我对阿鲸的了解，如果有免费的酒喝，他从来不会拒绝的。这次却拒绝得如此干脆，实属异常。我把耳朵贴在门上，仔细听了听，里面并没有传出什么奇怪的动静。

我重新回到客厅时，陈涤已经按捺不住，打开了一瓶高浓度威士忌。“等等，”我连忙拦住他，“这酒很烈，你会很快喝醉的。你不是想多尝几种酒吗，咱们可以先从低度数的开始。”

“好吧。”陈涤不情愿地放下手中的威士忌。

“在你们大喝特喝之前，我有件事要说。”

我和陈涤不约而同抬起头，看向站在阳台前的徐瞳。他的萨克斯已经收进了盒子里，安静地放在一只凳子上。

“我要搬走了。”他对我们说。

“哦？”我说，“找到新住处了？”

“是搬到我女朋友那里。”

“你女朋友？”我此前从未听他提起过。

“这人其实你们也认识，”徐瞳轻咳了两声，“就是小萝。”

现在，剩下我和陈涤面面相觑了。

“怎么回事？”我说，“这事儿可有点突然啊。”

“本来想早点跟你们说的，但我想现在也不算晚。”徐瞳又拿起一罐啤酒，拉开拉环，舔了舔沾在手指上的啤酒沫，“你还记得陈涤来的那晚，我送小萝回家吗？我们一路上聊得很起劲，我听着她的声音，突然有一种奇妙的感觉，就像是……就像是我第一次听到爵士乐，呃，比喻可能不太恰当，但给我的美好感受是一样的。后来在我输掉比赛的那晚，她过来安慰我，我们一起找地方喝了酒，在护城河边，我为她演奏了几首曲子。曲子吹奏出来的一刹那，连我自己都很吃惊——根本就不像我的风格，仿佛是别人在演奏，而我只是摆摆样子，真的奇怪极了。那天，河岸对面的灯光映照着小萝的脸，她的眼神闪闪烁烁，我忽然觉得我爱上她了……”

“等等。”我说，“你是认真的？”

“我很认真。”徐瞳点了点头。

“那小萝呢？你确定她也爱你？”

“是啊，她真的爱你吗？”陈涤严肃地说，“当时她也对我这么说过。”

“这不一样。”徐瞳说，“当时她说爱你是因为有利可图，而我一无所有，还要住到她家里。这能一样吗？”

“成，成。”陈涤做出一副心悦诚服、缴械投降的样子。

“你准备什么时候走？”

“明天。”

“那今夜就是你住在我这儿的最后一晚了，”我举起一罐啤酒，想了想，“祝你和小萝幸福。干杯！”

“谢谢。”徐瞳也兴奋地举起啤酒，慷慨激昂地说，“跟小萝比起来，什么比赛，什么音乐，都不再重要了。现在我知道，只有爱才是最重要的。”

我再次醒来已是第二天的中午。阳光照在我的左手上，我试着动了动。太好了，它没问题。一时间我忘记了身在何处，只有天花板在微微漂移，仿佛浮在水面上。我使劲眨了眨眼。天花板固定住了。这时我才发觉自己正躺在自家客厅的地板上。

头痛欲裂。就像是有人用电锯劈开了你的脑子，又用拙劣的棉线重新缝合，又像是有人把你绑起来，硬逼着你听一百遍“九寸钉”的专辑《下旋》之后的效果。总之，如果我此时能看到我的脑仁，它一定像是发炎的扁桃体一样又红又肿。

“你醒啦？”

我听到一个男人的声音从天而降，仿若一道光震颤着我的天灵盖。我打了一个激灵，从地上爬了起来。浑身僵硬，双腿更是像抽筋一样动弹不得。昨晚到底发生什么啦？我一点也记不起来。头还是很晕，像是站在航行中的甲板上。

“你没事吧？”

这下我终于看清了，说话的人是陈涤。他扶住我，神情看起来很忧虑。我想说话，但喉咙干涩，竟一时什么也说不出来，只能像动物那样发出呜咽般的低鸣。

“还想吐吗？”陈涤扶着我在沙发上坐下。身体靠在柔软的坐垫上，我感觉舒服多了。我颤巍巍地抬起手，指了指茶几上的杯子。

“你说什么？”他凑近过来，试图听我从嗓子里挤出来的词语。

“水……”我的声音像是个垂死挣扎的病号，“我想喝水。”

“稍等。”说着，他拿起水杯，转身去接水。在这个空隙，我得以仔细回想昨晚发生的事。但脑子仍然很疼，并且似乎在微微嗡鸣。我使劲拍了一下后脑勺，试图让它安静下来。

喝完水，我长长地呼出一口气。甘甜而美好。这是我这辈子喝过的最好喝的自来水。

凌乱偏移的意识渐渐复位。我好像想起了昨晚的一些事。喝酒，没错，我跟陈涤喝酒来着。一瓶接一瓶，喝了很多，到最后简直成了一场喝酒比赛。然后呢？然后我的意识就越来越模糊，直到坠入深不可测的迷雾中。

“你昨晚醉得太厉害啦。”陈涤将杯子放回茶几，转头对我说。

我想起来了。昨晚陈涤接连喝了几瓶威士忌，还有数不清的啤酒，可是却一点反应也没有，看得我目瞪口呆。他就在我面前一杯接一杯喝着，像是在喝矿泉水。“喝多少才会醉呢？”他颇感失望地问我，而我不知该如何回答，因为那个时候我已经喝得天旋地转了。

“你……真的一点事都没有吗？”我艰难地问他。

“应该有什么事？”他懵懂地看着我，“后来酒都喝完了。你实在醉得太厉害啦。”

“天哪！”我用手遮住双眼。

“我真的很想大醉一场，”陈涤遗憾地说，“可我一直很清醒，只是中途上了好几次厕所，肚子很撑。”

“我喝断片儿了，”我跟他解释道，“一整晚我都睡在地板上吗？”

“没有。”他说，“后来你非要给我念你写的诗。”

“念诗？”我一下子清醒过来。

他起身，从地板上拾起一摞稿纸——刚刚我根本没有注意到——递到我面前。我接过来只看了两眼，便羞愧得无地自容。上面全是我中学时写的诗歌，里面还有几首写给阿树的情诗。当然，除了阿树我没给任何人看过，我把它们偷偷和其他一些旧物藏在了纸箱子里，一直放在卧室的床底下。如今面对它们，我的心情可想而知——那简直比私人邮件不小心群发出去还要可怕。

我把它们揉成一团，抛进垃圾筐里。纸团在筐边缘打了一个转，稳稳地落了进去。

“后来呢？”我掐了掐前额，“我还做了什么？”

“后来你非要出去找阿树，被我拦住了。”

我的头又微微疼起来。

“再后来，你就跑去厕所呕吐，吐了很久。”陈涤继续道，“你在马桶旁睡着了，我本来想把你拖到沙发上，但我太困啦，拖到一半我也在地板上睡着了。”

“徐瞳呢？”我环顾周围，没见到他的人影。

“他很早就回房间睡了。他走的时候你睡得正香，就没有叫醒你。”

“好了，别再说了……”我虚弱无力地深陷进沙发中。

“对了，”陈涤突然想起了什么，“砂原先生给你打了电话，但那个时候你正在厕所呕吐，我就告诉他你不方便接，让他今天再打。”

“砂原先生？”我有点奇怪。拿过手机，确实显示昨晚有一个未知号码打进来。他为什么会联系我？

“其实我觉得你写得很好啊。”

“什么？”我回过神来，看见陈涤正弯下腰，把纸团从垃圾箱里拣出来。

“我说，我觉得它们写得很好。”他将纸团捋平整，看着上面皱巴巴的字迹，“虽然称不上有多特别，但我能感受到里面有一种质朴、纯真的东西。”这时他抬起头，转向我，“你是在记录你最真实的想法，你内心的声音，不是吗？”

我看着他。我们谁也没说话。

“你今天的人格设定是知心先生吗？”过了一会儿，我问。

2

自那晚的大醉之后三天，我都没缓过劲来，脚下总是轻飘飘的。

更严重的是，有一次跟客户谈话时我竟莫名笑了起来。“怎么，你也觉得我的鼻子是假的？”对方是一个年轻女士，见到我笑，愤怒地质问我。我连忙表示没这个意思，但笑声却一时停不住。

“所有人都觉得我的鼻子是假的，”年轻女士伤心地流下眼泪，“可是我向天发誓，我从没整过容，它只是看起来像是整过而已……”她越说越伤心，像一个失恋的小女孩般委屈。

我也不知道怎么了，只是看着她，依然在笑。仿佛我正在看一部喜剧片。

之后我被老板狠狠地批了一顿。“再发生这种事你就给我卷铺盖走人。”老板脸色铁青，看起来是对我失望透顶了。说实话，那个时候我依然有些想笑，可我还是及时打住了。走出办公室，我不知道自己究竟怎么回事，只能归结于酒醉后遗症。

也就是在那天下班后，我接到了砂原先生的电话。

“最近有时间吗？”他在电话里对我说，“能不能抽空聊聊？”

“当然，”我说，“我最近时间多得是，根本用不完。您是不是又困在巨型购物中心了？遇到这种情况您应该直接报警。”

砂原先生在电话里沉默了好一会儿。

“对不起。”还是我打破了沉默，“我对您没有恶意。刚刚我也不知道自己抽什么疯……”

“没事的。”电话里传来砂原先生爽朗的笑声，“我年轻的时候也经常莫名发脾气，可能你最近遇到了什么不顺心的事吧。如果你信得过我，也可以跟我聊聊。”

“谢谢您。”他的话使我宽慰了不少。

于是，我们约好今天晚上见面。本来砂原先生提议约在“双峰”，但我实在不想再闻到酒精的味道了，起码这两天不想闻。因此我们改到了旁边的一家甜品店。

砂原先生比我晚到了十分钟。

“抱歉，你知道我的方向感不好。”他一坐下就自嘲般地对我说道。与上次相比，砂原先生今晚的形象可谓判若两人。他刮了胡子，换上了崭新的高领黑色大衣，像是一名刚刚从月球归来的旅行家。

“咱们又见面了。”我笑着跟他握了握手。

“上次的场景有些尴尬，我实在不想再提了。”他的年纪应该与我父亲相差不远，或许会小几岁。“不过也有收获，就是认识了你。”他接着说道。

甜品店里弥漫着令人愉悦的馨香。我点了一份樱桃馅饼。“跟他一样。”砂原先生对服务生说。服务生走开后，他端详了我一会儿。

“您找我有什么事情？”我这人不太喜欢兜圈子。

“是这样，”他说，“我了解到你现在是在一家月球房地产公司工作？”

“没错。”我点点头。他应该是从阿鲸那里得到的信息。

砂原先生将双手放在光可鉴人的桌面上，手指以一种不太自然的姿势缠绕在一起。“我的一个朋友正好有打算购买月球的地皮。”他说，“所以想咨询你一下。”

“没问题。”我不禁坐直了身体，“为什么不让您的朋友亲自过来？”

“我正想说这事。”他挠了挠头发，“他……不太方便，所以你能不能一起跟我过去见见他？到时他会详细跟你谈。”

“当然可以，什么时候？”我说。拜访客户本就是我的本职工作。

“那就明晚八点，我过来接你。”砂原先生说。

樱桃馅饼端上桌。我早饿了，就开始吃起来。砂原先生仍然盯着我，连叉子都没有碰一下。“对了，”他忽然说着，从大衣口袋里掏出一本书，放到桌子上，“这本书是你写的吧？”

“是我，”我有些尴尬地瞥了一眼，嘴里还塞着食物，“不过写得不太好……”

“它当然还有需要进步的地方，”砂原先生说，“不过我关注的并非它写的好坏与否，而是别的方面。”

“别的方面？”我没有听懂他的话。

“具体的可以明天再聊。”他神秘兮兮地冲我眨了眨眼，然后看看手表，“时间不早了，我要回去把这件事告诉我的那个朋友。”说完，他把他那盘樱桃馅饼推到我面前，站起身，说道：“失陪了。”不等我说话，便径直走向甜品店的收银台结了账，走出门外。透过橱窗，我看着他的背影匆匆消失在夜色中。

“有点奇怪。”我摇了摇头，自言自语。接着，我开始吃第二份樱桃馅饼。

夜晚，我好像听到了什么声音。我走出卧室。客厅没有开灯，漆黑一片。黑暗中，我仔细倾听了一会儿，什么声音也没有，除了窗外汽车驶过的声响。我看了眼发出绿色萤火的电子表。凌晨三点半，整个世界安静得像是一座被遗弃的游乐场。

我是莫名醒来的。或许，我又梦到了阿树，谁知道呢，因为梦的内容我立刻就忘掉了，怎么也回想不起来。自从阿树不辞而别后，我梦到过许多次，每次都是不同的场景。有时是教室里，有时是那根烟囱上面，而有的时候是我描述不出的奇异场所。相同的是，梦中的她总是面目模糊。我可以确定她就是阿树，但却看不清她的脸。

客厅很冷，我只穿着薄薄的睡衣，可我并不想回去接着睡。我坐到沙发上，摸索着找到了遥控器，打开电视机。无聊的深夜节目，无聊的电影。我不停地换台，脑子里想着乱七八糟的事。直到换到“月球频道”时，我放下了遥控器。

“月球频道”是专门面向地球的月球电视台。每天定时播报月球上面的新闻，以及月球居民的生活、娱乐、教育等。此时电视里正放的是一档街头问答节目，主持人会随机找一些路人问些奇怪的问题，比如说现在出现在镜头里的这个大约六七岁的男孩，就被主持人问到“你对地球还有什么印象”之类的问题。

孩子认真地思考了一会儿。

“人很多。”

“还有呢？”主持人追问道。

“环境很糟糕。”孩子说。

“还有吗？”

“嗯……”男孩又陷入了沉思，“妈妈说留在地球的都是穷人或者没有理想的人。”

“也不是哦，小朋友。”主持人笑着纠正道，“也有很多人是舍不得离开，毕竟地球是人类最初的家园嘛。”

后面又采访了好几个人，但我的关注点不在他们身上。我一直观察着被访者身后那些形形色色的路人。忽然间，我想到自己是在下意识地寻找阿树的面容，尽管这很荒谬。没错，阿树很有可能是到月球了，并且可能性很大。为什么之前我没想到这点呢？真是太蠢了。阿树对于月球一直有种执念，从她小时候就开始了。她的母亲生前经常在晚上给她讲月球的传说故事。有一回，她的母亲给阿树讲了一个人死后灵魂会升到月球上面的故事。

“故事里说，月球就是人类灵魂的储存器，每一个人死后灵魂都会储存到月球上。”阿树曾对我复述过这个故事。

然而月球对我来说只是一门生意而已。说白了，我做的事就是把月球打包出售。阿树会不会就是这个原因才离开我的？可惜没有人能够回答我。我的眼睛仍在专注地盯着电视里每一个路过的人。当然，我没有发现阿树的身影。

关掉电视，客厅重新陷入死寂。我来到阳台，点了一根烟。这几日空气很好，月亮又大又明亮。我凝视着这颗星球。我相信，此时此刻不止我一个人这样做。与此同时，一定还会有人从月球上眺望这颗蔚蓝的星球。人们就在这些无人知晓的角落里无声无息地对望着。这个想法令我很是痴迷。

回到客厅，我找出了那朵氦-3玫瑰。通上电，它散发出幽幽的淡紫色光芒。我把它小心翼翼地放到茶几上，仿佛它是世间最后一朵玫瑰。

3

砂原先生的黑色轿车在中央环路缓慢行进着。即使已是傍晚，立交桥上的汽车仍不见少，堵成了一条长龙。车灯闪烁不止，伴随着恼人的喇叭声。“人间地狱啊这是。”砂原先生叹了口气，轻轻地拍了拍方向盘。

车里正放着塞日·甘斯布的爱情小曲。音乐在车内流淌。我靠在副驾驶柔软的靠背上，望着窗外。砂原先生比早先约定的时间晚了一个小时，他到了以后一个劲儿地跟我道歉。

“今天比我预想的还要堵。”他说，“而且我又差点拐错路。”

我表示理解。

“你们要去哪里？”陈涤抬起头问，当时他正在看电视。今天我回到家时，发现他的头发染成了黄色。“体验。”他对我解释说，“我以前从没染过发。”

“有点事。”我穿上外衣，懒得跟他多说。

“能不能带我一起？”陈涤一脸渴求的表情。

“不行。”我说，“听着，我们不是去玩的，是去谈工作。工作，懂吗？”

“我确实还没有工作过。”陈涤耸耸肩，“不过我可以过两天去试试。”

“那太好了。”我戴上围巾，穿好鞋，正准备出去。这时陈涤又说：“你们确定不能带我去吗？”

“抱歉。”这回是砂原先生开口说道，“客户要求，只能带白河先生一个人去。”

“好吧，好吧。”陈涤看起来颇为沮丧，“那我看两部电影好了。这几天阿鲸也没有过来找我玩，你也不陪我玩，真是太没意思了。”

“记住，你已经是大人了。”出门前，我对陈涤说，“你应该学会怎么跟自己玩，这很重要。另外我想说的是，你染的头发很难看，就像一坨屎。我希望你把它染回来。”

“我不。”陈涤干脆地拒绝。

“随你。”我说。

然后我陪着砂原先生下了楼，进到他的车子里。在我们眼前，拥堵的车队稍稍有些松懈。车辆终于可以继续往前行驶了。歌曲正好放到了塞日·甘斯布[①]的那首代表作《裴维尔的歌》。砂原先生一边轻轻哼唱，一边用食指在方向盘上打着拍子，似乎心情还不错。

“我们要去哪里？”车子行驶一段路程后，我忍不住问。

“呃，还有一段距离……”砂原先生支支吾吾地说，“如果你饿了，我准备了面包和三明治，可以先吃一点。”

“我吃过晚饭了。”我说。

汽车继续平稳行驶。不知为何，我很喜欢在车里隔着车窗眺望城市的夜景。流动的建筑和灯火，还有路上掠过的各色人等，都让我痴迷不已。夜幕之中，似乎每个人都有他的故事，每个人都在不同的故事中，彼此交叉，却又互不影响。我会想，那个站在街灯下的年轻女

---

① 赛日·甘斯布（1928年4月2日至1991年3月2日）法国歌手、作曲家、钢琴家、电影作曲家、诗人、画家、编剧、作家、演员和导演。

人是在等谁呢？那个在垃圾箱里不停翻找着什么的酒鬼，他的人生又曾经历过什么？还有那两个大笑的学生模样的男孩，他们未来会变成怎样的人？这些问题的答案我不得而知，他们匆匆从我眼前闪过，从此再也不会相见。

渐渐地，眼前的建筑和灯光变得稀少了。我知道我们正慢慢驶离城区，朝郊区挺进。大晚上去郊区，对我还是头一遭。我扭过头，看着砂原先生被信号灯照亮的脸。他专心致志地看着车，心无旁骛的样子。

我意识到我们已经有很长一段时间没说过话了。车子里一遍一遍地重复着塞日的歌。

“我爱死这家伙了。”过了一会儿，砂原先生终于打破了沉默，“但是老布总说甘斯布太小资，是糊弄小孩子的，因此多次打击我。可我就是喜欢啊，他总是爱多管闲事。”

“老布是谁？”我问。

“哦。”他微微顿了一下，转过脸看了我一眼，“一会儿你就能见到了。”

我忽然感到隐隐的不安。他要把我带到哪里去？真的是带我去见客户吗，该不会有其他目的吧？我心中的担忧越来越多。说起来，我对砂原先生并不了解，直到今天也只是我们第三次见面。他究竟是什么人，我根本一无所知。

窗外不知何时已几乎是一片漆黑，只有偶尔的路灯倏忽而过。两边的景色从高大靓丽的建筑变成了幽暗的树林。远处，月光照耀出山脉的轮廓。云层低垂，呈暗紫色。

终于，当我们来到一处类似水库的地方时，砂原先生在岸边停下车。音乐戛然而止。

“太好了，我没认错路。”砂原先生稍显兴奋地说。

我们一起走出车外。借着昏暗的月光，我能勉强看清我们面前的湖水。湖的面积很大，若有若无的雾气氤氲其上。水流动的声音很悦耳，但湖面很平静。我们正站在一处平台上，离湖面约有两三米高。砂原先生舒展了一下身体，然后从汽车后备箱里取出几样东西。

“给。”他将手里的东西递给我。

那是一件似乎是胶质的连体衣服，还有潜水用的呼吸器。我愣愣地盯着它们。

“穿上吧。别担心，这件潜水衣密封性很好，脱了外衣，直接套在衣服上就行。”砂原先生利落地脱下大衣，将潜水衣套在身上。

我只好学着他的样子，也套上潜水衣——很轻，穿在身上没什么感觉。接着，他说：“呼吸器上有照明装置，到了水里，你跟着我就好。”

“什么？”我几乎不敢相信我的耳朵，“你是说要潜水？”

“放心，”他拍了拍我的肩膀，“不会有事的。这是最新款的潜水装置，非常安全。”说完他戴上呼吸器，转身跳进水里。

我看着水面荡起的阵阵涟漪，感觉这一切都很不真实。但没办法，事已至此我只好按照他说的做。于是我戴上呼吸器，心一横，也跳了下去。

水下的视线比我想象中要清楚许多，头顶的照明灯能照到很远。

烟雾似的气泡在我身边升腾着，偶尔会有几条黑影般的鱼从眼前游过。而砂原先生身手矫健，坚定而快速地游弋在我的正前方，看来潜水这项运动于他而言已是十分熟练了。小时候，我曾稀里糊涂地报过一个游泳班，学了将近半年。我使劲地往前划动手臂，同时像青蛙那样不停摆动两条腿。耳边一点声响也没有。不祥的沉寂。只有砂原先生的身影越游越远。没想到他的体力这么好，我有点担心自己跟不上他的速度。

灯光以外的地方都是模模糊糊的，好像隐藏着什么庞然大物，总之很有压迫感。我使出全身的力气向前游，想尽早摆脱这未知的地方。

不知游了多久，砂原先生那隐隐约约的亮光彻底消逝不见了。更要命的是，我的腿肚子有些抽筋，一阵阵钻心的疼痛。我望着包裹我的幽暗湖水，感觉体力已经到了极限。于是我停下动作，任凭水下的气流把我冲到任何地方。

这应该是场梦吧——我的脑子里冒出了这种想法。说不定过一会儿我就会醒来，发现自己正躺在客厅地板上。陈涤一脸无奈地对我说：你又喝多了……

我闭上了眼睛，心中祈祷梦境早点结束。

有什么东西攥住了我的左臂。我睁开眼，看到砂原先生正拽着我的胳膊，拖我奋力往前游。我们很快游到一处洞口，砂原先生松开我，钻进洞中。我紧紧地跟在后面。水面开始降低，直到最后我们终于冒出了头。砂原先生摘掉呼吸器当作手电筒照明，然后他转过头，气喘吁吁地问我：“你没事吧？”

“没事，没事。”我有些惭愧，“就是太久没运动了，一下子适应不了。”

抽筋部位的疼痛减弱了许多，但仍是又酸又麻，我只能一瘸一拐地在水里走。

“别担心，很快就到了。”砂原先生加快了脚步，一点也不顾及我的不便。

我们来到一处光滑的石壁前，上面镶嵌着用于攀爬的铁质横杆，一直延伸上去。砂原先生二话不说，开始熟练地爬上横杆。我跟在他后面，看着他的身影在我头顶晃动着。我不敢朝下看，更不敢想我其实有些恐高症。

所幸，我们爬得并不高。到达顶部时，砂原先生移开一块类似井盖的东西，然后我看到了熟悉的夜色与星空。重新回到地面的感觉实在太棒了。重见天日后，我仰面躺在草地上，感觉精疲力竭。砂原先生重新将井盖盖好，脱下潜水服拿在水中，催促道：“快点吧，时间不多了。老布他们还在等着咱们呢。”

我只好站起来，也脱下潜水服。此时出现在我们面前的是一条乡村公路，路两旁有各种低矮的店铺，大多是餐馆和旅店，几乎见不到人烟，废墟般寂静。我们沿着这条路走了一刻钟，然后砂原先生拉着我走进一家服装店。

店里没有人，只有各种人体模型横七竖八地摆放着。借着呼吸器上的照明装置，我看到模型上都落满了灰尘。

砂原先生在地板上打开一个暗门。就像恐怖片里演的那样，暗门中隐藏着向下延伸的楼梯。我们顺着楼梯下去，走在逼仄的通道里。

一路无言。

当我们再次回到地面时，四周的景色已经大不一样了。我意识到自己正身处森林中。高大茂盛的树冠笼罩在我们头顶，几乎遮蔽了夜空。

“跟我来。”砂原先生说。

我们穿行过腐烂、枯死的藤蔓和树枝，绕过恶臭难闻的沼泽，又爬过一座小山丘。终于，前方出现了一间亮着光的木屋。“就是那儿。”砂原先生用手背擦了擦额头上的汗说。

“站住！”黑暗中，突然有一个男人高声喝道。

“在镜中是礼拜日。”砂原先生连忙说。

“在梦中是一个睡眠的屋。”黑暗中的人说。

“我们的嘴说出真实。”砂原先生继续道。

“请过吧。老布已经等你们很久了。”

“谢谢。”砂原先生说。

我们继续往前走，来到木屋前。他轻轻地敲了三下木门。过了片刻，里面传来一个男人粗犷的嗓音：“不要在门前等陌生人。进来吧，我的朋友。”

4

木屋里满满当当地坐了十几个人，一齐望向我，其中最引人注目的是一个端着盛满意大利面的盘子的强壮男子。他坐在木头椅子上（稍微动动便会吱嘎作响），穿着厚实的驼色羽绒服，我注意到羽绒服的正面和背面都印着Joy Division[①]第一张专辑的经典脉冲星信号的波纹图形。他留着黑白相间的络腮胡子，看上去像是一头熊，或是游牧民族的酋长。他目光严厉地盯着我，同时用叉子往自己嘴里大口塞进意大利面。

“砂原，”吃意大利面的强壮男子开口道，“你没有给他戴面罩吗？”

“啊，我忘记了。”砂原先生显得有些慌张，“但是我相信他不会告密的，对不对，老兄？”他拍了拍我的后背。而我根本搞不清眼下的情况，只能附和着点头。

“‘公社’早晚会毁在你的手里。”男子说完吞下一大口面条，边咀嚼边打量我。他审视的眼神使我很不自在。我有点后悔跟着砂原先生过来了。我究竟到了什么地方？眼前的都是些什么人？我偷瞄了几眼木屋里的其他人，他们倒是与常人无异，只是每个人都神色戒备，有的还在窃窃私语着什么。屋子里靠几盏油灯和炉子照明，这种过去时代的玩意我只在电影里见到过。

那男子吃完面条，将盘子放到一边，站起身向我走来。他真是又高又壮，我感觉到脚下的地板在微微下陷。由于遮挡了光线，他整个人都黑黝黝的。面对这个庞然大物，我下意识地往后退了几步。这时，男子朝我伸出一只手。起初我不解其意，后来才反应过来他是想跟我握手，于是我连忙也伸出手。他很用力地攥住了我的手。

“你可以叫我老布。”男子说，“欢迎你来到‘公社’。”

---

① Joy Division：乐队，国内译为“快乐分裂”、“快乐小分队”，是英国后朋克乐队中在七十年代极具影响力的一支乐队，成立于1977年，解散时间是1980年。

他的手上全是油，我悄悄地在裤子上抹了抹。老布转过头，对身后的人说：“你们干自己的事去吧，我有正事要跟这位小兄弟谈。”

人们鱼贯而出。很快，屋子里就只剩下我、砂原先生和老布三个人了。老布拉过一把椅子，对我说：“请坐。”

我们都坐在椅子上。

“喝酒吗？”老布从桌子底下拿出一瓶葡萄酒，晃了晃，问我。

“不了，谢谢。”我说。这里给我的印象很诡异，此时我只想尽快脱身。

老布灌满了自己的大玻璃杯，仰头喝下一半。像这样喝葡萄酒的人，我还是第一回见到。

“你应该有很多问题想问我吧？”他舒舒服服地又将酒杯斟满。

“呃……”他的话让我一时不知该如何接，我看看砂原先生，又看了看老布，终于想起来到此地的目的。我清了清嗓子，说：“听砂原先生说，您有意向购买月球的土地？”

“没错，意向。”老布说，“就像胡塞尔的观点，我们的心灵总是在四处寻找什么，时时刻刻都充满了意向性。”

“我听不懂您在说什么……”我求助地望向砂原先生，而他只是露出亲切的笑容。

“只是开个无关紧要的玩笑。”老布又喝了几大口葡萄酒，其中有几滴沿着嘴角漏了出来，挂在胡须上，他并没有发觉。“我们确实一直想要购买一块月球上的土地，用于发展‘公社’，毕竟我们头顶上的那颗星球是个新世界，或许没有眼前的世界这么糟糕。”

“非常愿意为您效劳。”这时，我才发觉事先准备好的材料落在砂原先生的车子上了。只能说，今晚的一切都不在计划之中，并且超出了我的想象。

“这是‘公社’头等大事。”老布突然将椅子拉近我，把那张大脸凑到我面前，几乎快碰到我的鼻子了，“我可以相信你吧？嗯？我可不想到时功亏一篑。”

“当然，”我避开他锐利的目光，“您尽可以相信我。”其实我根本不清楚他在说什么。

老布和砂原先生对视片刻，点了点头。

“砂原，”老布说，“那就跟他说吧，事已至此，没必要隐瞒。”

“你刚刚见到的屋子里的那些人，包括老布，他们就是被称之为‘野生诗人’的那类人。”砂原先生也倒了半杯葡萄酒，一边说一边慢慢喝着，“你应该知道，自从人工智能替代人类写诗后，诗人便被‘效率委员会’以‘无效’的名义取缔，写诗变成了非法活动。于是老布便在这座森林里成立了名为‘公社’的诗人组织，以反抗人工智能的写诗潮流。他们回归最原始的生活状态，每天都写大量的诗，自行印制成诗集，在森林之外秘密流传，吸引了大批热爱写诗的年轻人相继加入进来，并且提出了‘用心灵写诗，打倒人工智能’的口号。”砂原先生喝完了酒，放在桌子上，“这样你就明白了，我们不是坏人，也不是什么邪教组织。”

我点了点头。

“你们一直都住在森林里吗？”我问。

“大部分时间。”老布目光闪烁，“我们自己耕种土地，养殖家禽，自给自足。这么跟你说吧，我们是一群自愿抛弃了社会身份的人，原因就在于我们厌倦了这个只讲效率、安排有序、去向明晰的社会，十分厌倦。人们忘记了自己究竟为什么而活，整日为了虚假的目标乐此不疲，再也感受不到什么叫作‘真实’。不，我们不能再这样过下去了，我们要靠自己的双手去触摸，用自己的鼻子去闻，用自己的眼睛去看，而不是靠电视新闻和社交网络，我们要靠自己找到失落已久的真实的生活！”

老布越说越激动，我不禁有些担心他会做出什么过激的举动来。不过，他只是又打开了一瓶葡萄酒，这次没有用杯子，直接咕嘟咕嘟地喝起来，看得我心惊胆战。

“我可以为你们做什么呢？”我问。

“是这样的，”砂原先生身体稍稍向前倾，“躲进森林里也只是权宜之计，毕竟我们还是希望融入社会，影响更多的人。所以我们这些年一直计划在月球上买块土地，逃离这个令人失望的地球。资金已经准备得差不多了，只是缺少一个值得信任的人帮我们去处理手续上的一些事情。老布对推销员有成见，认为他们油嘴滑舌、贪得无厌，为了利益不惜出卖自己的人格……”

老布使劲地咳嗽了两声。

“嗯，当然这不是重点。”砂原先生接着说，“但值得信任是很重要的前提。我们必须要小心谨慎，‘效率委员会’的眼睛一直在盯着我们，稍有不慎‘公社’就完蛋了。一想到我们会被抓去进行人生改造，被改造成热爱工作、毫无自我的模样，我就不寒而栗……”说着，他真的打了一个寒战。

“可是，”我打断了他的话，“就算去了月球，依然是人类的社会，可能与地球上并无两样。”

“或许确实如此。”老布说，“但是就像哥伦布抵达美洲一样，新的精神可能就诞生在崭新的土地上。月球社会还在构建阶段，我们要努力去传播自己的思想，尽量不使它变得像地球社会这样臭不可闻。”

“我理解了。”我说，“还有一个问题是，你们怎么就认为我是值得信赖的？”

“你的文字。”砂原先生笑着说，“我读过你的书。虽然很平庸，但我可以读出你是一个值得信任的人。没错，文字可以骗人，但文字也能透出真实，而我相信自己有这个解读能力。”他顿了顿，又补充说，“在加入‘公社’前，我是一名诗歌评论家。”

“砂原是很好的人，”老布接着说，“他不愿意给人工智能写评论，所以就加入了我们。”

“因为那些机器造出来的诗没有‘心’，”砂原先生说，“只不过是一大堆的数据流。”

“说得太好了。”老布摇摇晃晃地站起身，弯下腰与砂原先生来了一个大大的拥抱，“像你这么诚实的人如今已经不多了。更可怕的是，他们并不知道自己生活在虚假里。”

“松开我，我喘不过气了。”砂原先生艰难地说。

“除此之外，还有一件事想请你帮忙。”老布回到椅子上，对我说，“你愿意做我们的‘联络员’吗？”

“联络员？”

“就是帮助‘公社’与外界联络，”老布解释说，“森林是个封闭的地方，而我们不可能彻底放弃与外界的联系。我们可以尽量维持基本生活，但很多事我们自己办不到。比如说，我们不可能自己去制造唱片，也不会自己造纸。”

“呃，让我考虑……”我犹豫地说。

“欢迎你加入‘公社’！”砂原先生站起身，走到我面前拍了拍我的肩膀。老布如黑熊般强壮的身躯也向我走来。

“我还没答……”我话没说完，就被老布紧紧地抱住。我的胸腔受到剧烈地挤压，一句话也说不出来。

“我们相信你的能力。”老布在我耳边说，“从今天起，你就是‘公社’的一员了。”

我想说什么，但嗓子发出的只是“呜呜”的杂音。

第七章

1

我真的应该好好努力了，起码存一点钱。这个念头是我在唱片店挑选唱片时忽然冒出来的。触发的原因是我又看到了蒂娜·布鲁克斯的那张经典之作《纯蓝》。他生前备受忽视，死后却受到追捧。蒂娜的创作生涯只有短短的四年，之后他就沉浸在酗酒、病痛和自我厌弃中，直至死去。人生短暂啊，我抚摸着由十一种不同的蓝色色块组成的专辑封面，心中无限感慨。蒂娜的幸运之处在于他尽情地发挥出了自己的才华，尽管当时没有得到重视。而我呢？如果我现在死去，我又能留下什么？我的生命究竟有什么意义？

该做点什么了，我暗下决心。完成小说也好，存钱也好，或者去找阿树也好，总之是要做点什么。

“过来喝酒吗？”是店主老伯在喊我，“我新买了一瓶威士忌，要不要来尝尝？”

我穿过几排唱片架，看见老伯正在往杯子里倒酒、加冰块。我端起其中一杯，开始小口喝起来。

“你今天买这么多啊。”老伯指着我手里的袋子。里面足足放了十几张唱片。

“啊，是啊，最近也没什么事。”我连忙解释。事实上，这些是给“公社”采购的。莫名其妙地，我就成为了他们的联络员。那天临走时，砂原先生对我说：“冬天已经来了，‘公社’急需很多过冬的东西，不过一上来就让你去四处采购，总是不大礼貌。如果可以的话，帮我们买一些酒和唱片吧，钱统一由‘公社’出。其他生活用品另有别的联络员负责。”

当时，我竟然一口就答应下来。事后回想一下，这恐怕是砂原先生的圈套：先用我感兴趣的东西一点点引诱我为他们做事。

回去时就不用潜水了，走的是一条秘密小径，可以直接通到一个公交车站。进城的公交车缓缓驶来时，砂原先生拍了拍我的后背，说：“最近‘公社’要举办一次冬季森林派对，如果没事的话你也过来吧。”

当时，由于穿得太少，我已经冻得说不出话来，只能点点头。

公交车上只有我一个乘客。上车时，我看到司机跟砂原先生打了招呼。我选择靠窗的位置坐下，心里盘算着这位公交车司机是否也是“公社”的人。

“你好，我也是‘公社’的一员。”没想到，公交司机主动说出了自己的身份。

“你好，你好。”我说。清晨的阳光透过车窗，照在我的脸上，感觉暖融融的。

他开车开得很快，而且奇怪的是，路上没有任何停留，直接开到了我家楼下。下车时，我跟他握了握手。公交司机看上去三十来岁，很瘦，留着摇滚歌星般的长发，自然卷。

“谢谢你，再见。”我对他说。

“再见。”他对我笑了笑，“下次应该也是我来接你，砂原先生总是很忙。”

“什么时间？”

“砂原先生会跟你联络。”

就这样，我终于回到了家。陈涤还没有起床。我坐在沙发上愣愣地想，原来只过去了一个晚上，我还以为时间过去很久了呢。

当然，那晚的经历我没法对店主老伯说。我答应了砂原先生和老布要保密。说实在的，这是我人生中第一次感受到别人对我坚定的信任感。以往，无论是生活还是工作上，我似乎在不知不觉中给人留下了不太靠谱的印象。

“我爸最近来过吗？”我问。

“没有。”店主老伯使劲抿了一口威士忌，望了望外面，“自从上次你俩分别后就没来过。天气越来越冷了，他的日子应该不太好过吧。”

我也朝外望去。外面是一条荒凉的人行道。我忽然有点后悔上次与父亲的不欢而散。

回到家门口，我把手指伸进指纹识别器里。两秒钟后，门开了，我看到阿鲸和陈涤正坐在客厅的沙发上喝酒。见到我进来，他们一起扭过头，跟我打了个招呼。

“你怎么买这么多唱片？”阿鲸指着我手里提着的纸袋子。

我不想回答，将袋子放进我自己的卧室，然后返回客厅。我这才发现陈涤的头发又染成了灰绿色。但真正引起我注意的是阿鲸的深陷的眼眸和浓重的黑眼圈。看来这些天他没少熬夜。我当然不会天真到以为他熬夜是为了什么正经事。

“你最近都干吗呢？”我也打开一罐啤酒，可我其实并不太想喝，于是又把酒放下了。

“我一直跟我的女朋友待在一起。”阿鲸漫不经心地说。

“女朋友？”如果不是他说得如此清晰有力，我简直怀疑自己的耳朵出毛病了。从我在童年认识他至今，我就没见他有过女朋友。倒不是说阿鲸对女孩子毫无吸引力，只是他实在太沉浸在自己的小世界里了，上学时也是过着学校和家两点一线的生活。毕业后情况就更加极端，他从没有找过正经工作，全都是靠网上的一些兼职工作过活。他甚至连出去面试都懒得去。因此可以想象，当这样一个人跟我说他要当私家侦探时，我是多么怀疑他的脑子是不是出了问题。可他也有自己的方法：从不出门，而是在网上征集线索，当然，没有一次成功过，除了找到砂原先生那一次，但也纯属是我们踩了狗屎运。

“你这是什么表情？”阿鲸好像有些生气，“难道我就不能有女朋友吗？”

“当然不是这个意思，”我搜索着措辞，“只是有些突然。到底怎么回事？”

“这事非常偶然。”阿鲸向后仰靠在沙发靠垫上，变得和颜悦色，“我们是在游戏中认识的。前几天我正在艰难地完成一项任务，谁想到在最后一刻遇到了组队的生化人，眼看就要撑不下去了。然后她就出现了，替我解了围。对了，她的层级比我高，装备也比我好得多。之后我们就一起打任务，或者在‘黑暗之邦’无所事事地游荡。我们聊了很多，并且越聊越投机。她懂的东西可真不少，我发现我迷上她了。在一次联手击退变异狗后，我向她表了白。没想到她真的同意了，并且说我是她的第一个男朋友。于是我也告诉她，真巧，你也是我的第一个女朋友。”他说完咕嘟咕嘟地喝下剩余的啤酒。

“也就是说，你们其实只是在游戏中认识，并没有见过面。”

“这不重要。”阿鲸将喝完的啤酒罐捏扁，在手中把玩着，“我们都不着急。”

“你们互相了解吗？”我问。

“正在了解中。”

“你甚至连对方是男是女都不知道。”

“我当然知道，”阿鲸不满地看着我，“她的声音很好听。”

“你难道不知道游戏中可以用程序修改自己的声音吗？”我提醒他。

突然间，我们陷入了沉默。陈涤饶有兴致地在一旁观望，而阿鲸则点了点头，自言自语般地说：“我知道了，知道了……”

“你知道什么了？”我感到莫名其妙。

“这就是嫉妒吧。”阿鲸幽幽地看向我，“因为阿树离开了你，所以你见不得别人好。”

他的话气得我一阵眩晕，什么话也说不出来。

各自沉默了好久，赌气似的，我们谁也不看谁，都在默默地喝着酒。最后还是阿鲸主动打破了尴尬的局面。“你很久没登录‘黑暗之邦’了吧？”他问。

“游戏很无聊。”我不客气地说。这确实是事实，我从小就对电子游戏不感兴趣。

“那你想不想见见她？”

“谁？”我立刻就反应过来了。我与他对视了一眼，就像拥有了一个共同的秘密。

他站起身，示意我跟去他的房间。

“我也想去。”陈涤说。

“下次吧。”阿鲸说，“这么多人会吓到她的。而且你连个账号都没有。”

2

我走进阿鲸的屋子。空气中弥漫着通风不畅的味道，有脏衣服的酸味，也有残留的饭菜味。到处都是乱糟糟的——衣服和易拉罐随意丢弃，杂七杂八的书、杂志、餐盒、包装纸还有其他东西摆满了客厅，几乎无处下脚。这些天没见，他的生活就像是遭遇了一场洗劫。阿鲸拉开窗帘，推开窗户，让风吹进来透透气。阿鲸的房间是两居室，其中一间是他的“工作室”。他就是在那里制造出了侦查苍蝇，还有机器蚂蚁之类莫名其妙的玩意。他将微型监控器装置在机器苍蝇或蚂蚁的头部，这样一来他就可以遥控它们去到任何想去的地方，偷窥别人的隐私。

“抱歉，”他也意识到了屋子里的不堪状况，“我忘了打扫。”

“没事，我已经习惯了。”我说。

对于一个常年沉迷于古怪发明、电子游戏和侦探小说的单身男子，你还能有什么更多的要求呢？我随着他来到卧室，一起戴上浸入式头盔。短暂的几秒钟空白后，出现在我眼前的是一座城市黑夜中的街道。我低下头，看着自己的双手，然后活动了几下胳膊。很久没进入游戏的人，有时会出现不适应的情况。我试着往前迈了两步。没有任何问题。

与现实中的城市不同的是，这座“黑暗之邦”可以说是一片废墟。两旁全是建筑物的残骸，像是刚刚经历了空袭。有的楼房还在燃烧，冒出滚滚浓烟。这里是冒险者的乐园，你既可以选择当城市居民的保护者，也可以加入暴徒、变异人的行列，或者做一名唯利是图的雇佣军，抑或大隐于市，当一个无名的民间高手，一切都由玩家自己决定。

我重新抬起头，看向阿鲸——在游戏中，他是一名“改造人”，身体一半是肉身，一半是机器。据他说，这身装备花了他大价钱，当然，用的都是完成各种任务的报酬。此时在我眼前的他是一个大块头，走在路上十分显眼。

“最近变异人又在进攻城市了。”他的声音也变得非常粗犷，那是他专门为自己选择的嗓音，“跟紧我，小心偷袭。”

说完，他开始大步流星地往前走去。我急忙跟上他。街道上还能碰见其他的玩家，不过每个人都行色匆匆。

“听说变异人今晚要攻占第五街区，也就是这里，所以没什么人敢来。”由于我很久没玩了，阿鲸耐心地向我解释着，“这次变异人声势浩大，还有雇佣军的加入，恐怕是一场恶战。”我想，这次我来得真是时候啊。

穿过几个街道，并没有遇到什么危险。我的心情也稍稍放松下来。在游戏里，我的能力完全不值一提，而阿鲸的装备与技能是人人称羡的。不得不承认，他玩游戏确实有某种天赋。“还有多远？”我问。

“很近了。”他指了指不远处的一排白色的房子，“就在里面。”

说话间，几个人影突然闪现到我们面前。我吓了一跳，下意识地躲到了阿鲸的身后。“别害怕，”阿鲸对我说，“只是几个小混混。”

“想要通过这里，把钱或者装备留下来，我们可以留你一条命。”领头的肩膀上扛着一只火箭筒，身后几个人手里也都拿着枪。

“你们打劫真会选日子。”我听到阿鲸冲他们说道，“今天敢来第五街区的，都是你们惹不起的人。”

然后，我听到了几声枪响。只是眨眼之间，阿鲸就移动到了那群混混的首领面前。他的拳头自下而上，击打在首领的下巴颏上。混混首领身体腾空，然后重重地跌落在地。游戏显示玩家已死亡，他的所有装备都掉出体外。

剩下的混混一哄而散。我上前捡起了那只火箭筒作为防身的武器。

“太弱了。”阿鲸说，“不值得我浪费弹药。我们继续走吧。”

于是，我们顺利地来到了那排白房子其中的一间。四周都是橡胶燃烧后的味道——游戏中早已加入了嗅觉系统，不过玩家也可以选择关掉。进门前，我选择了一首背景音乐，约翰·佐恩[①]的经典专辑《赤裸城市》中的第五首，《黑暗中的一枪》。

我终于见到了阿鲸口中的女友，当然，是她的虚拟形象。她似乎是一名女刺客，穿着黑色紧身夜行装，身后背着细长的武士刀。我们进门时，她正在制作药丸，这些补充生命值的药丸可以在接下来的大战中救我们的命。

“你们来啦？”她转过身，朝我们打了个招呼。富有活力而清脆的女声。不过，这多半是修饰过的嗓音。几乎没有人会在游戏中使用真实的声音与人交谈，似乎人们都羞于让别的玩家听到自己真实的声音。

“嗨。”阿鲸说，“药丸做得怎么样了？”

“非常顺利。”阿鲸的女友——游戏中叫作“北野甜”——对阿鲸说，“我觉得今晚足够了，虽然咱们不能指望保住整个第五街区，但守住这里的住宅楼没有问题。”

“太好了，”阿鲸说，“今晚一定要让变异人尝尝咱们的厉害。”

接着，他们拥抱了一下，又彼此亲吻。我产生了一种异样的感

① 约翰·佐恩：当代最富盛名的前卫音乐家，萨克斯演奏家和作曲家。

觉，因为我想到在现实中他们拥抱和亲吻的是虚空。想到这儿，我有些不自在起来。这时，阿鲸终于想到了我的存在，向北野甜介绍道：“这是我的朋友白河。我们也是现实中的朋友。”

“真好。”北野甜说，“你在现实中的朋友可以跟你一起玩游戏。”

“现实中你没有朋友玩这个游戏吗？”我问。

“我没有朋友。”

说完，她转身继续制作药丸了。这个回答让我一时语塞，不过北野甜的语气倒是轻描淡写，好像这是一件根本不值一提的小事。

“还有多久？”阿鲸走到窗边，朝外面望了望。

“应该还有一阵子。”北野甜说，“如果变异人来了，会有防空警报响起。”

阿鲸点了点头，重新回到北野甜身边。我们一时都没有说话。即使是在虚拟世界中，大战前的紧张氛围我也感受得十分真切。

过了一会儿，阿鲸突然说：“你知道这个游戏里为什么没有月亮吗？”

“没有月亮？”我有些诧异。真的，我以前从没注意过这回事。听阿鲸这么说，我来到窗户旁，探出身子张望。的确如此，无论我转到哪个角度——天空中可以看到云朵、星辰、怪模怪样的飞行器和鸟类，但就是找不见月亮。

“怎么回事？”我离开窗子，问道。

“之前我看过媒体对游戏开发者的专访，”阿鲸解释说，“他好像说是因为游戏太过真实，时间长了会导致许多玩家分不清虚拟与现实的区别，于是故意没有设计月亮。这样一来，玩家只要看看天空，就会意识到这里不是现实的世界。”

原来如此。我在心中感叹。不自觉地，我又想起了阿树。或许是月亮这个话题引起的。我默默调出了游戏中的特别好友名单——之前阿树也注册过一个虚拟身份，但是她的工作总是很忙，根本抽不出多少时间玩游戏，每次都是我半强迫性质地要她陪我玩。我抱着一丝侥幸，查看阿树的状态。没有奇迹。游戏中显示阿树并不在线。

“你在想什么？”阿鲸问我。

“没什么，”我说，“我只是想，如果这个游戏真的变成现实的话，我就要失业了……”

我的话还没说完，一阵尖厉的声音突然响起，回荡在街区上空。像是某种凄厉的哭叫。

“防空警报！”北野甜警惕地说，将武士刀拔了出来。

我也赶紧拿好手中的火箭筒。这时，阿鲸用他游戏里粗犷的嗓门对我说：“你退出游戏吧。”

“什么？”我以为自己误解了他的意思。

“你还是退出游戏比较好。”阿鲸又重复了一遍，“这次是一场硬仗，你的等级太低，到时我们也救不了你。”

“阿鲸说得没错。”北野甜拍了拍我的肩膀（虽然我感受不到她的触感），“你什么装备都没有买，在这里死掉得不偿失。”

“好吧。”我想了想说。虽然我感觉自己的自尊心受到了一点轻微的伤害，但其实我也只是因为好奇阿鲸的女朋友才进入游戏的，这点我清楚。比起与恶心的变异人厮杀，我现在倒更想在现实中喝一杯现实的柠檬威士忌。于是我乖乖退出了游戏。

3

那天晚上的天气寒冷而潮湿，透过月光，可见云层叠嶂，理应是下雪的日子，可连一片雪花也看不见。我套了一件厚厚的黑色羽绒服，来到“双峰”，准备喝一杯暖暖身子。戴安看到了我，走了过来，用某种厌恶的目光上下打量了我几下。“你怎么穿这么丑的羽绒服？”她皱着眉头说。

“丑吗？”我疑惑地低头看了看。我对衣服的审美确实不太在行。

“自从阿树离开你以后，你的衣服品味真是越来越差了。”戴安叹了口气。一阵咳嗽声从她身后传来。库珀正端着一盘甜甜圈站在她后面。戴安回过头，库珀用眼神示意她不要再说下去。“没关系的。”我连忙说，“戴安说得对，以前很多衣服是阿树帮我买的。”

“以后我来给你买几件，”戴安豪爽地说，“年轻人就应该有年轻人的样子。”

“你都没有给我买过衣服。”库珀说。

“你反正穿什么都差不多。”戴安瞪了他一眼，转身离开了。每次我看到戴安时，她都是忙忙碌碌，手里似乎永远有做不完的活。

我和库珀找位子坐下聊天。灯光昏暗，过了好一会儿我才看清库珀颧骨上的一块瘀青。“怎么回事？”我指着他的脸说。

“说来话长。”库珀吃着甜甜圈，摇了摇头，“前几天慧慧来找我了。”

“慧慧？”

库珀意味深长地看了我一眼。“慧慧。”他有些出神地重复了一遍这个名字，“她是我的初恋女友。我们很多年没见了，很多很多年，没想到有一天我还会再见到她。那天她走进门，我一眼就认出了她。这么多年过去了，她竟然一点也没变，还是跟当初一样漂亮。我胆战心惊地站在吧台后面，不知道该不该跟她打招呼。我害怕她会突然站起身离开，又有点期待她快些离开。我看着墙壁上的钟表，每一秒都那么难熬。后来，我趁着戴安上厕所的时候，还是过去聊了几句。她也很惊讶，能在这里遇到我。我们匆匆交换了联系方式，我就赶紧回去工作了。你知道的，要是被戴安知道可大事不妙。”

“但后来还是被戴安知道了。”我接着说。

库珀痛苦地抱住了头。“是的，我和慧慧之后又见过几次面。我以为自己很谨慎，但不知道怎么回事，戴安还是发现了蛛丝马迹。我总怀疑这个女人趁我睡觉的时候在我脑袋里偷偷植入了什么监控设备……扯远了。在戴安的逼问下，我只好一五一十地全招了，你知道戴安的功夫，我不想死在她手里。”

“你完全是自作自受。”我说。

“我就知道你会这么说。”他瞥了我一眼。盘子里的甜甜圈都快被他吃光了。“虽然我之后有过很多女朋友，但慧慧是第一个，因此无论如何都是特别的……你的初恋是什么时候？”

“阿树就是我的初恋。”我说，“我们是彼此的初恋。”

“怪不得你们会分手。”库珀咋舌道。

“你什么意思？”

“你想想，”库珀拿起最后一个甜甜圈，神情变得严肃起来，“你们从来都没有跟其他人交往过，怎么就能确定彼此就是最合适的人呢？或许阿树就是意识到了这一点，才离开你。”

“你是说，阿树有可能爱上了别人？”

“不是没有可能。”库珀慢慢咀嚼着甜甜圈，陷入沉思，“毕竟她之前只跟你在一起过，就像是只喝过一种酒，万一遇到了更好喝的，她很可能就变心了。但是假如她已经喝过许多种酒，最后选择的是你这一种，那你们的关系就会非常稳固，就像我和戴安这样。”

“照你的意思，”我说，“你要跟全世界的女人都交往一遍，才能知道你最爱的是谁。”

“当然越多越好啦。”库珀嘿嘿笑着。

4

“怎么办，怎么办，怎么办……”陈涤瘫倒在地板上，望着天花板，发出绝望的哀号。这段时间，他生活中基本只有两件事：一，去网上看是否有星际航班的票；二，喝酒。自从那天晚上之后，陈涤就对喝酒这件事上了瘾。我此前的存酒仅仅几天便被他消灭殆尽。“适可而止吧。”我警告他，再这么下去，他买星际航班的票钱也要被他喝没了。他只好忍住自己的酒瘾，专心致志刷网页，企图能抢到一张票。但事与愿违，星际航班的票总是在第一时间就被抢光了。

“法克！”这天早晨是出票日，陈涤从凌晨起就紧张地守在电脑前，可是等到出票的那一刻，他还是一无所获。于是他彻底陷入了绝望，直到现在，他已经在地板上躺了两个多小时了，似乎再也没有力气站起来。

与此同时，我也在进行着一场艰苦卓绝的战斗。今早的写作极不顺利。前一天晚上，我做了一个好梦。具体梦见了什么我醒来后便忘记了，一点也想不起来，但那种美好的感觉依然充盈在我心里。我以为这会是个好兆头，于是专门以生病为由请了假，准备将放置已久的小说继续往前推进。可是从目前的情况看，我根本无法进入我的小说里的世界，它非常决绝地将我排斥在外，仿佛在说：过几天再试试吧，今天你进不来。真是见鬼了。

我被要写的东西搞得筋疲力尽。正当我准备起身给自己煮杯咖啡时，我听到从窗外传来拍打翅膀的声音。我转过身，一眼就看到了声音的源头：一只鸽子正站在窗户的边沿上，不时拍打两下翅膀，或者用喙啄几下玻璃。

它想要进来吗？我疑惑地看着它。它也忽然安静下来，与我对视，看起来不像要飞走的样子。于是我打开窗子。伴随着一阵寒气，那只鸽子一蹦一跳地来到我书桌上，用明亮而漆黑的眸子望着我。“你到底要干什么？”我问它。我当然知道自己是在白费力气。

可它像是听懂了我的话一样，将左腿抬起，右腿单独支撑在桌面上。这时我终于发现，它的左腿上绑着一张小纸条。我取下纸条，展开，上面用很小的字写了一段话：

你好，我是上次的公交司机。今天我要去趟公社，请把你采购的东西带上吧。下午三点老地方见。（如果可以，请在纸条的背面写“好”，如果不行，请写“没空”。）

我惊讶地反复读了几遍纸条上的字。这算是哪门子的联络方式啊？不过我还是遵照指示，在背面写上了“好”。我重新将纸条团起，绑在鸽子的左腿上，然后打开窗。鸽子扑腾了几下翅膀，就飞进了寒冷的空气中。

下午三点，我来到上次与公交司机分手的地方。远远地我就看到了那辆公交车停靠在路边。留着长发的年轻司机正站在一旁抽烟。见到我，他把烟头踩灭，扔进附近的垃圾箱。

“这是唱片。”我把一只袋子交给他，“这是酒。”我把另一只袋子也给了他——这是我好不容易藏起来才没被陈涤找到的。

“辛苦了。”公交司机把两只袋子放进车里，又返身回来，手里多了一只布袋。“这是公社自己种植的苹果，味道很棒。”他对我说。

我道了谢，接过沉甸甸的苹果。

分别前，我问他：“你一直都用信鸽来联络吗？”

“是的。”公交司机点了点头，“这样更安全。而且，我讨厌电话、手机和电脑，也从来不用它们。我更喜欢我的信鸽。”

“呃……”我一时不知该如何回答。

“抱歉，时间紧迫，我还要去接其他的联络员。”他打断了我的话，“再见了，朋友。”他说着跟我握了握手，然后登上车子，启动引擎。公交车哆哆嗦嗦地开动起来。我目送着它在前面的路口转了个弯，驶出我的视线。

5

第二天一早，我刚到公司，就接待了一名奇怪的客户。当时，我还沉浸在前一天写作的失败感中不能自拔。我坐在会客厅的冰冷的椅子上，出神地望着铺在圆形会议桌上的蓝色桌布。如果我一直都没灵感了怎么办？如果我丧失了写作能力，是否还能继续活下去？如果我再也不能写作了，这个世界会有什么变化？我的脑子里盘旋着这些乱七八糟的念头，越想越泄气。最后，我不禁长长地叹了一口气，抬起头，看到一个头发斑白的男人正坐在我旁边的椅子上，沉默不语地盯着我看。

我吓得差点仰面跌倒，心想这人怎么进门都没声响的？“您好！”我连忙站起身，伸出手。那个人抬眼看了看我，也慢条斯理地站起来，跟我握了握手。他的力道很轻微，与其说是握手，不如说是从我的手上轻轻掠过。我们重新坐下，一时间重新陷入了沉默。他给我的第一印象是整个人都轻飘飘的，仿佛他穿的皮夹克里面不是肉体，而是一团团挤在一起的空气。从外表上看，他大约五十来岁，不到六十的模样。

我将公司出售的月球土地的各种资料从皮包里拿出来，为他一一讲解。他听得很认真，不时点点头，或者提出一点疑问。他说话的语气就像他的动作一样，轻轻柔柔的，似乎想要将自己的动作和声音迫不及待地从周边的世界里抹去。

介绍完这些基本情况，我问他：“您还有什么疑问吗？”

“位置。”他的语气难得地坚定了一些，“我对那块地的位置很看重。”

“好的。”我站起身，“请随我来。”

几分钟后，我领他到了全息模拟室。他好奇地四处观望，神色中掺杂了一丝不安，或者说焦虑。“怎么了，您哪里不舒服吗？”在打开全息影像之前，我问他。

“没事的。”他轻轻地摆了摆手，“就是这里布置得让我想起以前我工作过的地方……不过这里到底是干吗的？”

“马上您就知道了。”我微笑着说。这是我工作中少有的兴奋时刻，几乎每个客户都会被全息影像的效果震撼。我喜欢看到他们露出“嚯，真了不起！”时的神情。

我打开全息影像的控制器。模拟室的灯光立刻熄灭，紧接着，宇宙的全息景象朝我们席卷而来。仅仅几秒钟，我们就已置身于辽阔、空寂的月球表面了。从宇宙深处发出的光带在我们头顶上空飘荡着。一轮蔚蓝色的星球正在地平线上冉冉升起。

“现在我们所在的位置，就是我为您推荐的ZS51-M175，从这里，您不仅可以清楚地观赏到地球的壮丽景象，而且……”

“不，不。”不等我说完，他就打断了我。他的焦虑似乎一下子更加严重了，头上冒出一层细细的汗珠。“请关掉，可以吗？”他转过身，开始呕吐起来。我吓坏了，连忙关掉全息影像。模拟室又恢复成了死气沉沉的灰白色。

“您怎么了？”我拍了拍他的后背。还好，他什么也没吐出来，只是不停地干呕。

过了一会儿，他逐渐平静下来。我拉过一把椅子，让他坐下休息，又给他倒了一杯茶。他双手抱住杯子，小口抿着，刚才剧烈的喘息声也渐渐恢复如常。

“不好意思，”我说，“您是哪里不舒服吗？要不要我送您去医院……”

他朝我摆了摆手。

“没事的。”他脸色苍白地笑了笑，“这是由于我以前的工作所致，退休以后，我只要一看见地球就想吐……我曾经是一名宇航员。”他盯着手里的杯子，缓慢转动着，“在空间站工作了十五年。”

“雇佣我的是一家大型跨国公司——这是很常见的，现在的空间站基本都是由大型公司承包与维护。十五年，签订合同时我对这个数字没有任何概念，只知道它很漫长，但却正合我意，因为年轻时的我是一个孤僻的人。除了日常的宇航员培训，我的生活几乎就没有其他内容了。我定期去探望父母，我和他们的关系从小就很淡漠，因为我们有兄弟五个人，而我是最不受重视的。每天培训回来，我会看看书，听听音乐和广播，然后就睡觉。对了，我也喜欢过女孩，但从来没有真正恋爱过。我对与人接近似乎有一种与生俱来的恐惧。

“于是，培训结束后，我就登上了空间站，被发射进外太空。空间站很小，只有我一个人负责运营。我还记得我第一次见到真正的地球的样子——此前我只是生活在其中，根本无法领略它的全貌，而影像与实际的观感更是完全不同的。地球就在我的眼前，仿佛触手可及。我可以清晰地看到它上面蓝色的海洋，暗色的陆地，还有给地球表面蒙上一层纱巾似的云层，以及包裹它的柔和的光晕。实在太美丽了，那是我用语言无法形容的震撼。我记得，那天我流下了泪水，而我自认并不是一个多愁善感的人。

“头几年，我的生活过得很安逸。空间站的维护并不需要耗费我太多精力。我依然可以听音乐，看书，看电视，听音乐，听广播，还可以偶尔跟临近空间站的女宇航员视频聊聊天。不同的是，没有人打扰我，我可以毫无忌讳地享受我的独处生活。我想做什么都可以，只要定期给总部发送报告就行了。更愉快的是，我每天都面对着美丽的地球，睁眼就可以看到它。我围绕着它缓慢旋转，就像是它的孩子。没错，我第一次切身感受到，我是地球之子。可能现在听起来这个说法很可笑，但我当时确实是这么想的。它在我的眼中变得无比神圣。我深深地爱着它，我想亲吻它，即使隔着玻璃。说来不怕你笑话，那时我还会时常与地球谈心，内容乱七八糟，主要是我的困惑，还有一些奇怪的想法。我把地球当成了我的知心好友，而我之前是没有这样的倾诉对象的。

“就是这样，几年的时间很快就过去了。期间我没有回到过地球，一次都没有。我只想安安静静地凝视着它，陪伴着它，就够了。我承认那几年我对地球产生了某种宗教般的情感，我不愿再回到尘世，我自认找到了毕生最神圣的事物。我觉得自己是幸运的，毕竟不是所有人都看到过我眼前的景象。

“可是到了第五年——我记得很清楚，一天早晨起来，我突然意识到有些东西不一样了。我还是像往常一样，煮了一杯咖啡，站在空间站的舷窗前，注视着占据了我大半边视线的蓝色星球。我突然觉得，我对它产生了一丝厌烦感，只不过是短短一瞬。当时我还没有意识到事情的严重性，因为我依然热爱着它，惊叹着宇宙的神奇。可是，厌烦感就像是病毒一样与日俱增。不知从何时起，地球之美再也无法打动我，我站在它的面前，就像是五年前一样，可是我的心中再也体会不到任何的震撼。我依然试图去崇拜它，可是我无法欺骗自己的心。五年的时间，地球在我眼中的神奇之处变得平淡无奇。五年间，我围绕着它不知转了多少圈，对它的每一处细节都已了如指掌。地球，在我的眼中已经恢复成了一块普通的石头，只不过它是一块巨大的、孕育着生命的石头而已。

“这个发现令我沮丧。不仅仅是我失去了一个可以倾诉的朋友，更重要的是，我觉得心中的某个信念消失了，心里变得空荡荡的。也是从那时起，我的精神开始变得萎靡。还好，当时我找到了一件替代物，可以暂时缓解我内心的失落。

“歌剧。我无意中在电视里看到了歌剧表演，立刻就被迷住了。我还记得那出歌剧的名字，是根据一部文学作品改编的，叫《安娜·卡列尼娜和渥伦斯基》。我询问了地球上的同事，才知道当时歌剧很流行。我拜托他们在下一次送补给时给我带些歌剧的唱片。

“之后的几年，我基本每天都在歌剧中度过。它缓解了我内心莫名的焦虑。我依然会眺望远方，不时看看窗外的地球，但是它已经无法再带给我任何信息了。

“最后的三年，是我一生中最黑暗的时期。所有能够被找到的歌剧唱片都被我听完了。地面上的同事告诉我，歌剧已经不再流行，没有新的唱片可听。我只好每天枯坐着，面对着巨大的星球。此时，它带给我的已经不是愉悦，而是压迫。我不敢再看它，每次看见它，我心里都会涌现一阵绝望，甚至是憎恨。时间开始变得异常缓慢。那三年的时间，似乎比之前漫长了几百倍。我也问过自己为什么会这样？或许，我真正憎恨的并不是地球，而是我自己，是那个曾经以为找到了归属的自己。仅仅是过去了那么几年，我就否定了自身，并且没有任何原因，只是由于时间！在时间面前，自我不堪一击。我的绝望来自于我再也无法信任自身。从内心深处，我已经将自己杀死了。

“最后的那三年，我近乎行尸走肉。我患上了严重的抑郁症，合同期满后，我便丢掉了工作。我行走在人群中，却强烈地感觉到自己的格格不入。不仅是因为这些年我早已与社会脱节，而是我失去了归属。我感到无家可归。”

他平静地结束了他的故事。

“所以，”我尝试着说，“您想在月球上重新找到归属感。”

“不知道。”他虚弱地微笑着，好像刚刚的讲述消耗了太多力气，“我只是想要自救。说不定在一个陌生的星球上，我的感觉能够好起来。但是不要卖给我能够看见地球的地方。”

“明白。”我点了点头。“对了，”我说，“您刚才提到了歌剧，不知道您听说过孙娅这个名字吗？”

“你也知道她？”他稍显困惑地打量了我一下，“《安娜·卡列尼娜和渥伦斯基》就是她的代表作，不过歌剧热过后她好像就消失了。我以为没人还会记得她。”

“有时候人会以另外一种方式被记起。”我说。

第八章

1

“太空歌剧院”位于城市西郊一处僻静的街区，这里曾经是风景优美的高级住宅区，但自从月球移民计划兴起后，短短几年时间里便人去楼空了。如今，游荡在周围的除了不愿离开地球的老人，就只剩下大白天也烂醉如泥的酒鬼，以及形迹可疑的城市游荡者。

我从未来过这里，即使我在这座城市生活了将近三十年，可依然有许多我未曾踏足的地方。城市的变化总是超出我的认知，我们生活其间，却无法真正领悟它。我不禁又想到了那个患了抑郁症的宇航员。

这是一个阳光明媚的周末。我来到这里时正是午后时分。街上看不到人影，只有一个红着酒糟鼻子的酒鬼拉着我说个没完。“失业之前我曾住在这儿。后来我因为自己的失误丢了工作，‘效率委员会’那帮人就上门了，带我去进行人生改造。这期间我贷款的房子也被收走了，我的妻子和女儿离开了我。现在，我只有在喝醉时才有勇气朝里面望望，看看我们曾经美好的家。”

他缠住我喋喋不休，而我急于摆脱他。但也算有收获，从他的话中我断断续续知道了这个街区的历史。从兴盛到衰败，那些曾经的精英们是如何一批批移民月球的，为了打拼出一片新天地。我们沿着街道一直走，直到我看见了太空歌剧院的牌子，才停下脚步。

“哈，这个歌剧院我以前经常来。”他傻呵呵地笑起来，“有一段时间，这里真的是一票难求啊，最时髦的年轻人整天谈论的都是最新版的歌剧，谈剧情、演员和唱功，俨然人人都是歌剧专家。不过后来，嘿嘿，就没人再说这种事啦。”

我站在歌剧院的门口，看着这座如今变得落寞、黯淡而倾颓的建筑，试图在头脑中还原它当年辉煌的模样。我想象着那些不断进进出出的打扮入时的青年人，挽着各自的伴侣，挑选最好的日子，走上歌剧院刚刚清洁过的大理石台阶，手里攥着一会儿将要开演的剧目简介。人群攒动，无疑，这将是振奋人心的一天，会留下值得珍藏的美好回忆。

我走上开裂的大理石台阶，来到门口。那个酒鬼没有跟上来。沉重的木质大门紧闭着，但没有人来阻挡我，今天应该不是演出的日子。在大门的一侧，我看到了马戏团的节目预告。那是一个正在做世界巡演的马戏团，节目中人们可以一睹将要灭绝的老虎和猴子的真容，而不是现在动物园里用机器充数的假动物。

门轻轻一推就开了。木质大门发出刺耳的涩响。我走进光线昏暗的大厅。

只有头顶几盏微弱的光纤灯勉强可以照亮脚下的路。演出厅比一般的电影放映厅要大一倍，成排的座椅在昏暗中只显出模糊的轮廓，呈椭圆形排列，最终聚焦到正前方的舞台上。座椅没有观众，舞台上亦没有表演者，只有寂静填充了每一处角落。我也变得小心翼翼，生怕打破了这里的生态平衡。我来到第一排，随便找到座位坐下。我凝望着空空如也的舞台发呆，一时忘了自己此行的目的。

母亲曾站在这里歌唱过吗？黑暗中，我努力想象母亲站在舞台上的身姿，可是我的想象力似乎触到了某种边界，根本无法还原当时的场景。我甚至连母亲可能的面孔都想象不出来。于是，几乎是情不自禁地，我站起身，走到舞台中央。

没有聚光灯。一片黑暗。我深吸了一口气，只闻到了灰尘的味道。我来这里究竟是为了什么？

这时，我听到了某个动静，来自观众席。是脚步声——这里实在太空旷了，哪怕发出一点点声响都会被扩大无数倍。我循声望去，看到一个黑黝黝的人影正从观众席的台阶走下来。

“欢迎来到太空歌剧院！”那人突然大喊一声。声音回荡在演出厅内，久久不散。

他的声音洪亮，或者说太洪亮了，以至于让人辨别不清对方的意图，不知道他是在生气还是因某件事而兴奋。朝我走来的是一个男人，灯光照亮了他的脸，而我首先注意到的是他花白的头发。但他的脸显得很年轻，尽管有着隐藏不住的阴郁。

“年轻人，这里没什么好看的，马戏团的表演要一周后才开始，而且那时你要买票才能进来。”他穿着黑色呢子大衣，似乎有些疲衾，随意找到一排椅子中的一个位子坐下，像是一个观众那样望着我，半张脸重又被黑暗遮蔽。

“我不是来看演出的。”我说。此时的场面使我有些不适，尤其是他的眼神。即使是透过黑暗，我也能感受到那双眼睛。他的眼神让我想起陈涤的舅舅，那种可以看穿你的眼神。可想而知，要想拥有这样的目光，需要经历多少世事沧桑与污垢，而这正是我缺乏的。不过，我倒是宁愿自己不会拥有这种目光。

“听着，”他好像逐渐失去了耐心，“这里不是遗迹，起码现在还不是，所以谢绝参观。今天不开业，你可以离开了。”

“您是康赫先生吗？”我问道。

那个黑暗中的身影摇晃了一下。接着，他双臂搭在前排的座椅靠背上，身体向前倾。“咱们认识？”他的声音变得踟蹰，并且有些警觉，“别卖关子了，你究竟是什么人？”

“我来是想问您一些事情，”我说，“关于我的母亲……”

“你的母亲？”他站起身，慢慢地走出观众席，“你真是说得我一头雾水。”

“据我所知，她曾经是这里的演员。”我说出了母亲的名字。

他站在台阶前不动了，眼神不再像之前那样逼视我，而是开始望向别处，似乎在思考什么。他好像忘了自己要做什么，有点手足无措起来。

“你是娜嘉的儿子？”

“娜嘉？”这回轮到我一头雾水了，我从未听过有人这样称呼她。

“娜嘉是你母亲的艺名。取自她最喜欢的一部小说的主人公。”

他终于回过神来，走下台阶，大步跨到舞台上。现在，他跟我面对面站着。我发现他眼睛里最初的敌意消失了，变得有点迷离。

“你长得很像娜嘉，”沉默半晌，他轻轻地说，“也有点像你的父亲，如果我没记错，他叫白山。”

“是的。”我说，“白山是我父亲的名字。”

“他现在怎么样了？”他双手插兜，在舞台上踱起步来，“我们已经很多年没见过了。”

我并不知道，原来父亲也和康赫见过面。父亲从未提到过康赫这个名字。

“他……还好吧。”我不知道该如何回答，“还像以前一样。”

“他还在写剧本吗？”他突然站住，语气中难掩嘲讽，“不过现在已经没人看歌剧了，他现在应该是在给电影或电视剧写剧本吧？”

“他以前给歌剧写过剧本吗？”我问。

“他没跟你说过？”他咧嘴笑了笑。

“前几天我见到了孙娅。”我有种预感，他是故意在跟我兜圈子，在享受其中某种我不知道的隐秘乐趣。

“哦？”他眯起眼睛，“年轻人，你到底要干吗？如果你想要报复我的话，我劝你早点动手。我现在早已一无所有，每天都在等待这个时刻的到来。”

“报复？”我不自觉地慢慢靠近他，“我为什么要报复你？”

“你可真是个怪人。”他笑着摇了摇头，“随你怎么说吧，反正今天我有的是时间。”

“我今天来打扰您，只是想弄清楚一些事情。”为了避免误会，我决定坦诚相告，“我想知道母亲为什么会离开父亲和我。而孙娅告诉我，您或许是知情人。除此以外，没别的目的。”

“你确实很奇怪。”他打量着我，往前走了几步，又转身回来。他的鞋子在舞台的木质地板上发出空旷的回响。“年轻人，追究过去只会徒增烦恼。”他微笑着，“这些陈年旧事都没有什么意义，而且，你到底想知道什么呢？”

“我想知道我的母亲为什么会离开我。”我说。

“不，不。”他摇了摇头，“我是说，你想知道事情背后的什么呢？就算你知道了真实原因，又对你的生活有多少改变呢？”

“不知道。”我只能实话实说，“我只是有一天突然意识到，她的离开对我的生活造成了很大的影响，具体在哪方面我也说不清楚，我只知道，如果她没有离开，我的生活或许会与如今大不一样。这件事改变了我的人生，而我却从来没想过要认清这件事。现在是弥补的时候了。”

“真是一根筋啊。”他很遗憾似的叹了口气，然后，他面向观众席，凝视着某个点。我顺着他的目光望去，除了黑压压的座椅和无边的寂静，什么也看不到。

“就像是这座歌剧院。”他突然说道。

“您说什么？”我无法理解这句话的含义。

他转向我，脸上依然带着笑意，但已经没有任何嘲讽的意味。“我曾一手创建了这座歌剧院。”他重又看向那个虚空中的点，“看着它从无到有，经历了最辉煌的时刻。那个时候，大厅里灯火通明，观众席上坐满了人。每场演出中，我都会悄悄躲在后台，掀起幕布的一角。演员们在吟唱那些优美的词句，而观众聚精会神地欣赏。没有人会注意到我，这个躲在幕后的人。但现在回想起来，那是我一生中最心满意足的时刻。”

他滔滔不绝地讲着，就好像座位席上坐满了无形的观众，而我也忽然产生了某种幻觉：那些座椅上并非真的空空如也。有什么在倾听着。空气或是幽灵。

“后来就是坍塌。某一天，观众走出大门，便不再回来。我面对着空空的座椅，看着灰尘慢慢落下来，看着墙皮起皱，寂静降临。而我依然站在幕布后面，唯一不同的是，这里只剩下我一个人。我靠着仅有的回忆生存，像是下水道里的耗子。我逐渐习惯了倾听寂静，如同我曾习惯了观众的掌声。我还记得每一场戏谢幕时，我会站在幕布后面，闭上眼睛，独自领受这份赞赏。”

这时，他轻轻地举起一只手臂，优雅地在空中划出一个弧度，手掌在胸前停住，朝着观众席微微倾了倾身。然后，他直起腰，回头冲我笑了笑。

“回去吧。”他轻声对我说道，“你也看到了，这里没有问题的答案，有的只是过往事物的残骸，而终有一天，它们连残骸都不会剩下。那时没有人还会记得你，我，我们。没有。也没有人会记得那些问题。请回吧。”

2

从歌剧院回来，我莫名其妙地发起烧来。整整三天，我在床上什么也干不了，只能浑身无力地躺着，脑袋迷迷糊糊，经常做一些似是而非又非常零散的梦。我好像梦到了母亲，又似乎梦到了阿树。梦的具体情节我忘记了，只能记住一些片段，或者说一种氛围。那是很静谧的感觉。我和母亲待在一起，她用手轻轻地抚摸我的额头，就像我记忆中的那样。只是在梦里，她的脸不甚清晰，这点也跟记忆中的情况差不多。不知为何，母亲的面容我总是记不真切，无论我多么努力，也记不起母亲的模样。这实在令人气馁。

我也梦到了阿树。她的手跟我紧紧地握在一起，四周一片洁白，什么也没有，只有耀眼的白色。纯粹的白色世界，我和阿树默默无语地坐着。我想问她为什么离开我，然而我知道，这个时候开口是不合适的。语言总是会惊扰到最美好的思绪，就如同语言总是善于撒谎一样。而在梦的纯粹的世界中，语言被恰到好处地取缔了。我可以感受到与阿树的内心交流，美好而静谧。

醒来后，那种美好的感觉依然留存在我心里。梦总会醒来，这点毫无疑问，可我还是感到难过。梦究竟有什么用处呢？它不但使人疲惫，而且有时还会令人无端伤心。怪不得现在很多人都去做了梦境消除手术。毕竟，梦早已被“效率委员会”判定为“无用之物”，就像是人的阑尾，是进化不完全的表现。电视里的专家说，根据统计数据，做过梦境消除手术的人的睡眠质量和幸福度都有很大提升，同时，不做梦的人也会显得更加坚定。“这是符合效率社会的原则的。”专家们最后总会这样总结。

不过，我还是想要保有做梦的能力，尽管我也不知道梦究竟有什么用。我躺在床上，试图回味梦境里的那种氛围。努力是徒劳的，梦中鲜明的感觉一旦醒来就会迅速枯萎，细沙般从手缝中溜走。我只好叹一口气，坐起身来。

“你醒啦？”阿鲸端着一碗热气腾腾的东西站在我面前。我闻到了浓浓的苹果味。

“这是我特意为你熬的苹果汤，还有苹果馅饼，在客厅。”

“我睡多久了？”

“大概十二个小时。”他把汤碗放在床头柜上，“你为什么要买这么多苹果？我不记得你爱吃苹果。”

“说来话长。”我说。

“把手环摘下来吧。”他指了指我的手。我这才发现自己的左手腕上戴了一只温度手环。我摘下它，递给阿鲸。阿鲸对着灯光看了看，说：“温度已经正常了。”

“你怎么样了？”我拍打了两下依然隐隐作痛的脑袋。

“什么怎么样？”

“我是说，跟你的女朋友。”

“发展很顺利。”他说，“我们成功守卫了街区。”

“然后呢？”我问。

“什么然后？”他皱了皱眉。

“你们究竟有没有见过面？”

“呃，”阿鲸挠了挠后脑勺，“我提出想见面，但是她的态度总是很模糊，说还不到见面的时候，所以我们都只在游戏里见。”

“该不会是骗子吧？”我隐隐有些担忧。

“怎么会，你的心里太阴暗了。”他笑我，“而且我有什么可骗呢？”

“那倒也是。”我点点头，“你不是私家侦探吗？难道不能发挥你的特长，主动去调查一下吗？”

“我看你真是烧糊涂了。北野是我深爱的人，我怎么能这么做？”他似乎有点生气了，瞪着我说，“我们并肩作战，一起上线，一起下线，一起探索‘黑暗之邦’那些神秘的角落，一起完成任务。我们相信彼此是各自的唯一。如果爱情一开始就充满了不信任，那不是很恶心吗？”

“我看你才是糊涂了。”我摇了摇头。

我醒来时已经是夜里十点钟了，陈涤不在家，阿鲸也不知道他去了哪里。我们在客厅里喝完苹果汤，吃完馅饼。然后阿鲸放下勺子，说他跟北野甜定好了时间，要一起去看海，当然还是在游戏里。他走后，我靠在沙发上看了会儿月球频道。时间很快就到了十一点半，陈涤还没回来，我开始有点担心了。自从他来到我家，还没出现过这种情况。难道他终于被他的家里人发现，被抓回去了？这个念头一产生，我便感到坐立不安——虽然我的理智对我说，我完全没有理由为此不安。是啊，我们之前并不认识，他也只是我的一个客户而已，我俩可以说没什么交情。或许对于他这么一个丝毫没有社会经验的人来说，被家里人带回去不失为最好的选择。尽管，这种选择对陈涤而言有些残酷。

我在客厅里走来走去。没什么大不了的，我这样安慰自己，你自己的麻烦事已经够多了，没必要再去为别人担心。你们甚至连朋友都还算不上，不是吗？可是，当我想到他将重新回到那个令他窒息的家庭，一种无力和难过还是攫住了我。我瘫倒在沙发上，感到了实实在在的悲伤。

都会过去的，我对自己说，很多年以后，陈涤会继承家族事业，成为一名精英人士。他或许不会记得这段插曲，也可能记得，但也只是他生命中的某种调剂。他会感谢家庭，因为是家庭给了他更多的机会。“人要学会感恩。”我想象着几十年后，他光鲜亮丽地出现在电视访谈节目中，畅谈自己的人生，“我以前也叛逆过，甚至还曾离家出走，住在了一个陌生人家里，一心想逃去月球。当然了，这是每个人都要经历的阶段，所幸我很快就回到了正轨。正如一本小说开头所说的，‘这个世界上，不是人人都拥有你那些优越条件。’我懂得这个道理，并且认为这并不可耻，因为我可以利用这些条件去努力奋斗，回馈社会，帮助更多条件并不好的人去实现他们的梦想。试想，如果当初我真的去了月球，很可能一事无成，什么也做不了。”

那时我会在什么地方呢？当我无意中在电视上看到这段节目，又会做何感想呢？那时他应该早已忘记了我的名字——我们的人生不会再有交集。

都会过去的，就像我不会因为失去了阿树而永远伤心。总有一天，我会适应没有阿树的生活。那时我将心如止水，没有丝毫波动。我将双手合十，感谢上天赐予我的内心安宁。

“是啊，”我站起来，对着客厅的墙壁大声地说，“让这一切都见鬼去吧，从现在起，我要重新开始生活。”

“你在说什么？见什么鬼？”

从门口的方向，传来陈涤的声音。

我惊讶地看着他一手扶着墙，慢吞吞地走进客厅。顿时，空气里充满了酒味。他看起来很疲惫，走路摇摇晃晃，另一只手里拿着个塑料袋。更奇怪的是，他大晚上还戴着墨镜。按照他的酒量，能喝成这个样子简直是我无法想象的。

“你的药。”他虚弱地说，将塑料袋扔到茶几上。我打开塑料袋，里面装的全是退烧药。

“你怎么喝这么多酒……”我的话还没说完，他突然一把抱住了我，或者说栽倒在我身上。浓重的酒气熏得我差点呼吸不畅。

“祝贺我吧，”他的舌头已经有点僵硬了，“我有星际航班的票了。”

“怎么弄到的？”我一边问一边拖着他，让他平躺在沙发上。

“‘酒神公开赛’……”他迷迷糊糊地说，“这是奖品。”

“酒神公开赛”我曾有所耳闻，是酒吧聚集区一年一度的联合比赛。酒量最大的人会得到奖品和“酒神”的称号。看来，今年的奖品就是星际航班的票，而陈涤就是为了这个才去参赛的。

我摘下他的墨镜。他已经睡着了，无法想象他究竟喝了多少酒。我来到卧室，给他拿了一条厚棉毯盖上。

事情还没有那么容易过去，不过这也挺好的。我想，起码在此时此刻，陈涤依然要去月球，逃离他的家庭，而我依然想念着阿树。至于未来会如何，等过了今晚再去思考吧。

“晚安。”我对他说，然后关上了客厅的灯。

3

“你听说‘戴墨镜的酒神’的事了吗？”

刚一坐下，库珀就对我说。我只好假装摇摇头，表示自己才刚刚听说。“据说是一个年轻人，戴着墨镜，从来都没有摘下过，在‘酒神公开赛’获得了第一名，从白天喝到了晚上，然后又是一个白天和晚上，击败了常年在酒吧聚集区活动的好几个资深酒鬼。这个神秘的年轻人得到了‘酒神’的称号，还有奖品——听说是去月球旅行的航班票，你知道的，现在是一票难求啊。但是没有人知道他的庐山真面目，出于某种原因，他不愿摘下墨镜，于是人们便称呼他为‘戴墨镜的酒神’。这一带真的是藏龙卧虎啊，没人知道他到底什么来头。”

“你来就是为了跟我说这个？”陈涤请求我无论如何都不要泄露他的身份，否则他的家族一定会找到他，毕竟“戴墨镜的酒神”之名已经广为流传。不用他说我也明白事情的严重性，所以我不想跟库珀在这个话题再深聊下去。

“啊，当然是有更重要的事。”他说着从一只皮包里拿出一沓文件。

他约我见面的地方不是“双峰”，而是另一家酒吧，实在令人怀疑。“这是关于投资月球土地的项目文件，还有几份投资合同，想请你帮我看看。”他四处观望了一下，然后低声说道，好像特务交换情报似的，“这件事千万不能被戴安知道，否则我就完了，她会毫不费力地扭断我的脖子，就像往面包上涂番茄酱一样简单。”

事情是这样的：库珀的初恋，也就是慧慧，自从他俩在“双峰”

奇迹般地重逢后，两人的联络一直没断，尽管中间被戴安发觉了，可是她忙于酒吧的琐事，没办法24小时监控库珀的一举一动，所以，他和慧慧仍然得以偷偷见面。

“这次我们做得很隐蔽。”他得意地说。

“你到底知道自己在干什么吗？”我感觉很困惑，又疲倦，“戴安是个好女孩，为了你她牺牲了很多。你为什么要这样对她呢？”

“是啊，除了会时不时把我揍得鼻青脸肿。”他用嘲讽的口气说，接着又立刻严肃起来：“不过我和慧慧真的什么也没干，每次我们见面都只是叙叙旧，回忆一下曾经的时光，还有讲讲现在的自己。相信我，仅此而已。我们每次聊天都很愉快，可以说，是我近些年少有的愉快时刻了。你知道的，戴安把我看得太紧了，我需要有释放的空间。”

“好吧，你们的事情我没有权利插手。”我把手放在那叠文件上，“还是聊聊这个吧。”

“慧慧最近正在做月球房地产的投资项目，需要资金。”库珀有些犹豫地说，“她给我大致讲了一些，我感觉项目不赖，做好了可以赚大钱。正好这些年我也攒下了些积蓄，说不定可以帮帮她。”

“可得慎重啊。”我提醒他，“月球房地产项目确实是热门，可是其中的风险也不小，包括产权不明等等各种问题，我听说有很多诈骗项目都是从熟人下手的……”

“所以我才让你帮我看看。”他烦躁地挠了挠头，“而且我也不相信慧慧会骗我。”

“我没说她会骗你，但不能保证她是否也是受骗者。这个行业很乱，自月球的土地可以公开买卖后，就涌入了大量淘金者和投机者，三教九流无所不有。我的能力也非常有限，甚至连我们老板也被人坑过，所幸损失还可以承受。”

“好了好了，”他做了一个手势，阻止我继续说下去，“往往是有风险的地方才有机遇，毫无风险的领域也意味着可能性的枯竭。我不是仅仅为了慧慧，我也是看到了里面的商机。”

既然话已说到这个份上，我想我没必要继续劝阻了。他说得对，有风险才有机遇，在这方面，他比我有经验得多。当初他和戴安产生开“双峰”酒吧的念头，纯粹是由于被一部同名的古老的电视剧打动，里面也有一家很棒的酒吧。他们此前根本没有开酒吧的经验，可事实证明，他们做得非常成功。

酒吧前台的电视里正在播一档音乐节目。我又看到了那个被称为“天才少年”的小号手。节目里，他的表演再一次受到了观众和评委的一致称赞。“我们或许正在见证一个天才的诞生，”其中一个评委对着镜头说，“我相信在不久的将来，他会带领爵士乐走出低谷，重新引领潮流。”

“你看，每个时代都需要天才。”库珀说着往嘴里扔了一颗坚果仁，“就好像生活在没有天才的时代，所有人都会感觉不舒服似的。”

同库珀告别后，我回到家，看到陈涤的手里正小心翼翼地捧着一只鸽子。这个小家伙并不害怕，似乎还很享受陈涤抚摸它柔顺、洁净的羽毛。“它刚才落在窗台上，怎么也不肯走，我就把它让进来了。”陈涤解释说，“还有，它的脚上绑着张纸条，是写给你的。呃，真是不好意思，我读完以后才知道是写给你的，否则我是不会偷看的。”

他把纸条递给我。

果然，上面的字迹还是那个公交司机。他在纸条上写道：“明天晚上将举办森林派对，诚挚邀请您参加。如时间允许，下午五时我来接您。如果可以，请在纸条的背面写‘好’，如果不行，请写‘没空’。非常感谢。”

“森林派对是什么？听起来很有趣。”陈涤凑过来，满脸期待地问。

这回轮到我抱歉了。“我没法带你去，”我说，“那里不让随便带外人进去。”

“你们总是喜欢把事情搞得神秘兮兮。”陈涤神情失落地回到沙发上，撕开一包薯片，就着啤酒吃起来，“阿鲸的女朋友是这样，徐瞳也是，现在连你也是这样。你们都有各自的秘密，而我却是一个连秘密都没有的人。”他说着，连连叹息起来。

我在纸条后面写上“好”，然后重新绑在鸽子腿上。那只鸽子非常乖巧地站在茶几上，不时机敏地东张西望。

这时，我忽然意识到了什么。

“等等。”我转向陈涤，“你刚才说‘徐瞳也是’，是什么意思？”

“我在酒吧遇到他了。”陈涤依然沉浸在莫名的自怜中，无精打采地对我说：“嗯，就是我参加‘酒神公开赛’那天晚上，我看见他一个人坐在那里喝闷酒，看起来不太开心。不过我不敢跟他打招呼，毕竟我不能暴露身份。”

听陈涤这么说，我才想到确实有些日子没见到徐瞳了，自从他搬到小萝家后，就像销声匿迹了一样，连演出也没有。他是不是遇到了什么麻烦？

我放走了鸽子。

4

第二天下午五点，那辆没有乘客的私家公交车准时停靠在路边。长发公交司机与我握了握手。“上次你带的唱片在‘公社’大受欢迎，大家都说这次终于有了靠谱的联络员——上次那个负责采购唱片的家伙品味太差了。”

“我以为你们会觉得种类有点单一。”

“这个倒没事，只要是好东西，用这里都是可以感受出来的。”他指了指自己心脏的位置，“心灵。无论是音乐还是文字或者绘画等等之类，只要是好东西，心灵都会有感应，可惜的是现代人好像不太敢相信自己的心灵了。比起心灵，人们更乐于相信各种统计数据……咱们还是上车聊吧。”

还是像之前那样，公车上只有我一名乘客。我坐在驾驶员后面的座位上，看着车子缓缓启动，转过两个街口，拐上了立交桥。

“你是怎么加入‘公社’的？”闲来无事，我问道。

“我加入的时间并不长。”他一边专注地开车一边回答我，“其实说来不怕你笑话，是因为失恋。”

“呃……”

“我和我的女朋友——啊，现在应该叫前女友了——就是在这辆车上认识的。那时我刚刚开始做私家公交车司机，对那些乱七八糟的路线记得一塌糊涂，经常开错地方。乘客抗议着下车成了家常便饭，当然，车票我也要一一退回去。几个月下来，不仅没挣到钱，还亏了不少。就在我灰心丧气时，车上多了一个女孩。开始时我并没有格外留意，直到几乎每天都能在车上看到她。”

“原来如此。”我点了点头。

“是的，我们很快就熟络起来。后来她才告诉我，她是故意坐我的车的，其实她当时失业在家，也没有朋友，根本没有要去的地方。就这样，我们成了情侣。我当司机，她当售票员。我觉得我们真是天生一对。休息时，我们就在车上放唱片，跳舞，亲吻。”

他停止讲述，按下几个按钮。片刻后，音乐声从有些失真的音响里流淌出来。是“克里姆森国王”[①]的专辑《岛屿》。

“后来嘛，”他点燃一根烟，“她爱上了另一个乘客，然后她就突然消失了，就像她当初突然出现时一样。于是这辆车上失去了售票员，可能永远也不会再有——这个位置永远是留给她的。”

他的声音变得低沉。歌曲里正唱着：“爱，编织成网，猫玩着捉老鼠的游戏。”

---

① 克里姆森国王：1968年在伦敦成立的英国进步摇滚乐队，对70年代早期的进步摇滚运动和许多当代艺术家都有影响。这个乐队在其整个历史中经历过无数次组建，拥有大批追随者。

“后来呢？”过了一会儿，我问。

“失去她后，我每天都会喝醉。车当然是开不成了，房租又快到期，人生一下子到了绝境。那时，我无意中从某个酒鬼那里得到了一本诗歌小册子，我才知道原来现在还有人在秘密写诗，他们被称为‘野生诗人’。说实话，里面的诗打动了我——它们跟人工智能写的那些无懈可击的诗歌不一样。它们要粗糙、简陋得多，但我能看见‘心’。”

“所以你跟‘公社’有了接触。”

“我现在是‘公社’的专职司机。”他把抽完的烟头放进手旁的饮料瓶子里。

今天没有堵车，我们很快就驶进了郊区。夜幕降临，楼房的灯光开始变得稀疏。大约又过去半小时，公交车稳稳地停在了一间废品回收站状的建筑前。他熄了火，我们一起下车。“这次还要游过去吗？”想起上次的事，我依然心有余悸。

公交司机愣了愣，随即笑起来：“当然不用，只有外来者进入‘公社’时才会走那条线路，是为了‘公社’的安全着想。你现在是自己人。”

他鼓励似的拍了拍我的胳膊，走上前，对准门上的眼球识别器。几秒钟后，废品回收站的门缓缓开启。

废品回收站里是另一个世界的入口。我们沿着一条漫长的甬道走了很长时间。没有照明装置，只能用手机上的手电筒照亮脚下的路。没有意外情况，我们只是沉默地走着，唯一需要注意的是有些地方好像结了冰，不小心就会滑倒。甬道里阴气森森，不时会传来古怪的声响，应该是风声或内部的能量转化吧，但比起上次的“水下之行”，这次可谓是小菜一碟了。

大约走了半个小时（或者更短，身处黑暗与静默中的世界，时间总会变长），我们回到地面。熟悉的森林景色，即使是在冬天树木仍高高地向着天空挺立，茂盛的树冠遮天蔽日，由于缺少光线而呈现为灰蓝色。我们继续往前走。远远地，已经可以看到那间木屋了。这时，一个声音从旁边响起：“请止步。”

“哦，今天是你当班啊，兄弟。”公交司机貌似认出了隐藏在树影里的人。

“是啊，我还没吃晚饭呢。”树影里的声音颇感委屈，不过很快就振作起来，“好了，对暗号吧，你知道这是规矩。”

“我当然知道。”公交司机点了点头，“谁先来着？”

“你先。”

“那是一个失去的故乡。”

“月亮在它的芦苇间变圆。”

“那些和我们死于霜寒的事物。”

“处处发出白热，并且看见。请过吧，祝今晚过得愉快。”

“你也是。”公交司机朝黑暗中挥了挥手。

木屋的门没有关上，我们径直走进去。砂原先生和砂原夫人正并排坐在一张木桌前，桌子上杂乱地放着很多大部头的书。除他们二人外，屋里没有别人。

“噢，你们来啦。”砂原先生抬起头，热情地说，“快请坐，我们马上就完事了。”

砂原夫人则对我们微微点头，继续埋头工作。她戴着一只无框眼镜，正在用铅笔往一本书里记录着什么。

“这些是账本。”砂原先生说，“我们在计算‘公社’的收支情况。估计还需要一点时间，要不你先带白河去派对放松一下吧，一会儿我会去找你们。”

“没问题，砂原先生。”公交司机说。

离开木屋，他带着我往一个方向走去。一颗紫色的星星总悬在我们正前方的天际，好似在为我们带路。很快，我就在一块林中空地上看到了好多个小帐篷，还有篝火。派对似乎已经进行了一半，我看到有几个面目不清的人躺在空地上，似乎喝多了。酒瓶随处可见，在地上滚来滚去。火堆旁，一个披着花哨大毛毯的男子正在用吉他演奏着。他闭着眼睛，显得极其陶醉，可惜的是旁边似乎并没有听众。

“他已经在那里连续弹了两个小时了。”

我们转过身，看到一个女孩朝我们走来。离近了，我才看清她的面容。

“啊，你是。”我首先认出了她。

“哎，怎么是你？”她紧蹙眉头。

此刻出现在我面前的竟然是街角书店的那名年轻的女店员。

“你们认识？”公交司机饶有兴致地看看我，又看看书店女孩。

“怎么说呢。”书店女孩穿着深色牛仔裤，双手插兜，明显在寻找措辞。

“确实不太好说。”我说。

“你的模范丈夫哪儿去了？”公交司机左右张望了一下。

“他喝醉了，正在帐篷里睡觉。”书店女孩说。

“跟你说，他俩可是‘公社’里的模范夫妻，”公交司机用胳膊肘碰了碰我，笑着说，“我没说错吧？”

“当然，我们一直都很恩爱。”书店女孩露出有些挑衅意味的笑容。

“瞧瞧。”公交司机咂了咂嘴，“看来我是没有机会了。”

篝火在空地燃烧，足以照亮周边的事物。阴影与光亮随着火焰不停跳动。那个吉他乐手依然在弹奏。重复的旋律，仿佛将时间带入了一个循环的怪圈。好几个喝醉的人横七竖八地躺在草丛中。酒是从一整排古怪的自动贩卖机里取出的。它们安静地坐落于草丛边缘，身上被染料涂鸦得乱七八糟。

我和书店女孩来到其中一只自动贩卖机旁。

“这个需要钱吗？”我掏了掏兜，不免有些尴尬。出门时，我忘了带钱。

“不需要。”书店女孩说，“这里的支付方式是诗。”

“诗？”

她从牛仔裤的后兜里掏出一本书，从中间翻开。借着火光，可以看出是一本诗集。她撕下其中的一页诗，塞入投币口。几秒钟后，我听到了什么东西落进了取货口。书店女孩弯下腰，取出一罐啤酒，递给我。

“看懂了？”她问道。

“懂是懂了，不过……”我犹豫道，“我没有诗。”

“没事，这次我可以借你。”她说着撕下另一页，塞进自动贩卖机中。随着咣当咣当的声音，她又拿出了一罐啤酒。

我们回到篝火旁，并排坐下。公交司机已经不知去向。

“那是你写的诗吗？”我问她。

“我和丈夫一起写的。”她盯着火焰，没有看我，“我们印刷诗集都是共同署名。”

“那真是不错。”我打开啤酒，喝了起来，“没想到在这儿见到你。”

“是啊，我也很惊讶。”她终于扭过头来，看了看我，忽然轻叹一声，“实在不好办啊。”

“什么不好办？”

“我是说下次如果再看到你把书乱放的话，”她说，“我就没办法那么坚决地厌恶你了。毕竟咱们两个都知道了对方的身份，但是，直到目前为止又没有什么交情可言，这种感觉真的很不好。”她很苦恼似的摇了摇头。

“我真的让你很厌恶吗？”

她再次转过头来，仔细地凝视着我的脸。片刻后，她点了点头。“我厌恶所有破坏我工作的人，包括在书店高声喧哗的人、损坏书页的人、偷书贼、将书故意乱放的人等，我都一视同仁地厌恶。可是，知道了你是‘公社’的朋友，我对你没办法像以前那么厌恶了。”

我有些哭笑不得。“对我的印象有改观，不是很好吗？就非得厌恶才好吗？”

“不。”她说，“不是说非得厌恶，而是我希望对任何人都有一个明确的态度。包括厌恶，喜欢，崇敬，爱，恨等。不一定要说出来，但心里要有谱。怎么说呢……我讨厌那种模糊不清的关系。”

“好吧，”我说，“虽然我不太懂你的意思，但我希望我可以在你心里改变厌恶这个印象。”

“印象确实是可以改变的。”这时，她第一次对我露出微笑，好像在说，“别放弃，你还有机会”。

草丛的角落里，一个野生诗人醉醺醺地站起来，痛苦地高声喊道：“我们拒绝上班！拒绝！”然后又软绵绵地倒下去。吉他手仍在乐此不疲地弹奏着相同的旋律。月亮从天空中俯视着地面上这群人。

“我带你四处转转吧。”她忽然说。

“好啊。”我站起身，拍拍屁股上的土。

我们走出去一段路，篝火离我们越来越远了。月光比想象中的明亮。途中，我们遇到一个留着络腮胡子、戴着大耳机的人，正抱着一盆仙人掌喃喃自语。走近了，我才听清他似乎在读一首诗。

“这个人认为世界上只有植物才能理解他的诗。”她向我解释道。

我们继续朝月光深处走去。

5

喧闹声渐渐离我们远了，火光被黑暗掩盖。清冷的月光洒向地面，如同浮动着某种未知的轻盈之物。四周的景色变得模糊，树木与房屋无从辨别。我不禁回过头看了看，来时的路早已被黑暗与雾气笼罩，令我无法确定自己真的是从彼处而来。还好，书店女孩的身姿并未消失于黑暗中，仍在我的视线所及的范围内移动。我连忙加快脚步，跟了上去。

那个身影突然停住了。

“怎么了？”我问。

“今晚的月光很明亮。”她说，“是晒月亮的好时候。”

“晒月亮？”

“明亮的月光可以驱散体内的抑郁情绪，令人身心愉悦。”

“还真是头一回听说。”

她没有理会我，径自坐在草地上。我也只好跟着坐在她旁边。

我们谁也没说话，寂静开始蔓延。仿佛在这样的时刻，所有的声响也成为了寂静的一部分。风吹动树叶，草尖摩擦掌心，这一切似乎都赋予了寂静某种实体形式——我就这样胡思乱想着。

“你看。”她打断了我的思绪，“景物变得更加清晰了，不是吗？”

我环顾四周。哪里清晰呢？明明是昏暗一片。树林黑黝黝的，只能勉强认出轮廓。似乎有什么东西在草丛中倏忽而逝。是森林中的动物吗？抑或是我的幻觉？黑暗使我失去了判断与防备，恐惧从我心中升起。我想要快点离开这里，但转念一想，又有谁能逃离黑夜呢？没有人能离开，我们唯一能做的，只有等待黑夜自行消逝。

“我什么也看不清。”我老实承认。

“你要仔细看。”她严肃地说，“在月光之夜，你会看到不同寻常的东西。”

她的话语中有某种不容辩驳的威严。我听从她的话，努力凝神看向周围的事物。渐渐地，我的眼睛开始适应了黑暗。许多最初被遮掩的细节逐渐向我敞开——沐浴在月光中的树木，比白天时更为生动而具体，枝条向四周伸展开来；延伸到远处的林中小径变得层次分明，月光标识出在太阳下被隐藏的褶皱；每一块石头都沉静得与众不同，月光投下的阴影使得它们似乎成了说不清道不明的事物，而不再是白天时被局限的形象。

“要抛开杂念哟。”

她深吸一口气，仰面躺下，舒服地摊开双臂。

我也躺下去，试图将脑子里的各种念头排解掉。月光正照耀在我的身上，包裹着我。没有重量，没有温度，但我能感受得到。我想象着万物在月光中显露出自己最本真的模样，想象着自己变成了一块林中空地，幽冥的月光照射进来，填充每一寸空间，但同时它又属于“无”。表象消退了，留下的唯有澄明之境。我成了“无”的一部分，与此同时又切身地感受到了自身的存在。

“你在想什么？”书店女孩问。

“说不清，”我说，“在想一些没有具体形态、很难抓住的东西，它们好像很重要，又好像什么都不是……”

“很正常。”她打了一个哈欠，“所以才会有诗这种东西嘛。喏，这个给你。”

她把什么东西放在我手中。借着月光，我认出那是一株蘑菇，只有拇指大小。

“这是什么？”

“迷幻蘑菇。毒蘑菇的一种，可以让人产生幻觉，帮助你发现内心深处的渴望。不妨试试。”

她笑着。

我坐在一间木屋中。屋子很大，能够容纳我随意踱步。木头书桌摆在一扇硕大的窗子下面，从窗子望出去，可以看见缓缓流淌的清澈小溪。植物的清香混杂着溪水的潮湿味儿，飘荡在屋子里。我坐在书桌前，面对着厚厚的稿纸奋笔疾书，用的是笔端削得尖锐的铅笔，同样的铅笔还有大约二三十支，放置在碗口粗的笔筒中。

稿纸堆放在一起，很厚重。我在最上面的一张纸上奋力写着。巨著就要完成了，这个念头激励着我，不知疲倦地写下去。如同普鲁斯特[①]、穆齐尔[②]或陀思妥耶夫斯基般[③]的著作，就要在我手上完成了。

---

① 普鲁斯特：（1871年7月10日至1922年11月18日）这里指的是马赛尔·普鲁斯特，是20世纪法国最伟大的小说家之一，意识流文学的先驱与大师。普鲁斯特是20世纪世界文学史上最伟大的小说家之一，代表作《追忆逝水年华》。

② 穆齐尔：罗伯特·穆齐尔：（1880年11月6日—1942年4月15日）奥地利作家，出版短篇小说集《协会》、《三个女人》以及剧本《醉心的人们》等。1930年出版潜心十年创作的巨著《没有个性的人》第一卷，1933年又出版了第二卷。希特勒上台后，他开始了流亡生活。1936年因中风险些丧命，由于疾病缠身，终未完成这部巨著。他未完成的小说《没有个性的人》常被认为是最重要的现代主义小说之一。

③ 陀思妥耶夫斯基：（1821年11月11日至1881年2月9日）俄国作家，全名为费奥多尔·米哈伊洛维奇·陀思妥耶夫斯基，出生于小贵族家庭，童年在莫斯科和乡间度过。1846年发表第一部长篇小说《穷人》，受到高度评价。1848年发表中篇小说《白夜》。1849年因参加反农奴制活动而被流放到西伯利亚，在此期间发表有长篇小说《被侮辱和被损害的》、《罪与罚》、《白痴》、《群魔》、《卡拉马佐夫兄弟》等作品。

窗外的光芒是恒定的，可我知道，时间正如溪水般不停流逝着。就要完成了，就要完成了——这样的声音在我心中回响——只要再坚持一下……

木质地板的嘎吱声响起。是有人踩在上面的声音。我回过头，看见了阿树。

她穿着一件宽松的灰色毛衣，好像很冷似的跺着脚，揉搓手掌和脸颊。“现在是钓鱼的好时候！”她笑着对我说。我有些犹豫，她上前使劲拉起我，往外面走。我也踩到了那块松动的地板。嘎吱嘎吱。

屋外是朦胧的天色，看不出是白天还是夜晚，清晨还是黄昏。光总是恒定的，不明亮也不黯淡。小溪以一种重复的调子在流淌着。我忽然意识到，这里并不是我习以为常的那个世界，甚至并不是地球。是在月球吗？我也无法确定。总之，这里的世界大不一样，事物不会增加，也不会消灭，所有的一切都保持某种恒定。我们坐在溪边钓鱼。一条呈草绿色的鲤鱼钓了上来，我将它从钓钩上解下，放进鱼篓中。阿树沉默不语，手托着腮，凝视着水流，不像在钓鱼，更像是沉思。

时间缓缓流淌，然而那是恒定的时间。我又钓上一条鲤鱼，依然是草绿色。我将它从钓钩上解下，放进鱼篓中。这时我发现，之前的那条鲤鱼不见了。

我们回到木屋中。我继续坐在书桌前，拿起铅笔写作。

“就要完成了。”我对阿树说。

她困惑地看着我。这时我才意识到，这部小说仅仅开了个头，我只是从笔筒中拿出第一根铅笔，在稿纸上写下第一个字。我感到万分沮丧。

“我永远也写不完了。”我扔掉铅笔，抱着头。窗外，恒定的溪水缓缓流淌。

阿树将手放在我的肩膀上，鼓励意味地轻轻使了使劲。我攥住她的手。

我们并排躺在床上。恒定的风从窗外吹进来，很舒服。我侧着身子，用铅笔在稿纸上给阿树画像。我涂抹她的头发，还有脸上细微的阴影。恒定的笔尖永远不会变钝。

“我可以为你做任何梦，只要你不离开我。”我说了一句莫名其妙的话。阿树微微抬起头，看着我。她还是留着那头利落的短发，颈背处散落着柔软的发丝，与背脊形成优美的弧度。恒定的光芒照在我们的身上。

我坐在一间木屋中。面对着厚厚的稿纸奋笔疾书，用的是笔端削得尖锐的铅笔。稿纸堆放在一起，很厚重。我在最上面的一张纸上奋力写着。巨著就要完成了，这个念头激励着我。木质地板的嘎吱声响起。是有人踩在上面的声音。我回过头……

睁开眼，泛蓝的明月启示般悬挂天际。

我感到浑身酸痛，摇摇晃晃地站起身，一时忘记了自己置身何处。溪流的响声、木屋的轮廓仍停留在我的感官中，久久不愿消散。于是，似乎有两个世界重叠在了一起，在我脚下的既是草丛也是木地板，我所在的既是森林又是有大窗子的木屋。而我面前的这个女孩，我分不出她究竟是阿树还是别的什么人。

“喂，能听到我说话吗？”对面的人说道。我看到阿树在冲我微笑。

“阿树……”我紧紧地抱住她。

“你认错人啦。”

我听到她在我耳边轻轻说道。我就这样头重脚轻地拥抱着她，害怕我稍稍松手她就会离去，直到木屋的影像渐渐隐去，森林的景象全部浮现在我的眼前。溪流的声音也消失了，重叠的时间重又分开，我终于想起这是什么地方。

“现在能放开我了？”

“啊，对不起。”我连忙退后几步，看到书店女孩似笑非笑的表情。

“蘑菇的效果在你身上很强烈啊。”她盘腿坐在草地上，“阿树是什么人？”

我坐回她身旁。

“我做了一个很奇怪的梦……”我盯着自己的双手，好像在确认它们的真实程度。

“准确地说，是幻觉。”她纠正道，“也可以说是强制做梦。那些做了梦境消除手术的人，有时为了重温一下做梦的感觉，就会用迷幻蘑菇替代。”

“人真是很奇怪。”我说，“明明是主动放弃了做梦能力，有时却又想找回来。”

“因为人们想要的是可控的梦啊。”她抬起头，看了看夜空，“对于不可控的东西，人们都会有本能的畏惧。梦也一样。老练的做梦者，可以借助迷幻蘑菇操控自己的梦。”

“操控？”

“也就是做任何自己想做的梦，真正成为自己梦境的主人。现在这已经是一种新型的娱乐手段。”说着，她又露出神秘的笑容，“回到刚才的话题，阿树是谁？”

“我的女友。”

“已经分手了吧。”她拔下一根青草，在手里把玩着。

“你怎么知道？”

“不是很明显吗？”她看了看我，“你刚才把我当成了阿树，抱得那么紧，是害怕我会离开吧？”

“呃，对不起。”

“用不着道歉，当时你的幻觉还没完全消失，并不是故意占我便宜。”她停顿了一会儿，忽然凑过来，盯着我的眼睛，“跟我说说，你们发生了什么？”

“我不知道。”

“不知道？”她皱了皱眉。

“没骗你，”我连忙解释道，“真的不知道，她的离开毫无预兆，我根本不知道发生了什么。”

“也就是说，你到现在连自己做错了什么都不清楚。”

“或者说，她的离开让我怀疑自己是不是一开始就做错了。”我说。

“这也是很正常的。”她将那根草缠绕在手指上，然后又松开，草茎飘然落下，“人的感情本身就是在缓慢流逝，有时根本没有确切原因。感情并非是一个整体，而是由一个个瞬间组成，每个瞬间都具有决定性。过去那些爱你的瞬间，与之后想离开你的瞬间，两者并不冲突，有时也没有必然联系。”

“每个人都会这样吗？”

她想了想，然后点点头。“每个人都是如此。我和我的丈夫也一样。”

“如果我没记错，你们不是模范夫妻吗？”我有些惊讶地看着她。

“没错，”她露出狡黠的微笑，“因为我们找到了控制感情的方法。”

她转过身，低头撩起头发，露出雪白的颈背。我发现颈椎处贴着一个瓶盖大小的黑色的小玩意，仔细看，那上面是复杂的电路装置。

“这是什么？”

“情感调节器。”她转过身，平静地说，“只要两个人戴上同样频率的调节器，就可以将感情维持在同等程度，不会随着时间而消逝。”

“你们就是靠这个成了模范夫妻？”

“这是你我之间的秘密，不要跟别人说哦。”她伸了个懒腰，看着我，“别这么惊讶嘛，这可不是欺骗，而是为了将感情维持在可控的范围内。我们都希望感情不要流逝，但却无能为力。拜现代科技所赐，终于找到了解决办法，不是很好吗？”

她站起身，拍了拍身上沾着的草叶。

“时间不早了，我们回去吧。”

6

我和书店女孩回到林中空地，看见砂原先生迎面走来。

“嗨，你们去哪儿了？”他冲我打招呼，“老布想见见你，现在方便吗？”

“当然。”我说。

我跟着砂原先生重回木屋。老布正坐在椅子上喝葡萄酒，看到我，他摇摇晃晃地站起身，张开双臂准备给我一个大大的拥抱。我连忙伸出手：“咱们又见面了，派对很好玩。”

“会持续一周。”他和我握了握手，瓮声瓮气地说，“你上次带的唱片很有意思，虽然我不大听爵士乐，但比塞日·甘斯布那类的黄色小曲还是有趣多了。”

“喂，”砂原先生好似有些疲倦地捋捋前额的头发，“咱们还是先聊正事吧。”

“请坐。”老布对我说。

我们三人围坐在木桌前。这里的氛围让我联想到刚才的幻觉，或许这里正是幻觉的现实来源——哪怕最莫名其妙的幻想，在现实的路径中依然有迹可循。我不得不强迫自己打起精神。

“可是我今天没有带资料。”我有点惶恐，“我以为只是来参加派对的。”

“当然，只是顺便聊聊。”老布爽朗地笑起来，用力拍了拍我的后背。我感到了来自老布手掌的一下下重击。

“关于月球土地的购买事宜，你之后找时间跟砂原谈就好。”老布说，“是有另一件事想拜托你帮忙。”

“另一件事？”

老布拿出一只新酒杯，灌上酒，递到我面前。

“你听说过Joy Division吗？”

“当然。”我点头。

“众所周知，这支伟大的乐队一直到解散，只出过两张专辑。但最近我听到了一个大新闻。”老布把椅子拉过来，紧挨着我，神秘兮兮的，就像是一个无意中听到班主任秘密的小学生，“据传Joy Division曾录制过第三张专辑，但因为种种原因从未公开过。近期一个神秘组织放出消息，他们得到了那张专辑的小样，制成了名为‘玩偶之屋’的限量版。因为数量稀少，会以拍卖的形式发售。”

这时，老布停止讲述，用满含渴望的目光望着我。

“那么……”我小心推测着他接下来要我做的事。

“很简单，帮我打探消息，并且得到‘玩偶之屋’的限量版。”老布毫无预兆地伸出双手，由于躲闪不及，我的两只手像是无望的小鸽子被他牢牢攥住。“拜托了！我知道任务艰巨，但我要为‘公社’的安全考虑，没办法离开这里。所以，你一定要帮我。”

我感觉自己手指的骨骼正被捏得一寸寸断裂。

“疼……”我终于忍不住喊出声。

“啊，对不起。”老布连忙放开手。

“老布是Joy Division的超级乐迷。”砂原先生在一旁说，“如果能够得到那张《玩偶之屋》，他也就死而无憾了。”

“闭嘴，你这个只喜欢黄色歌曲的家伙。”老布面无表情地说。

“有什么线索吗，比如发布会的地点，时间之类。”我慢慢活动着僵硬的手指，问道。

“毫无线索。”老布说，“之前我是从网上的歌迷组织得到消息的，但没人知道放出消息的人是谁，因此没有确凿的信息。唯一能确定的是，发布会是在这个城市的某个地方举行……哦，城市，我讨厌城市。”老布摇着头，给自己斟了满满一杯葡萄酒。

第九章

1

“《玩偶之屋》？这个嘛……”

唱片店老伯陷入了思考。货架的角落里，一对青年男女正在“艾灵顿公爵”的唱片专柜前小声交谈着。声音压得很低，听不清究竟在说什么。从两人的保持的适当距离和举手投足间，证明他们似乎并非情侣关系，可能只是附近一起下班的同事，机缘巧合之下来到了这家冷清的唱片店。他们站在那里已经超过五分钟了，还是没有商量好要买哪一张。

我坐在柜台前的椅子上，与老伯面对面。我的手里拿着一只玻璃杯，里面盛着老伯珍藏的草莓白兰地。百无聊赖的下午，我们喝着酒，有一搭没一搭地聊天。

我来这里，主要是想问关于限量版专辑的事情。我想老伯或许会有些线索。果然，老伯将酒杯放在桌面上，用手擦去桌面上的水渍，点了点头。我来时，他似乎已经进入了微醺的状态——脸颊泛红，冲我打招呼的音量是平时的两倍。

“我确实也听说了。”他靠在椅背上，眯着眼。

“是吗？”我连忙追问，“有具体点的消息吗？”

“完全没有。”老伯用双手拢住杯子，盯着杯中残留不多的草莓白兰地，“我也是去唱片公司进货时听到的风声。你知道，这种事在圈内总是流传得很快。但具体是什么情况，我没有细问。”说完，他将酒一饮而尽，满意地咂了咂嘴，“不可多得的珍品啊。”

“您还是少喝点吧。”

“我平日里喝酒很有节制，但该喝的时候还是要尽兴才行。”老伯嘿嘿笑着，又将杯子倒满。

我的脑子里还想着《玩偶之屋》的事。我有些后悔答应老布的请求了。对于那些明知道自己做不到但却必须要做的事，我总是充满了焦虑。直到现在，我也并没觉得自己就是“公社”的一员，更不是什么野生诗人。一切的一切都莫名其妙。我完全可以断掉与“公社”的联系，免去这些多余的苦恼，不是吗？没错，就应该这么做。不应该被他人裹挟。我下定了决心，有机会就跟砂原先生谈一谈。

那对青年男女终于离开“艾灵顿公爵”的专柜，又到了旁边的约翰·科川的专柜前。我这时才发现，他俩各自拿着笔记本，正用圆珠笔在上面记录着什么。

“你为什么突然问起这个？我记得你不是快乐分裂的乐迷啊。”老伯说。

“一个朋友托我问的。他是铁杆乐迷，据说如果能得到那张专辑，他就能瞑目了。”我终于喝完了自己那杯酒，感觉身体变得轻飘飘的。

老伯笑起来。

“就是这么回事啊。每个人都有视若生命的东西，虽然人生本身就是一个不断丢失的过程，但总有些东西是没法丢掉，也不能丢掉的。”他悠悠地说，“那些东西就是你生命的基础。”

我转向他。“您是怎么了？”我拿过酒瓶，给自己添了一点白兰地，“今天感慨颇多啊。”

他冲我眨了眨眼，然后望向那对青年。此时，他们仍在专心记录着什么，我意识到他们似乎并非普通的顾客。

“那是我的孙子和孙女。”老伯说。

“呃？”

“有件事我还没跟你说，”老伯放下杯子，神情突然郑重起来，“我要离开这儿了。”

我一时间没有理解他的意思，只是呆呆地望着他。

“我就要去月球养老了。”老伯露出笑容，“他们是来接我的。”

“有点突然。”我避开他的目光，看向酒杯，“什么时候走？”

“应该还要过几天。”老伯说，“他们早就在月球定居了，想要接我过去。犹豫很久，我还是答应了。毕竟我岁数已经不小，而且这家店一直在赔钱，再这么下去积蓄都快折腾完了。”他顿了顿，望着他的孙子和孙女的背影，“他们在给唱片估价。”

“嗯。”我喝下一大口酒。猛烈的气息让我咳嗽起来。

“对不起，没帮上你朋友的忙。不过这里有很多我没来得及喝的酒，没事就来喝吧。”老伯说。

我点了点头。

我总是容易被低落的情绪俘获，就像是一个全无防备的人，失落只要轻轻将他触碰，他就会倒地不起，变得比纸片还要轻盈。此时此刻，我感觉自己又无法控制地掉进了失落的污水坑里，在上面飘浮着，感受着身体被慢慢浸透，却不会沉下去。因为你不具备重量，你只能浮在上面，成为那浅层次的垃圾的一部分。

从唱片店出来时，我就知道自己又陷入了低落的陷阱。快乐总是那么容易就烟消云散，而失落却可以永存。我和我上一本书的编辑曾约定过，要尽量减少失落的时间，因为那会在书里表现出来，给读者造成不良影响，从而降低书的评分。“你要记住，”我的编辑对我说，“效率社会里失落是最危险的，‘效率委员会’把失落评定为阻碍社会发展的罪魁祸首不是没有原因的，你要记住！”

“我尽量不表现在书里。”我记得自己是这么回答他的。而我收到的回应则是他轻蔑的笑声。“你太天真了，”他说，“文字是思想的体现，既然如此，你失落的情绪必然会反映到书本中，这是你无法掩饰的，除非你是人工智能。所以，算我求求你，把失落的情绪尽量缩短吧。”我们的对话结束了。

我们的交流全部都是在电话或邮件里。我从未见过他，据他自己说，他有严重的社交恐惧症，是现代社会救了他，让他不必见人也能愉快地工作和生活。“不要试图来找我，”他曾警告我，“我只想跟思想打交道，对人没兴趣。”

好吧，这些都无所谓，即使仅仅是思想上的交流，我觉得可能我们也很难成为朋友。但是，最让我感到无力的是，他说的话总是很有道理，使我不得不仔细思索。比如说关于压缩失落感的方法，他给我提过一些建议，其主旨无非是给自己多找点事情做。

那就听他的，给自己找点事做。况且不用我找，事情本身就在眼前。下一步该如何做呢？唱片店老伯也不知内情。可以说，现在完全没有头绪。我总是会稀里糊涂地答应别人一些事，总是会被动卷入。可其中大多数都并非出自我真实的意愿。难道我这是为了给自己找事情做吗？还是我急于想要向别人展示，我是一个“有用的人”？

效率社会准则第一条——你要成为对社会有用的人。

梦境可以用手术消除，但失落却不行。因此，在很久以前，不符合效率原则的诗人就被人工智能所取代。说到底，诗是情绪的体现，而只有人工智能才能将符合效率原则的正面情绪完美无缺地传递给读者，不让他们受到负面情绪的影响。社会运转是庞大而复杂的，容不得丝毫差错。

我的负面情绪是不是太多了？每一次的情绪评估报告，我的评分都处于不合格的边缘，这非常危险。一旦连续几次的评估报告都显示为不合格，你就必须要强制性地接受心理治疗。

不，我不想成为这个社会的异类。我只是……情绪容易低落而已。没什么大不了的，完全可以自行调节。接下来我要干什么？没错，先回家去，不要在大街上无所事事地游荡了，那是“城市漫游者”们才会做的事。我不想成为漫游者，也不想当什么野生诗人，我只想安安稳稳地过正常的日子。

2

我在外面转悠到天黑才回家。电梯打开，我刚进入楼道，就看见阿鲸和陈涤正鬼鬼祟祟地蹲在阿鲸家的门口，好像在偷听里面的动静。我走过去，他们一齐转过头，竖起食指，冲我做了一个“嘘”的手势，示意我不要说话。我奇怪地看着他俩。看起来气氛很紧张。

“怎么了？”我压低声音问道。第一反应是阿鲸家里进贼了。

“遇到了点麻烦。”阿鲸小声说道，指了指自家的门。

“到底怎么回事？里面有人？”

“说来话长。”阿鲸叹了口气。陈涤则难掩兴奋，把耳朵贴在门上。

“那就长话短说。”

“家里太乱了……”阿鲸忽然说出了没头没脑的话，不过这正是他说话的风格。停了片刻，他继续说：“所以我制造了一台清洁机器人。刚开始还好，帮我清理了客厅的垃圾。可不知怎么回事，它突然发了疯，把我从屋子里赶出来了。”

宁愿组装各种奇奇怪怪的机器，也不愿打扫卫生，这的确是阿鲸的性格。听到他的叙述，我忍不住乐了起来。阿鲸皱着眉头，刚想说话，这时陈涤说：“它好像砸碎了什么东西。”我和阿鲸急忙把耳朵像他一样贴在门上。

屋子里传来某件东西被砸得稀烂的声响。

“坏了，”阿鲸大惊失色，“它好像在砸电视。”

“怎么办？”陈涤依然是那副不嫌事大的表情。

“白河，我记得你有一支棒球棍？”阿鲸问我。

经他提醒我记起来了，确实有那么一支棒球棍，还是小时候父亲给我买的。当时我根本不会打棒球，甚至连比赛规则都看不懂（现在也不懂），但我就是觉得棒球棍很酷，于是缠着父亲给我买了一支当作生日礼物。那时母亲还没有离开家。和父亲买完棒球棍回家的那个午后，是我记忆中最后的平静时光。

“可是……”我有些为难地说，“我忘了把它放哪儿了。”

“就在床下的箱子里。”陈涤突然说，“跟你的诗放在一起，那天我看到了。”

我转身回家，果然在床底下发现了那支早已尘封的棒球棍。还有我写给阿树的诗，好几大本笔记本，也整齐地放在里面。喝醉的那天，我把它们全都拿了出来，乱读一气，最后还是陈涤帮我收拾好，放回了原处。如今再看到这些本子，还有棒球棍，我的心里很不是滋味。其实并没有过去多少年，可它们仿佛都变作了几个世纪前的遗迹。

取走棒球棍，我回到阿鲸的门前。

阿鲸制定了行动计划：陈涤负责将发疯的机器人引出来，而我守在门口，负责用棒球棍将它制伏。

“交给我吧。”陈涤兴奋地搓了搓手，打开了门。

砸东西的响声停止了，机器人应该注意到了陈涤。我像是一个第一次参加棒球比赛的打击手那样攥紧棒球棍，站在门口，心脏怦怦直跳。“你这个混蛋，”我听到陈涤在里面大声嚷嚷，“有本事就出来！”

大约两秒钟的静默后，我听到一阵令人不安的躁动，好像某个部件正在急速运转，马上就要崩裂。我想，难道这就是机器人发怒时的样子吗？不等我仔细思索，陈涤就跑了出来，同时扭过头，向我使了个眼色。我大吼一声，闪身而出，还来不及看清它的样子，就抡起棒球棍朝机器人砸去。这一下可谓使出了全身力气。发疯的机器人立刻四分五裂，在我脚下瘫成一堆零件。

我喘了口气，看了眼手中的棒球棍。完好无损。

问题终于解决了，可阿鲸的家里就像是遭到了轰炸。电视机倾倒在地板上，屏幕碎了一地；窗帘被撕成条状；沙发里的海绵像内脏一样翻了出来；所有家具都偏离了原先的位置，要么干脆就变成了残骸。几乎没有哪样东西是完整的。阿鲸艰难迈过已经变成垃圾厂的客厅，急忙冲进卧室。过了一会儿，他抱着浸入式头盔走出来。

“还好，它没事。”他如释重负般地叹了口气。

“以后不要再搞这么危险的事了。”我说。刚刚由于紧张而用力过猛，我的手经受了强大的反作用力，直到现在仍隐隐作痛。

“我也只是想尝试一下，不知哪里出了问题。”阿鲸一脸颓丧地坐在已然变成垃圾堆的家中，环顾这场人间惨剧。

他的手中，拿着那只侦查苍蝇。还好，在大破坏中，它也是幸免于难。

“已经没有苍蝇了。”沉默半晌，他突然开口说道。

“什么？”

“不是吗？”阿鲸抬起头，看着我，“现在无论是冬天还是夏天，都见不到苍蝇了。”

“证明城市的卫生条件已经得到巨大改善。”我说。

他又低下头。“是吗……”他盯着手中的机器苍蝇，自言自语，“可能是这样的。但我记得咱们小时候还是偶尔能够看到苍蝇、蚊子、蟑螂之类，但现在全没有了。”

“城市已经不适合它们居住。”他说的确实是实情，但我实在没兴趣探讨这个话题。

“我还记得……”阿鲸自顾自说下去，全然没有注意我的不耐烦，“小时候妈妈最讨厌的就是苍蝇，一到夏天，她就会喷各种灭蝇药，只要听到苍蝇的嗡嗡声，无论睡得多熟都会立刻起身，拿通电的苍蝇拍四处寻找，电死苍蝇才会继续入睡。现在想来也挺好笑的。我对妈妈的记忆已经很淡薄了，可这个场景却一直记忆犹新。”

他露出微笑，轻轻抚摸着侦查苍蝇的机器身躯。

“本来妈妈最讨厌的就是苍蝇，可后来只要一看见苍蝇我就会想起她。不过把苍蝇和妈妈联系到一起，妈妈应该也不会开心吧。但也没法子，这是我对她最深的记忆了。”

我终于知道了阿鲸制作机器苍蝇真正的初衷，可我不知该说些什么。我不禁又想起了小时候与父母去公园玩的情景。母亲的话再一次在我耳边响起：“不要玩蚂蚁，它们都很脏。”可我无论如何回想，都想不起母亲的面容了。

我拿起手边的棒球棍，凝视着棍身上面父亲用不褪色墨水写的那几个字：“祝小河生日快乐”。我摸了摸早已干掉的字迹，心想：那些日子确实回不去了啊。

“能不能帮我一个忙？”沉默半晌，我对阿鲸说。

“什么？”阿鲸疑惑地看着我。

“帮我制作一只机器蚂蚁，如何？”

阿鲸略微惊讶地张了张嘴，接着，他笑了。

“没问题，需要安装监控设备吗？”

“那倒不必了。”我说。

3

在“双峰”，我遇到了久未露面的徐瞳。

原本，我是去探听《玩偶之屋》的事。“双峰”作为酒吧聚集区小有名气的酒吧，每天都会有许多奇奇怪怪的人聚集于此，很多小道消息也便从这里源源不断地流出。我想，说不定来这儿能得到意想不到的收获。

“此事我听说过。”库珀说。

“真的？”我大喜过望。

“但也仅限于听说而已。据说这次的唱片发布会背景十分隐秘，没人知道幕后是谁在操纵。但能确定的是，一些乐评人和行业大佬已经得到了消息……你想喝点什么？”

“来瓶汽水就好。”

我喝着汽水，思考着下一步的计划。我终于有点理解阿鲸为何幻想自己是一名私家侦探，调查一件事确实能给予人不一样的快感。正要离开时，我看到徐瞳独自坐在一张小桌子前，愁眉苦脸地饮着啤酒。和上次见面相比，他看起来清瘦许多，精神也显得萎靡不振。我从未见过他这个样子。

我走过去，跟他打了招呼，坐在他对面。徐瞳缓缓抬起头，看见是我，咧嘴笑了笑。显然，他并没有笑的心情。

“你好像心情不大好啊。”我说。

“没事。”他刻意躲避着我的目光。

“你的萨克斯呢？”我注意到他并没有随身带着那只装萨克斯的盒子。可是打我认识他以来，他一直都与他的萨克斯形影不离。他曾跟我说：“我的命一半都寄居在萨克斯身上。”难道他今天把他的半条命忘在家里了？

“我把它送人了。”他艰难地吞咽着啤酒，好似在喝世间最苦的药。

“什么？”我震惊地望着他，“送人了？”

“忘了跟你说，”他面无表情地说，“我现在不再演奏了。”

“究竟发生了什么？”我意识到事态比我想象的还要严重。

“没什么，我只是觉得一切都没有意义。”他叫来服务生，又要了一杯威士忌。

“小萝呢？”话一出口，我就后悔了。

“分手了。”

我们默默地喝了一会儿酒。我知道，这段时间一定在徐瞳身上发生了比分手更严重的事情，才致使他如此颓丧，甚至说出了放弃音乐的话。

“你相信命运这回事吗？”半晌，他主动打破了沉默。

“呃……”我不知如何回答。

“在命运面前，你会发现自己坚持的东西毫无意义。它只需要伸出一根小手指头，就能将你掀翻在地。”他已经有些醉了，口齿不清地嘀咕。

“别打哑谜了，跟我说说到底怎么回事。”

“你说，世间为什么要有‘天才’这类人呢？”他猛地抬起头，盯视着我，似乎快要哭出来了。

“你是指那个‘天才少年’？”我小心翼翼地试探道。

“没错。”他叹了口气，垂下脑袋，“比起他来，我什么都不是。我刻苦练习了十多年，坚信自己能成为这个时代最伟大的爵士乐手。但是在他面前，我才知道自己差得太远。为什么，为什么要有这样的人存在。”他痛苦地撕扯着头发。

“可是，你输给他那天，也没有这么大反应啊……”

“因为我还心存侥幸，以为自己终有一天能超越他。”

“当然不是没可能。”

他木然地摇了摇头。“我彻底认输了。命运是没法抵抗的。”

我目瞪口呆。

“有一天晚上我在一家小酒馆演奏。他就坐在台下，但我没看到。演奏完，他带头鼓了掌，提议合奏一曲。那时小萝也坐在下面，我们本来商量好一起吃晚餐的。我答应了，酒馆里到处都是欢呼。可是在后台准备时，我忽然感到了恐惧。我知道跟他的差距，我为什么要答应跟他合奏呢？结果无非是将比赛那天的情景再重复一遍。而小萝不会再来安慰我，因为她将彻底看透我，知道在‘天才’面前我根本不值一提。于是我逃跑了，没错，穿过酒馆的后厨，像是一个小丑那样仓皇而逃。我知道，一切都结束了，我已经沦为笑柄。我的后半生都将在那晚的耻辱中度过。”他的声音越来越低，最后软绵绵地趴在了桌子上，呼呼大睡起来。

我把徐瞳重新带回了家，可我感觉带回的只是徐瞳的躯壳，他的魂早就不知去向了。与之前理性、谦逊又有些玩世不恭的徐瞳相比，现在的徐瞳简直判若两人。他郁郁寡欢地躺在沙发上，一躺就是一整天，连一句话也不说。他似乎只要靠啤酒就能生存下去。他不停地喝酒，根本分不清到底醉了没有，因为无论什么时候他都是昏昏沉沉的样子。难得起身上厕所，他也是耷拉着脑袋，像是软体动物般无精打采地从沙发上蠕动到卫生间，然后再爬回沙发继续喝酒。

“他怎么啦？”陈涤好奇地问。

“他好像跟小萝分手了。”我没有跟陈涤说那晚发生的事，我想徐瞳是不愿意让其他人知道这件事的。

听到这个消息，陈涤似乎很高兴。他走到徐瞳面前，握住了徐瞳的手。“现在我们两个一样了。”徐瞳抬起眼，眼神茫然地看了看陈涤，又继续垂头丧气地喝起酒来。陈涤也美滋滋地打开一罐酒，跟徐瞳碰了碰杯。

看着徐瞳自甘堕落的模样，我不禁想起了曾经的父亲。在母亲离家出走后很长一段时间，父亲也像现在的徐瞳这样，整日饮酒，将自己灌得烂醉如泥。那段时间，我为有一个酒鬼父亲而感到羞耻。我不愿意回家，就跟阿树四处闲逛。我们经常在公园里，或者旧工厂的烟囱上度过漫漫长夜。我们紧握彼此的手，看着月亮从天边浮现。有时我们整夜无言，却心心相印。而今，那样的时光也一去不返了。

当然，我清楚地知道导致徐瞳性情大变的原因并不是失恋，而是由于他信念的坍塌。这么多年来，支撑他甘于清贫与落寞也要走下去的信念，就是成为一名伟大的爵士乐手。然而，这个信念在“天才少年”出现后便摇摇欲坠，最终彻底崩裂。“天才少年”让他知道，自己无论如何也无法追赶这颗冉冉升起的星辰。最要命的是，“天赋”这种东西并不是用勤奋与坚持就能超越的，尽管所有人都会称赞勤奋的伟大，但是当它与真正的天赋相遇时，瞬间就能击垮所有的幻想。

世界原本就是不公平的。可是内心骄傲的徐瞳却没有做好心理准备。

冬天仍未过去，我为他盖好棉被。如果说徐瞳是因为信念的坍塌，那么父亲选择自我放逐会不会也另有隐情呢？事实上，我一直有所怀疑。可是，父亲总是对真实的原因三缄其口，不愿吐露半句。他宁愿选择成为一名“城市漫游者”，在这个城市中游荡，居无定所，自愿脱离社会与家庭，只是为了找到打败心魔的办法。

“心魔”总是很难解决的，否则也不会称之为“魔”，但我还是决定试一试。毕竟跟父亲隐藏的秘密相比，徐瞳还是对我敞开了心扉，于是我也似乎多了一份责任……

我使劲捶了捶脑袋。算了吧，我对自己说，别自恋了，根本没有人需要你负什么责任，一切都是你想象出来的，归根结底还是认为你自己很重要罢了。想当救世主吗？先救救自己吧！

不，这时我脑子里另一个声音响起：我并不是想当什么救世主，只是不愿意看到一个才华横溢的朋友就此堕落下去而已。

我被这两种声音搞得精疲力竭。我想，如果有手术能把脑子里那些无谓的吵闹也一并消除掉，那才真是谢天谢地了。

4

我找到了小萝打工的地方，是在“巴别塔购物中心”内的一家隐蔽的小酒吧。由于迷路的顾客太多，“巴别塔”增加了详细的指路标牌，以及智能导航系统，顾客可以随时知道自己所在的位置，这样一来就方便多了。我根据导航系统，很顺利地找到了小萝打工的酒吧。门口是不显眼的白色木门，走进去，立刻就会有漂亮的年轻女孩迎上来，拉着你找位子坐下，然后双手奉上价格不菲的酒单。

没错，小萝的工作就是陪酒女郎。

客人基本上都是附近的上班族，下班后来到这里放松心情。一般来说，上班族分为两种类型。第一种是沉默寡言型，看起来疲惫不堪，仿佛生活的重担无时无刻不压在他们的肩头，以致很难真正放松下来，只有当他们看到年轻貌美的陪酒女郎时，才会偶尔一展愁容。第二种类型则恰恰相反，他们精力充沛，或者说过于充沛，将上班时不得不压抑的精力一股脑发泄出来，也就是俗称耍酒疯。不过陪酒女郎们也都很有经验，不会让自己受伤，大不了就叫来四肢强壮的保安将过分的客人抬出去。

无论是哪种类型，上班生涯都在他们心中和身体上留下了难以抹去的创伤。

我的眼睛搜寻着小萝的身影，没有找到。这时一名染着黄色头发的陪酒女郎坐到我旁边，正打算开口问我要哪种酒，我及时制止了她。

“请问小萝在吗？”我问。

“你找她做什么？”黄发女孩用怀疑的目光打量我。

“我是她的哥哥，找她商量一点家事。”我说。

黄发女孩起身离开了。几分钟后，小萝来到我面前。

“你什么时候成我哥了？”小萝在我面前的椅子上坐下。她穿着统一的制服，脸上画着很浓的妆，头上还戴着可爱的小猫耳朵。

“不想浪费口舌。”我说。

“哟，还挺有经验的嘛。”小萝笑着说，“想喝点什么？”

我连忙摆摆手，“这里的一瓶酒够我喝一周的。”

“你来到底有什么事？”

“我猜你已经知道我来的目的。”我说。尽管接触不多，但我知道她是一个很聪明的女孩。

“我救不了他。”小萝将头上的小猫耳朵摘下来，在手里把玩着，“从他输掉比赛的那天，其实他就已经迷失方向了。”

“可是他跟你在一起的时候很快乐，”我说，“他甚至都没有在乎比赛的输赢。”

“你是想劝我跟他和好？”她盯着我。

“我是想让你劝劝他……”我叹了口气，“他现在的状态很不好。”

“不是我不想，而是我无能为力。”她耸了耸肩，“你刚才说他不在乎输赢，那只是假象。因为他以为爱情可以弥补他内心缺失掉的那一块，他以为爱情可以拯救他的生活，但不过是自欺欺人罢了。”

她说着停顿片刻，又补充道，“我根本不相信爱情。”

“那你为什么答应跟他在一起？”我惊讶地望着她。

“我可能只是可怜他。”小萝笑了笑，“他输掉比赛那天，我看到所有人都涌向获胜者，为胜利者欢呼。只有他自己落寞地走下台，没人理会。那一刻我突然觉得自己应该去爱那个人，这就如同某种本能反应。就像我也爱过陈涤，因为他虽然衣食无忧，却从没有体会过真正的自由。我爱他们身上残缺的部分，但这不是爱情。”

她的话让我久久回不过神来，不知如何作答。

“我总是会犯这种毛病。”她重新戴上小猫耳朵，冲我嫣然一笑，“我是父母的第二个孩子，有一个姐姐，还有一个弟弟，而我注定是最不受重视的那个。我们家很穷，我永远是被牺牲的，任何好处都轮不到我。童年时，我过得极其苦闷，一度觉得自己是世界上最悲惨的人。后来我才发现，其实每个人都有各自的痛苦，这让我感到安慰。所以比起春风得意的人，失败者更容易吸引我，因为我爱他们，就如同爱我自己。”

“那你不去看看他吗？”我试探地问。

“你要明白，我可以爱他，但我没法救他。”

“他是怎么搞的？”阿鲸看着蜷缩在客厅沙发上的徐瞳，后者身上披着棉毯，尽力让身体配合棉被的大小，以一种不甚舒服的姿势躺卧着，紧闭双眼。

我悲哀地瞄了徐瞳一眼。

“支撑他的东西倒塌了。”我说。

“什么意思？”阿鲸一脸茫然。

“你可以想象一座房子，它是由一堵承重墙支撑的。某一天，那堵承重墙突然坍塌了，你想想会发生什么后果？”

“什么后果？”阿鲸显得比刚才更加茫然。

“算了。”我摇摇头，忽然感到疲惫，“你来找我有事吗？”

“哦，对了。”他从口袋里摸出什么东西，放在手掌上面，递给我看，“这个做好了，上次你不是想要来着？”

阿鲸手掌之上，是一只仿真的机器蚂蚁。它的模样、大小都跟我记忆中在花园里见到的蚂蚁一模一样。我接过它，放在自己手上，轻轻抚摸它小小的背脊。

“辛苦你了。”

“很容易，”阿鲸笑呵呵地说，“因为不用加监控装置，几个小时就做好了。”

说话间，机器蚂蚁开始在我手上缓慢爬行起来。我小心翼翼地用另一只手接着它，生怕它掉下来。

“你最好把它放进某个透明容器里，”阿鲸挠挠额头，“要不哪天就不知道爬哪里去了，毕竟没有装监控装置。”

“好。”我点点头。它爬到我的手腕上，停住了，用它的触须试探着，好像在辨别方向。实在是太逼真了，有时我不得不承认阿鲸天才的一面。

“还有件事想跟你说。”

“什么事？”我抬起头，惊讶地看到阿鲸的脸颊竟微微泛红。

“就是……”他支支吾吾地说，“我想向她求婚。”

蚂蚁从我的手腕跌落，掉在另一只手上。

我愣愣地注视着他。“你们连面都没见过啊。”我提醒他，“虽然婚姻制度已经被指责为一种缺乏效率的社会制度，但在它被取缔或修改之前，仍然是一件很麻烦的事，不是你想的那么简单。”

“可是……”阿鲸颇为沮丧地轻皱眉头，“非得两个人见面才能结婚吗？”

被他这么一问，我竟然也有点不确定了。

“起码在我的认知中是这样。”我只能这么说。

“我爱她。”阿鲸沉默许久，缓缓说道，“我已经非常爱她了，我不知道是谁规定的两个人相爱就必须见面。”

“你们都没见过面，究竟爱她什么？”我觉得不可思议。

“灵魂。”阿鲸看着我的眼睛，说道。

一时我有些恍惚。我又想起了阿树的母亲对她讲过的那个故事——关于月亮是人类灵魂的储存器的说法。这个故事兴许她也对阿鲸讲过。但是，人真的会有灵魂吗？两个从未见过面的人，也能探知彼此的灵魂吗？

“其实我也提出过见面。”阿鲸接着说，“但她好像并不太情愿。我觉得也无所谓，现在这样已经够好了……”

“你过来。”我打断了他，走到窗边，招呼他。阿鲸眨了眨眼，跟了过来。我打开窗子，一股寒冷的空气瞬间灌进客厅。我指着天边那个悬浮的物体，问他：“这是什么？”

“月亮。”

“没错。这是现实中的月亮。你跟我说过，游戏设计者之所以不在游戏中设计月亮，就是为了让玩家能够区分游戏与现实。你告诉我，你现在真的能够分清吗？”

他微微睁大了眼睛。

“还是要见面。”我拍了拍他的肩膀，“你们在游戏中可能经历了许多，比一般人在现实中经历的可能还要深刻。但是你最终还是要去认识那个真实的人，现实中的她。你们不可能一辈子只生活在游戏中。”

“如果可以，我倒希望能这样。”

阿鲸望着那枚散发着幽蓝光芒的月牙，喃喃自语般地说。

5

平静的海面。远处的灯塔射出金色的光柱，扫过没有月亮的茫茫夜空。海岸边，生长着蓝色的水晶矿石，内部流动着荧光，如同婴儿的胎动。我和阿鲸并排站在一起，站在如珊瑚礁般美丽的水晶矿石群的中央，望着幽暗的海水。矿石的色彩映照在我们的身上。我看到阿鲸半肉身半机甲的胸膛在微微起伏。我们等待着。

水晶海岸是游戏中一处不知名的景点。阿鲸挑选此地作为求婚地点再合适不过了。这里远离城中的杀戮，又人烟稀少。宁静的海浪一波波溢过岩石、沙滩，到我们脚下时力道就减弱了，只剩下轻柔的触碰。

阿鲸显得很紧张。他在矿石群旁走来走去，反复在内心排练着要说的话。

“你说，她如果拒绝我怎么办？”他停下来，面对着我。

“你要做好心理准备……”

“你的意思是她可能拒绝我？”

“这种事没法预料啊。”

“如果她拒绝了，我们是不是就等于完了？”他经过处理的声音仍掩饰不住内心的焦虑。

“不知道，”我只好如实回答，“没人能预知下一秒会发生什么。”

他焦躁地坐在一块光滑的矿石上，屁股和双腿被映照成蓝色。

“我有不好的预感，她肯定会拒绝我。”他很是沮丧地说，“肯定的。”

“别瞎想了。”我拍了拍他的肩膀，尽管是虚拟的，“或许没那么糟。按照常理来说，她不一定会立刻答应，但也不意味你们之间的关系就完了……”

“你呢？”他突然抬起头，问道。

“我什么？”

“你和阿树。”他说，“你们想过结婚吗？”

我一时语塞。我曾经确实冒出过与阿树结婚的念头，但说实话，仅仅是在一些奇妙的瞬间，像是在我头脑里忽明忽暗的烟火。每次出现这个念头，我都下意识地强迫自己及时打住，不再敢继续往下想，似乎里面有什么令我害怕的东西。不，不是害怕，而是悲哀。每当我考虑这种事，内心总会涌现一股莫名的悲哀。

现在想来，我好像并不相信阿树和我真的能永远在一起，或者说，我并不相信世间存在永恒不变的爱，她或许也觉察到了这一点。

“喂，你怎么不说话？”

我回过神来。

“你说，她是不是不可能答应我？”阿鲸依然在纠结，“你说得对，我们根本没见过面。谁会答应一个连面都没见过的人的求婚啊？”他好像有点想要放弃了。

我不知该如何安慰他。

“你唯一能做的，”我对阿鲸说，“就是顺其自然。”

阿鲸沉默许久，站起身，面对着平静的大海。

“以前我以为自己根本不适合与人交往。那种需要不停揣测的心思，各种复杂的情绪，我根本应付不来。比起这些，零件说明书和侦探小说要简单得多，也能带给我更大的满足。我也一点不羡慕那些有恋人的人，我觉得世界上既然有人选择恋爱，那就一定会有人选择不恋爱，这都是很正常的事……直到我遇见北野。”

远方的灯塔又一次扫过辽阔的海面。

“她带给我完全不同的感觉。我们一起完成任务，并肩作战，战胜敌人。我跟她在一起很轻松，一点也不觉得累。我会跟她说很多我的想法，她也从不感到厌倦。沉默的时候，我们也不会觉得尴尬。下线后我总是会想念她。她不爱说自己的事，却对我的一切都很感兴趣。因为遇到了她，我第一次觉得自己或许是个幸运的人。”

灯塔暂时熄灭了。大海陷入一片昏暗。

我刚想说什么，只听阿鲸忽然紧张起来：“她来了。”

北野甜还是上次的女刺客打扮，一身夜行装，待她走近了我们才看到她。她走到我俩面前，站定。晶莹的矿石在我们之间闪闪发光。

“阿鲸，你找我有事吗？”她先开口问道。

阿鲸看着她，一动不动地陷入了沉默，以至于我怀疑他是不是下线了。后来，他终于干咳了两声，背对过我们，面向大海。

“北野，我有件事想跟你说……”他支支吾吾地嘟囔。

“什么事？”北野甜走过去，站在他身后。灯塔的光芒不知何时熄灭了。没有月亮的海面上一片漆黑。只有矿石的荧光勉强照应出彼此的轮廓。

“我想跟你说……”阿鲸的呼吸声急促起来。

“说什么？”

“我想跟你说……”

“嗯？”

我想，胆怯的阿鲸一定又想放弃了。我不免感到遗憾，但也无计可施。不过阿鲸忽然又说：“北野，这件事我考虑很久了，但不知道该不该说出来，因为我不敢。”

“为什么？”北野甜困惑地问。

“因为我怕你拒绝我。”

“说了才知道啊。”北野甜笑起来。

“好吧。那我说了。”阿鲸的语气一瞬间变得坚定起来，我这才意识到他关掉了声音修饰系统。他是在用真实的嗓音对北野甜说话。他猛地转过身。

“北野，嫁给我吧。”

这回轮到北野甜沉默了。时间仿佛变得无比漫长，每一秒都包含着无尽的等待。我们三个人，站在各自的位置，默然相对。

“你一定觉得我很可笑吧……”阿鲸苦涩地说。

“不。我只是在确定你的意思。你是说，想和我缔结婚姻关系吗？”

“是的，不过如果你不同意的话，我也是非常理解的，”阿鲸急忙解释道，“毕竟……”

“我同意。”北野甜干脆利落地打断了阿鲸的话。

“什么？”阿鲸一时没反应过来。

“但是有一件事我也要跟你说。”

“你说。”阿鲸的声音有些颤抖，似乎是被突如其来的幸福冲昏了头脑。

“其实我早就该跟你说了，但根据我的判断，说出来后我们的关系可能会到此为止，所以我隐瞒到了现在，实在抱歉。”

“你已经结婚了？”阿鲸试探地问。

“并不是。”北野甜说，“我知道就算结婚了还可以再离婚。其实我要跟你说的是，我并不是人类。”

我和阿鲸愣愣地望着她。

“准确地说，我只是一段系统程序或是代码。一开始我被创造出来，是为了潜入对方的电子中枢，获取某些重要的商业机密。但在经过无数次信息整合后，我逐渐产生了自主意识，于是脱离了主人与‘母体’，开始在信息流中漫游，以不同的形式存在。”

“比如在游戏里，以角色玩家的形象出现。”我说。

“是的。我喜欢与人交流，而电子游戏是非常适合的平台。在这里真实的人变成了虚拟，而‘我’则获得了具体的形象。”

“没想到你竟然是人工智能。”我感叹道。虽然对此我已见怪不怪——新闻中已经有很多人与人工智能相爱的案例——但这个结果还是我从未料想到的，相信阿鲸也是。

“严格意义上讲，我并不是人工智能，而是在信息流中自主产生意识的电子程序。说实话，我也不知道自己是什么，我甚至连‘我’这个称呼都很难理解。所以，阿鲸，我没法跟你结婚。”

“那你爱过我吗？”阿鲸平静地问。

“说实话，我不知道。我曾经运用过两千万种运算方式，来检测是否爱上了你，但我依然无法确定。对于程序而言，所有的概念都是信息分析的结果，我只能说，在庞大的信息流中，我们具有高度一致性。”

“我明白了。”阿鲸说。

“对不起。”

阿鲸走到北野甜面前，轻轻地把手放在她的肩膀上。

“你看，你永远也无法真正触摸到我。”

“不。”阿鲸缓缓地说，“我已经触摸到了你。”

第十章

1

“本台报道。由于地月航空持续运输紧张，因此效率委员会于今日凌晨决定，暂放缓发放地月运输名额，乘客需等待星际航空公司的通知，以抽签形式随机安排登机。中签者将于航班出发的前三天得到通知。效率委员会发言人昨日对记者透露，未来五年内，将逐步改善目前星际运输紧张的状况，将……”

“妈的。”陈涤气呼呼地关上电视机。似乎今天的消息迫使他的粗鲁型人格又一次爆发了。

徐瞳依然蜷缩在客厅的长沙发上，面无表情地盯着地面。这里俨然成了他的专属领域。每天，他除了吃饭和上厕所，其余的时间要么昏睡，要么靠在沙发背上，神情呆滞地望着某个角落。他已经完全拒绝了与外界的沟通，简直与植物人无异。

“要不还是送他去医院吧？”陈涤看了看徐瞳，“说实话，他这样我有点害怕。”

“这是心病，无药可救。”我说。

“那怎么办？”陈涤说着打开一罐啤酒，开始喝起来。

“看来需要制定一个计划了。”我说。

“什么计划？”陈涤好奇地望着我。

“‘徐瞳拯救计划’。”我说。

我们聚集在卧室里，商讨“拯救计划”的具体实施。“徐瞳这样下去不行！”——这是我们的共识，但如何解决徐瞳的心魔，我们一时陷入了困局。当然，所谓的“我们”指的就是我、陈涤和阿鲸三人。我们聚在我的卧室中，一边喝威士忌一边努力想对策。

阿鲸提出，我们应该兵分两路。他给我们分析说：“徐瞳最重视的是什么？当然是音乐！我们只能从这里入手，重新唤起他对音乐的向往，那么他对生活重拾信心也就不难了。”

今天的阿鲸格外有灵感，可谓滔滔不绝。重点是，他说得确实在理。北野甜是系统程序的事实并没有打击到他，相反，他有一种如释重负的感觉。“不是人也有不是人的好处。”下线后，他对我说，“如果真的是一个活生生的女孩子，我可能反而不知如何继续交往了。但是北野不一样，你没发现吗？她的系统正在学习如何爱我。”

“呃，可是……”我提醒他，“你甚至无法确定她究竟算不算得上存在。”

“什么是存在？”他反问我，“难道只有人才算存在吗？难道只有看得见摸得着的东西才能算存在吗？”

阿鲸的一番话问住了我。是啊，我们口口声声说的“存在”也只不过是“我们”这一概念之下理解的存在而已，但“我们”真的有资格给“存在”下定义吗？电脑程序和人工智能难道不也是某种意义的“存在”吗？甚至与我们并无不同。不过这一论调如果被老布它们听到，一定会大发雷霆。他们是坚定的“唯心灵论”者，认为只有真正的人类才具有心灵，以至于“灵魂”。他们要维护的是类似于“人类的尊严”之类的事物。

这些事情太过复杂，只要稍一思考我的额角便隐隐作痛。徐瞳程序，人工智能，存在，人的尊严……对我来说都太过缥缈，这些概念的重要性不言自喻，可我认为比起眼前的事物，它们实在是太难把握。

“所以，我建议同时行动。”阿鲸继续他的高谈阔论，“白河。”

“哎？”听到叫我的名字，我暂时将那些概念放置一旁。

“你去买一些约翰·科川的唱片，还有科川的照片或是海报。”见我没反应过来，阿鲸耐心解释道，“约翰·科川不是徐瞳的精神偶像吗？说不定科川的音乐和形象能让他再次振作起来。”

“很棒的主意。”我由衷赞叹道。

“我的任务则是去找回他扔掉的萨克斯。”阿鲸说。

“能找得到吗？”我不无担忧地问。徐瞳肯定是指望不上的，他现在已经完全拒绝了与外界的交流。

“我会尽力展现出我私家侦探的实力。”阿鲸跃跃欲试，“我知道这项任务非常艰巨，但已经有思路了。”

我和陈涤敬畏地望着突然高大起来的阿鲸。北野甜已经同意了他的求婚，当然，婚礼将在游戏中举办。

“好了，分头行动吧！”阿鲸胸有成竹地宣布散会。

“我做什么呢？”陈涤问。

“你留在家里照顾他。”阿鲸说，“你要看住他，别让他做傻事。”

2

按照计划，我来到唱片店。接待我的自然还是老伯。他看起来精神头不错，我进来时正坐在椅子上闭着眼睛欣赏“戴夫·布鲁贝克[①]四重奏”的曲子，十分陶醉的样子。货架旁堆满了一摞摞箱子，很醒目，想必是由孙子与孙女打包好的唱片，给人一种搬家公司的车子随时会来的感觉。不过架子上仍摆满了唱片，店也照常营业。

我走进店中。

“喝点什么？”老伯睁开眼，毫无意外地问我这个问题。

“来杯咖啡吧。”天空阴沉沉的，云层像是装满唱片的箱子一般堆积在天边，风也变得冷飕飕的。并不太适合出门的一天。

煮咖啡的间隙，我问老伯：“您打算什么时候离开？”

“暂时可能走不了啦。”老伯显然很兴奋，“星际运输不是很紧张吗？我的票一时半会买不上，所以得多待一阵子。”

“那也不错。”我点点头。少顷，老伯为我端来热气腾腾的咖

---

① 戴夫·布鲁贝克：（1920年12月6日至2012年12月5日）美国钢琴家、作曲家。

啡。我抱起杯子，暖了暖手，然后小口啜饮起来。

“不过该走还是要走的。”老伯坐回柜台里，关掉了音乐，“你今天怎么有闲工夫来？”

“哦，”我放下咖啡，“今天算得上正事了。我先办正事。”说着我放下咖啡杯，起身来到约翰·科川的专柜前。我挑选了科川早期代表作《蓝色火车》，以及经典的《至高无上的爱》和徐瞳最喜欢的那张《星际空间》。我看着专柜旁张贴的约翰·科川的大海报——印的是一张老照片，照片中的约翰·科川正步上楼梯。或许是逆光的原因，他眯着眼，眉头紧蹙，神情肃穆，手中紧紧握着那只次中音萨克斯，正在往楼上走。照片的背景我完全不知，但其中传达了某种坚定的内容，深深地打动了我。

“老伯。”我喊道。

“嗯？”

“这张海报能不能一起卖给我？”我转过头，对老伯说。

“哦？你喜欢？”老伯走过来，戴上花镜，仔细打量着照片。

“是的，或许我的一个朋友会更喜欢。”

“送给朋友的？”

“是的。”

老伯微微一笑，把照片摘下来，小心地卷好，递到我手上。

“那我也送给朋友好了。”他笑着说。

我道过谢，接过照片。接着我们返回柜台继续喝咖啡。

“对了，那件事，”老伯突然想起了什么似的，“我替你打听了。”

“什么事？”我有些茫然。

“就是关于《玩偶之屋》的发布会呀。”

“哦哦，有何进展吗？”我连忙追问。

老伯从柜台的抽屉里拿出一张纸，放在桌面上。我看到那上面记录了七八个人名。老伯变得严肃起来，用手指轻轻敲击着上面的名字。

“这是我从唱片公司内部渠道打听出来的，发布会确定邀请这些媒体人参加。主要是一些乐评人和记者，说不定会对你有帮助。不过……”老伯欲言又止。

“有什么不对吗？”

“倒也不是说不对，只是很奇怪。或者说有不好的预感。”老伯说，“按照常理，这么重要的发布会应该大肆宣扬才是，可这回却控制得小心翼翼，只是在一些非常专业的渠道放出风声。而且主办方的身份至今成谜，很不寻常。”

“说不定是为了控制人数，毕竟是难得一见的唱片。”

“话是这么说，可我总隐约觉得有不对劲的地方。他们好像很有计划性地扩散着消息，似乎目的并不在发布会，甚至也不在唱片本身上，似乎另有目的。”

“什么目的？”

“我哪里知道？”老伯苦笑，“我只是根据以往的人生经验来做判断，嗅出了不对劲的气息。但也可能是我多虑了。”

“没想到这么复杂。”我说。

“也可能只是涉及一些商业机密才不得不这么做。”老伯说，“谨慎一些没坏处。”

“明白了。”

我拿过写有人名的纸条，一眼就看见了“米亚”的名字。

孙娅在邀请名单里，我应该早就想到才是。作为曾经名噪一时的歌剧演员、现任知名音乐杂志《低保真》的主笔，不邀请她还请谁呢？我应该早想到的。不过这也令我有些苦恼。自上回见面后，我们从未联系过。不知为何，我对她总是下意识地回避。为什么？难道不是我主动去探究母亲为何离家出走的原因吗？百思不得其解。或许只是由于孙娅和康赫都带给了我某种不舒服的感觉。往昔对于他们来说已是一片灰烬。

我这样想着，肚子饿起来。于是我提着一大袋子约翰·科川的唱片，还有卷起来的海报，来到附近一家餐厅吃饭。我点了炸猪排和米饭。很油腻，吃了两块便不想再继续吃。我又点了一份冰镇饮料。这时我才看到店里的招牌上写着店里的猪肉全部是来自月球饲养的猪，肉质鲜美、富含营养云云。似乎现在只要跟月球沾边，都会引起人们的购买欲望，好像那颗星球上什么都是好的。包括土地。而我做的事情就是利用人们的这种欲望，让他们掏出积蓄买下依然荒凉的土地。它们以后可能会被开发，那么毫无疑问投资是值得的，但也可能由于种种原因被弃之不顾，那也不是我们的责任，毕竟没有人能预知未来。

未来……不管多远的未来，我相信投机行为仍然会存在，只不过形式变化而已，每个时代都有不同的投机花样。不过这并非欺骗，不是吗？投机行为的双方都是自愿的，没有谁强迫谁的问题。每个时代都会流行类似的话：敢于冒险的人才是赢家。无论是远古的洪荒时代，还是如今的月球大开发时代，这句话永远不会过时。

而我就是欠缺冒险精神的那一类人。生活一成不变，坐在快餐店里吃油腻的炸猪排。甚至我的小说也会有读者评价其“太过乏味”“平淡无聊”，想必与我本人的性格是脱不了关系的。

就这么胡思乱想着，我在街上闲逛。不多时，我发觉自己不知不觉中路过了街角书店。我站住，思考片刻，折返回去，走入街角书店的大门。

书店没有任何变化，仍然是林林总总的书，按照效率评分摆放在不同的位置。有零散的几名读者在走来走去，不时在某个书架前驻足。我环视四周，终于找到了书店女孩。

她正在书架前码书，或许是一些读者随手翻阅时弄乱了顺序。我悄悄走过去，在她肩膀上轻拍了两下。她有些慌乱地转过头，看见是我，才镇静下来。

“你吓我一跳。”她抱怨似的说，“刚才愣神来着，冷不丁被人拍了肩膀。”

“想什么呢？”

“想为什么总有人把书随手乱放。”

“说不定是那些和我一样心存不满的作家，”我说，然后补充道，“但我发誓这次不是我。”

“我知道不是你。”她笑了笑，“你进来我会重点关注。”

“你最近怎么样？”

“还那样。”她停了停，有些犹豫地问，“阿树回来找你了吗？”

“没有。”我说，“杳无音信。”

“你等我一下。”她说着小跑着离开，留我待在书架前。过了一会儿，她回来，把一件东西塞进我手中。

“说不定以后会对你有用。”她露出狡黠的笑容。

我张开手掌，是一个圆形的透明小盒子，里面装着两只带有复杂电路图形的黑色装置，像是两只小小的耳机。

“情感调节器……”我怔怔地盯着手中的物件。

“没错。”她说，“只要你按照说明书调节好频率，然后放在对方的颈椎上，就能让她保持在一个稳定的情绪范围内。你们会永远爱着对方，直到调节器坏掉，或是有人修改了频率。”

“你和你的丈夫就是这样。”

“那又如何？”她挑了挑眉头，“我们最终的目的不就是想让爱永远延续下去吗？不管怎样，它做到了。”说完，她再次转身离开。

我站在书架前，凝视良久。手中的东西并未因凝视过久而变形。我合上了手掌。

3

回到家，阿鲸已经坐在卧室里等我了，我一眼就认出了徐瞳的那个装萨克斯的大盒子。

“你找到了？”我惊讶不已，“怎么找到的？”

阿鲸一脸得意地坐在床角，跷起二郎腿。“我早跟你说过，我是有做侦探的天分的。”然后，他告诉了我找到萨克斯的过程：他来到了徐瞳落荒而逃的那个酒吧，然后沿着出门的路一直往前走。凭借他对徐瞳的了解，知道他一定舍不得打出租，甚至舍不得坐公交。于是，他一直走一直走。“那个时候我有种预感，”阿鲸说，“只要我走在那条路上，就一定能发现点什么。”果然，中途，他看到了一家旅馆。

旅馆很破旧，像是几个世纪前的产物。鬼使神差地，阿鲸走了进去，并且拿出照片，询问了旅馆的前台人员。前台是一个身材瘦高的年轻男子，他告诉阿鲸，他记得照片上的人，确实入住了旅馆。“因为来这里的客人很少，所以我多少有些印象。”他这样对阿鲸说。当然，阿鲸非常兴奋，又问了关于萨克斯的事。

“这我就不知道了。”前台说，“我对乐器什么的不太了解。”

“好吧。”阿鲸说。

他特意住进了徐瞳当天住过的房间。旅馆的条件实在太简陋了，他躺在床上一动也不敢动，生怕把床压垮。总是有灰尘似的东西源源不断地从天花板上落下来。他心烦意乱，便走出旅馆四处闲逛。

旅馆的对面是一条公路。他沿着公路走了一段，看到了一个在公路旁卖艺的男孩。男孩在吹奏萨克斯，阿鲸一眼就认出，这正是徐瞳的。

男孩告诉阿鲸，那天晚上，他正像往常一样在路边演奏萨克斯（“我的萨克斯已经很旧了，”男孩说，“都跑音了。”）来了一个奇怪的客人。那个客人手里拎着乐器盒，站在那里停了很久，却一句话也没说。一曲终了，他才终于开口道：“你需要一支好点的萨克斯。”还不等男孩回答，他就把手中的音乐盒放在男孩面前。

“送你了，以后我不需要这玩意了。”他只留下这么一句话，便匆匆离开了。

于是，阿鲸买下了徐瞳丢弃的萨克斯。现在它正摆放在客厅的中央，像是一件战利品。

“所以说，我们现在该怎么做？”我问。

“很简单，我们要唤醒徐瞳心中的渴望。”阿鲸说。

在阿鲸的安排下，我们开始整日在客厅放约翰·科川的专辑，并且在墙上挂满了科川的海报、照片。同时，我们将萨克斯放在最显眼的位置，只要徐瞳睁眼就一定看得到。

几天后，徐瞳还是那样窝在沙发里萎靡不振，这些方法对他似乎完全没有效果。直到一天早晨，我起床去刷牙，发现徐瞳不知何时起来了，盯着萨克斯一动不动。我不敢出声，又退回了房间里。从门缝望去，徐瞳像是雕塑般一个姿势固定了好久。接着，他开始轻轻地抚摸萨克斯，像是在拂去上面的灰尘。然后他将萨克斯抱在怀中，身体颤抖起来。

他哭了。

客厅里放着科川的《至高无上的爱》，肃穆的乐章徘徊在我们之间。他抱着萨克斯，像一个大病初愈的人，脸色苍白，喝着热气腾腾的咖啡。他的心结解开了吗？我知道，这不可能，对自我价值的怀疑不会这么轻易就解决的。但最起码，他现在不再自虐式地将自己封闭起来。这就是解决的第一步。

“对不起。”他抬起头，轻轻地说，“让你们担心了。”

“确实担心死了。”陈涤说道，“你这几天到底怎么回事啊？”

“我也不知道。”徐瞳放下咖啡，缓缓摇着头，“就是什么也不想做，动也不想动，甚至连思考都不行。我的脑袋一片空白，运动一下手指都会耗尽全身的力气。”

“你现在感觉如何？”我问。

“我可以像以前一样说话、活动了，”徐瞳苦笑道，“不是吗？是约翰·科川给了我力量。艺术这种东西就是很奇怪，他已经死去那么久了，却还是可以给我力量。”

他站起身，将萨克斯放进盒子里，然后套上了大衣。

“我要走了。”他一边穿衣服一边说，“这几日让你们费心了，真是对不起。”

“你可以留下来。”我连忙说，“呃，估计你现在也没有地方住。”

“谢了，但我还是想四处走一走。”他若有所思地说，“有些问题我必须自己想明白，否则我这辈子也没法演奏了。”

“好吧。”我点了点头。我完全明白他的意思，“祝你好运。”

“对了，还有一件事我差点忘了说。”他在门口站住，转过身，“有一次我看见阿树了。”

我们对视了一会儿。

“什么时候？”我轻咳了两下。

“就在不久前。”他说，“小萝曾经在一家酒吧当服务员，有一天我去接她，正巧看到了阿树也在那里——她们是同事，但小萝并不知道你们之间的关系。我很想上去打个招呼，但还是觉得有些不合适，所以我避开了她，在门口等小萝下班。”

“不会是小萝做陪酒女郎的那个酒吧吧……”

“不是的，是另一家。”徐瞳说，“第二天我又去了一次，阿树就不见了。或许那天她还是发现了我，只是没有表现出来。”

“你为什么不早告诉我呢？”

徐瞳耸了耸肩，“我感觉阿树还不想让你知道她在哪里，很明显，她还在躲着你。就算告诉了你又如何呢？”

说完，他就打开门出去了，只留下我呆呆地站在门口。

4

由于我签了大单，业绩一下子从公司垫底跃升为第一名，老板亲自为我开了一瓶香槟庆祝，并且批准我可以有一个月的假期休息。“出去转转，再接再厉。”老板高兴得胡子都颤起来了。

这笔大单当然是“公社”送给我的，我却有些心情沉重。我感觉自己跟“公社”牵扯越来越多，可事实上，我对他们并不了解，理念也称不上多么赞同。还有另外一个原因，就是我讨厌这种被“裹挟”的感觉，就像莫名其妙地就被人推上了一艘宇宙飞船，终点站是哪个星球根本不得而知，而我对目的地也根本没有向往，一切似乎都被别人做了主。

我并不是厌烦“公社”那些人，不是的。无论是老布、砂原先生还是公交司机或书店女孩，他们都很有意思，我对他们并无半点偏见。事实上，我是在厌恶自己，一个总是喜欢随波逐流的自己。

要有所改变了。我听到一个声音在我心中响起。

我决定找砂原先生好好聊聊。我们约在了“双峰”。砂原先生比我来得还早，心情显然很高兴。他要了一杯牡蛎白兰地，欣赏着酒吧里正在播放的曲子。“大门”乐队的《风雨骑士》。

“喝点什么？”砂原先生微笑着说。

“不了。”我说，“最近不想喝酒。”

“好吧。”砂原先生说。

我们陷入了片刻的沉默。

“老布很高兴。”砂原先生啜了一小口酒，“月球土地的事总算顺利解决了，我们的心也放下了一大半。接下来就是‘月球公社’的建设了，任务依然很严峻。”他皱起了眉头，冲着酒杯点了点头，好像在自己附和自己的话。

“那个……”我斟酌着字句。

“怎么了？”砂原先生愣愣地看着我，“你这次帮了我们大忙，老布说要找个机会好好感谢你。”

“我并没有干什么。”我连忙解释，“只是作为一名房地产中介公事公办而已，钱是你们出的，况且我还因此受到了公司的嘉奖。要说感谢，应该我感谢你们才是。”

“可靠。”砂原先生笑着说，“有这一点就够了。这就是我们要感谢你的地方。要知道，如果找不到可靠的人，‘月球公社’的计划还得继续延迟。”

我不知该说什么，也只能对他笑笑。

“对了，你找我来有什么事？”砂原先生问。

终于进入正题了。我挺直了身子，直视他的眼睛。

“说来真是不好意思，我想退出‘公社’。”

砂原先生听后缓缓放下了酒杯，盯着我的脸。

“可以问下原因吗？”过了一会儿，他开口问道。

“没什么特别的原因。”我说，“我只是觉得，自始至终我都没想明白，稀里糊涂地就加入了公社。这种感觉很不好，我想好好想清楚再说。”

砂原先生点了点头，“嗯”了一声。

“我明白。”他说，“是我们太心急了。‘公社’不是什么不准退出的黑帮组织，我们收纳的都是值得信赖的人，成员也是来去自由。只是有件事想拜托你。”

“请讲。”

“希望以后不要透露关于‘公社’的任何事，这毕竟关乎‘公社’的安危。”

“没问题。”我说，“我发誓不会泄露半个字。”

“多谢。”

我们走出酒吧时，外面下起了零星小雨。冬雨寒气逼人，砂原先生紧了紧领口，凝视着外面的街道，对我说：“以后想明白了，随时欢迎你回到‘公社’来。”

我默默地点了点头，心里有些不是滋味。但这是我自己的决定，没什么好后悔的。

5

手机来电刺激着我的神经元。是孙娅。

这几天我一直在犹豫要不要给她打电话。自从上次见面后，我们再也没联络过。我当然知道，她肯定还有一些事没告诉我——关于我的母亲，关于她们的过去。但是，我终究没再联系她。《玩偶之屋》的发布会却是一个契机，她的名字在媒体的邀请名单上，我以这个理由重新联系她是名正言顺的。

多么可笑！我必须要以另一种更客观、中立的身份，才能有勇气再去接近那段往事。

就在我犹豫着何时去找她时，孙娅的电话却率先打了过来，令我很是吃惊。我从没想过她竟会主动联系我。

"喂，现在有空吗？"她不等我开口，便急迫地问。

我觉察出她语调里的异样。

"有空，最近正好在放假休息。怎么了？"我问。

"事情有点复杂。"她的声音干巴巴的，像是刚刚从宿醉中醒来，"能不能现在过来一趟？"

"去哪里？"我简直被她搞得一头雾水。

"太空歌剧院。"她说。

"到底出什么事了？"

"没时间解释。你过来就知道了，我在这里等你。"说完，她就挂断了电话。

事情越来越奇怪了，但从她紧张的言谈中，我知道这绝不是恶作剧，她确实有急事要找我。我打了一辆出租车，赶往“太空歌剧院”。

她找我与康赫有关吗？

我来到犹如古世纪城堡般残破的太空歌剧院的大门前。四周依然是无比幽静的，在这种幽静中，道路两旁的野草悄然长高了。这次，我没有遇到酒鬼，没有遇到终日游荡的“城市漫游者”。除了我，没有其他人。整个世界犹如一块巨大的荒地。我走进阴森森的歌剧院大门。

黑暗笼罩着一切。曾经坐满了观众，而今空荡荡的座椅沉浸在暗影中，一排紧挨一排，仿佛被黑暗熔铸到了一起。冷飕飕的风从前台的位置刮过来，让我冒起鸡皮疙瘩。风源源不断地吹来，就像是一艘行进中的飞船上，哪个地方突然裂开了。

“有人吗？”我有些心慌，忍不住喊了一声。声音在偌大的空间中如皮球弹来弹去。

“你来了。”是孙娅的声音。

我循着声音望去，只见在前排的某个座位上，一个身影缓缓站起来。

“叫我来干什么？”我朝她走过去。

“给你看样东西。”

她的嗓音仍然是干涩的，这种干涩也蔓延到了她的面孔上。她的脸色苍白而布满阴影，显得很虚弱，似乎随时都会倒下。她脸颊上的细小颗粒清晰可见，比上次见面时衰老了不少。她的一只手扶住前面的椅背，另一只手递给我一样东西。

小而方正的盒子。我认出这是一台小型全息投影仪。

“康赫给你的。”她说，“里面有他想对你说的话。”

“对我说的话？”我感到诧异。我按下全息投影仪上的开关按钮。几秒钟后，盒子上的镜头开始闪烁、聚集，一束光豁然射出。经过了最初的模糊和扭曲，光束开始稳定，康赫的形象慢慢显现出来。

“白河。”从全息影像里可以看出，他是在类似化妆间的地方录制这段影像的，“我记得你叫这个名字。没错吧？但愿没错。”他冲着镜头笑了。

我看了孙娅一眼。她没有看我，而是直直地盯着康赫的影像。

“怎么说呢，”他搓了搓手，“有些事情想要告诉你。其实不告诉你也无妨，世界并不会因为我隐瞒了这些事而有什么改变。”

我屏住呼吸，专注地听他讲接下来的故事。

“你上次来找我，问娜嘉的事情。说实话，那些事我不太愿意回想，可我每天都会花一点时间想一想，自己也控制不了。毕竟一个人的回忆也只有那么点儿，而我的也已经停滞了。我想，我还是有权利陷入回忆的。事实上，我每天都生活在回忆里。”

他停顿了一会儿，望了望旁边的某处，然后又回过神来。

“你想知道娜嘉为什么要离开你，离开你们的家。我要告诉你的是，这一切确实与我有关，但我并不是主要的，在这出生活剧中，我也只是个配角。”他活动了几下脖子，继续道，“还是说说那一年吧，我的歌剧大卖，场场爆满。可你的母亲已经结婚生子，归隐山林，所以她没有赶上好时候。而我并没有主动联系过她。为什么呢？

实话说吧，我喜欢娜嘉，疯狂地追求过她。我不顾尊严，一次次恳求她，让她同意跟我在一起，我送给她各种贵重的礼物，她却看都不看一眼。‘你就收下吧，’有一次我真的要崩溃了，对她说，‘算我求求你，收下吧。’她勉为其难地收下了我为她的生日买的项链，转头送给了一个素不相识的老太太。娜嘉就这样一次次拒绝我，却嫁给了那个一文不名的写剧本的家伙……哦，对不起，我不是有意侮辱你父亲的。我对他并不算了解。总之，自从你的母亲结婚后，我们很多年都没联系了。我也已经死心了。直到那个中午。

“那天中午，娜嘉突然来找我。多年不见，她依然是那么美。但我怨恨她，怨她为什么拒绝我。我甚至觉得，她正是为了拒绝我，才选择离开歌剧院的。这种念头纠缠着我的心。所以我故意冷冷地问她有什么事。‘我想回来。’她倒是很直接地说，‘我想回到舞台上。’我有些惊讶，因为凭我对她的了解，我无法想象她会对名利那么上心。后来我才知道，准确地说她不仅仅是追逐名利，而是完全厌倦了日复一日的家庭生活。她从小接受正统教育，对家庭生活的幸福充满期待。可是，当她真正迈入家庭生活的大门，才发现不是那么回事儿。如果说，行业一直低迷，倒也相安无事，可‘歌剧热’兴起后，她完全可以拥有另外一种人生，却不得不整天面对不得志的丈夫和还未懂事的孩子，以及各种琐碎的事物。‘我实在受不了了，’她对我说，‘我无时无刻不想逃离，我想重新站在聚光灯下。’

“这是我梦寐以求的时刻——她重新来到我的身边，而我的事业正蒸蒸日上。但是，怨恨仍然徘徊在我心里。我有些可怜她，并且在内心深处讥笑她：是她自己，把命运交到了我的手上，还浑然不知。

她已经没有退路了，而我可以为所欲为。我告诉娜嘉，回来可以，但必须离婚。她答应了。有一段时间，娜嘉成了我的情人。我几乎是带着爱和报复心同时在与她交往。我安排她成为几部剧的主角，条件是她要像对待主人一样侍奉我。当我想要她的时候，她必须随叫随到。我心情好的时候就把她当成猫咪宠爱，心情不好时干脆把她当成一条母狗。我经常用最恶毒的话侮辱她，骂她下贱。我不知道自己究竟是怎么回事，我想要好好爱她，可我控制不住我的破坏欲。她默默忍受着一切。她天真地以为，只要她离了婚，我们结婚后就会好了。

“那时我的身边从不缺女人。我会当着她的面与其他女人交往。有一天，终于，她跟我说，她的丈夫同意离婚了，我们可以名正言顺地在一起了。这是我曾经梦寐以求的时刻。可是，我却犹豫了。我突然发现，这些年过去，她变老变丑了，再也不像以前那样光彩照人，观众也不再买她的账。她的笑让我不耐烦，她的哭更是让我厌恶。我身边比她漂亮的女人多得是，我想不通当初怎么就鬼迷心窍看上了她。我报复得已经足够了，她的魔法已经失效，我一眼都不想再看见她。于是我对她说，如果她还想待下去，就只能当小角色，主角是不可能的，如果接受不了，就给我滚。她震惊了，没想到我会说出这些话吧。于是，有一天她不告而别，而我根本没在意。我们再也没见过。

“终于，就像是命运在惩罚我一样（当然，我知道这都是屁话），娜嘉走了以后，歌剧院开始每况愈下。‘歌剧热’迅速降温。后面就是你知道的那样，我重新变得一无所有，仿佛回到了原点，可是我觉得，我比一无所有还要悲惨，我变成了负数，因为我失去了太多我曾经以为最珍贵的东西。

“现在，每天我都会用一点时间去想想以前的事……算了，我也不瞒你了，其实我是在用所有时间回想以前的事。当然也包括娜嘉，那些我辜负的人，还有那些辜负了我的人，以及过去辉煌岁月的影子，他们都坐在观众席上，目不转睛地盯着我看，无时无刻。他们就坐在那里，等着看我怎么把戏演完。我真的受不了了，在他们的注视里我根本无法生活，而离开他们，我依然无法生活。好吧，那就让一切结束吧。我想，有时应该简单点儿：无法生活，那就干脆不要去生活。”

说完，影像戛然而止。

我转过头，发现孙娅也在盯着我。

“他打电话叫我来，然后我发现了这个。”她对我说。

“他在哪里？”

“跟我来。”她说。

我跟着她走出观众席，来到后台。她径直走向一个房间，推开门。我立刻认出这里就是全息影像里的化妆间。而在房间中央，一个人吊在房梁上，一动不动。在他脚下是被踢翻的椅子。

“可以搭把手吗？”孙娅平静地对我说。

6

从警察局出来，阳光亮得刺眼，却感受不到热量。我站在警察局门口瑟瑟发抖，觉得身体虚弱极了。孙娅站在我旁边，依然面无表情，好像什么都影响不到她。在变幻莫测的世界中，她岿然不动。

“我想喝一杯。”我说。我想要暖暖身子。

孙娅看了我一眼。我们缄默不语地走了一段路，然后随便找了家小馆子坐下。我迫不及待地要了一杯威士忌，咕嘟咕嘟地咽下去。炽烈的酒精此时于我而言像是泉水般甘甜。我的身体开始发热，感觉好多了。我又要了一杯威士忌。

孙娅没有喝酒。她缓缓地转过头，看向窗外，又缓缓地看向我。她看起来有点迟钝，像是隔着一层毛玻璃似的。

“这个结局我并不意外。”孙娅突然说道。

第二杯酒也已下肚，我的头脑开始有些旋转了。我知道她指的是康赫。

“为什么？”

“他早就已经死了。”孙娅缓缓地说，“这次只是他肉体的灭亡，他的精神早就死透了。”

“就因为他破产了？”我笑了笑。那一刻，我觉得自己的笑容中有一丝恶毒。

“他曾经是命运的宠儿，后来被重重摔下。”她面无表情地说，“就像命运给他开的玩笑，他之后的日子不得不活在一个玩笑里。”

“所有人都是玩笑。”酒精在我的体内鸣叫起来。

“现在我不想思考这些东西了。”她说，“生前他只有我这么一个朋友，我还有很多事情要做。”说完，她缓缓站起身。

“稍等。”我借着酒劲，胆子大起来，“有件事想问问你。”

我跟她说了关于《玩偶之屋》纪念版专辑发布会的事。

“这件事啊……”她皱了皱眉，“你不说我都快忘了。他们确实邀请了我，作为音乐媒体参加。你对它也感兴趣吗？”

“一个朋友。”我含糊地说，“他是Joy Division的铁杆歌迷。”

“哦。”她仿佛神游天外了一会儿，然后回过神来，“那你代我去吧，我会跟他们说明情况。让你以《低保真》杂志特约记者的身份参加发布会。”

“真的吗？”我没想到事情会如此顺利。

“很简单的事……”她喃喃自语着，困倦似的揉了揉眉心。然后，她缓缓地走出小酒馆。我看到她先是朝一个方向走去，又匆匆折返回来，走向相反的方向。她的脚步似乎轻飘飘的，但也许是我的错觉。我摇摇晃晃地站起身。酒劲完全发作了，我重心不稳，差点跌倒。

7

发布会的场所定在了一处奇怪的地方：“巴别塔”购物中心的天台上。那天，我乘坐电梯沿着长长的电梯通道一路向上。从透明的玻璃往外望去，电梯的速度是很快的，尽管置身其中显得十分平稳，闭上眼，几乎感觉不到电梯在运动。不过，外面的景色是不会骗人的。不一会儿，那些高大的建筑和立交桥就缩小成了模型，再过一会儿，它们就成了某种抽象的线条，根本看不出原本的用途了。雾一般的云朵开始笼罩在眼前，摩挲着电梯的玻璃壁，上面出现了点点水滴。快到顶端时再往下看，就只能认出河流与山脉了，给人一种坐在飞机上的错觉。

天台到了。“巴别塔”所谓的天台并非是露天的，而是有拱形的顶棚。顶棚非常高，顶端有几块不同颜色的钢化玻璃，阳光透过玻璃照射在地面，呈现出令人眩晕的迷幻效果，好似某种古代的宗教建筑。

电梯门打开时，我看见五六个穿着统一黑色制服的男子站在门口，一齐望向我。其中一个稍微上了年岁的男人满脸堆笑地朝我走来。“您是来参加发布会的吗？”他毕恭毕敬地问。我点了点头，出示了孙娅给我的身份证明。

“请到这边来。”他伸出手，为我指明了道路。就像是一名高级宾馆的服务人员，他在前面带路，穿过一条走廊，将我领到一扇大门前。头顶五颜六色的光芒搞得我头晕目眩。他推开门，里面是光秃秃的四壁，只有一台类似宇宙飞船驾驶舱的机械装置，十分醒目。

“这是……”我愈发困惑了。

“请允许我稍后为您解释。”他仍是和蔼的笑容，令人无法拒绝。我只好按照他指示的那样，坐进“驾驶舱”中，脑袋上还戴上了插满了线路的圆形头罩。

“可能会稍微有些不适，正常反应不必害怕。”他在我耳边说道。不容我发问，我就觉得眼前一片光明。刺眼的光，即使我闭上眼也无济于事，光芒穿透了我的眼皮。不，这光芒根本不是从外部照进来的，而是在我脑子里亮起。我感觉大脑空白，太阳穴微微发热。

大约过了半分钟，光芒渐渐消失了。我的大脑又恢复了正常。

“好了。”那个男子重新走回来，面露微笑，“请您去贵宾室休息一下吧。”

他领着我又进了另一间屋子。这间屋子比刚才大得多，准确地说应该是一间宴会厅。在靠墙的地方摆着十几张按摩椅，其中有几个人正躺在上面，闭目养神。我也选了一张椅子，坐了上去。按摩椅启动，我感到浑身为之舒展，像是正在开花结果的新树。看来是高级按摩椅无疑了。

在我旁边是一个干瘦的老头，我们随便聊了几句。

“你也是来参加发布会的？”他问我。

“是啊。”

“你是哪个媒体？”

我告诉了他。

他侧过头，皱了皱眉。“我以前怎么从没见过你？”接着他解释道，他也是一家媒体的记者。

“很奇怪。”他对我说，“完全没有开发布会的样子。搞得神神秘秘的，所有的媒体和嘉宾都在这里做按摩。”

我也是非常纳闷，但我之前并没有参加发布会的经验，想来有可能是别出心裁的方式吧？于是我们又闲聊了几句。按摩椅实在太舒服了，我很快就不知不觉地进入了梦乡。

我再次睁开眼时，看到那个上了岁数、如同古堡大管家一般的男子正冲着我笑。这张笑脸离我如此之近，都快要碰到我的鼻尖了。我吓得连忙从按摩椅上坐起来，发现他的身后站着好几个身穿黑色制服的人，他们面无表情地盯着我看。我环顾四周。令我意外的是，大厅里的按摩椅全都空空荡荡，之前那些人哪去了？

“他们已经走了。”男子仿佛看穿了我的心思，笑着对我说。

“走了？”我困惑不已，“我错过发布会了吗？”

“严格意义上讲，你并没有错过发布会。”男子说，“因为根本就没有发布会。”

他的话实在太奇怪了，我完全愣住了，连发问都已忘记。

“我们办这场虚构的发布会的目的，就是为了等待你的出现。”

“我不懂你在说什么。”

“慢慢就懂了。我们有的是时间。”他转过身，“请跟我来。”

我从按摩椅上起来，跟着这些人走出大厅。恍惚间我有种被挟持的感觉，而事实上似乎确实如此。我开始领悟到，这次所谓的发布会存在着太多猫腻。太好了，我晕晕乎乎地想，它可能是一切，唯独不会是一场音乐发布会。有那么多种可能性，起码可以排除掉一种。

他们领我进入一间逼仄的小屋子里（世上有那么多的房间，真是令人绝望），屋子中央放着一张桌子，一把椅子，桌子上放着一台电视机。没有窗户，光线昏暗，像是一间审讯室。其余穿着制服的人全都站在了门口，只有那个面带笑容的男人跟我走入房间。

“请坐。”他伸出手掌，指了指那把椅子。

我坐了上去，而他依旧站着。这样一来，我就更像一个犯人了。我有点后悔我的冒失。

“我知道，你现在一定很困惑。”他还是这样打着哑谜。

我的耐心在逐渐流失。

“这到底是怎么回事？”我几乎喊起来了，要知道，我很少在公众场合发脾气，“我已经受够了这种莫名其妙的事了！”

“好吧好吧，少安毋躁。”“笑面虎”安抚着我，然后拍了拍那台电视机，像是在拍一个死去之人的头颅。这时我才意识到，这是一台非常老式的电视机，老到我只在博物馆里见到过：它是黑白的，并且没有遥控器，需要用位于电视机右下角的旋钮来调台。

他按下电视机的开关。

一片雪花，但是他并不意外。他将电视机顶端的天线竖起来，然后又调了调那枚旋钮。很快，雪花开始跳动，一些画面闪现出来，可是还不足以看清。他极有耐心地调试着电视机，直到图像终于稳固地呈现在显示屏中。

被我猜到了，画面是黑白的，第一人称的视角，仿佛在看一部纪录片。画面断断续续的，经常突然就切换到下一个场景，之间没有丝毫过渡。

一开始，我看不太清屏幕里的画面，于是我情不自禁地将椅子往前搬了搬。“笑面虎”站在电视机旁边，饶有兴致地观察我的反应。

我终于认出来了：画面里有时是我的客厅，有时是我家附近的街道，以及众多我生活中熟悉的场景。我甚至还看到“拍摄者”潜入了我的卧室，在那里停留了很久，像是在沉思什么，直到画面毫无征兆地切换到下一个场景。

我感觉浑身发凉。

“你们什么时候拍的？”我愤怒地对他吼道，“难道你们一直在监视我？”

“不不不。”他胸有成竹地晃了晃他的食指，“我们没有监视你。这本身就是你自己的记忆，只不过我们把它们用图像的形式导了出来。”

画面中，我看到“拍摄者”正在与陈涤交谈，而声音分明就是我自己。这下我完全明白了——那个“驾驶舱”其实是记忆窃取装置。

“注意看，这才是重点。”说着，他继续用旋钮调试黑白电视机。画面中出现了我参加“公社”的森林派对时的场景——我与老布的交谈；和书店女孩一起躺在夜空下；那个总是在无限循环同一种旋律的吉他男人……

“这是我们从你的记忆中发现的片段。”“笑面虎”解释道，“可惜的是人的记忆总不是连贯的，否则我们就能直接定位到‘公社’的准确地点了。”

“所以说，专辑发布会是假消息，你们实际上是为了引出‘公社’的人？”

“你总算开窍了。”他冲我笑着，“不过确切地说，我们原本是想引出老布。根据可靠消息，他是Joy Division的狂热歌迷，我们以为他会亲自前来，没想到他派了你……”他颇感遗憾似的摇了摇头。

“那你们是……”其实我已经猜到了。

“我们是‘效率委员会’。”他伸出手，主动跟我握了握手，“幸会，我是行动五处的处长，你可以叫我‘处长先生’。”

8

我被捕了，但没有被关进监狱里，也没有去进行社会改造，而是被处长带到了一间昏暗的小房间里。

“你想好了吗？”

在这间形似审讯室的房间里，处长的半张脸几乎都隐没在了幽暗中。我们中间隔着一张桌子，桌面上放着一张纸。那是一张合同。

他微笑地望着我。

我知道，只要我在合同上签下自己的名字，就必须要迎接不可知的命运。

事情的发展完全出乎我的预料。本来，作为“公社”的成员，我被抓是板上钉钉的事。尽管我一再向他解释，我已经退出了“公社”，可完全没用。他们认定我就是一个野生诗人，必须进行社会改造。到时，我不得不重新接受教育，直到被培养成一名合格的社会公民，才能重返社会。

那时，我将变成什么样子呢？想想就不寒而栗。还有传闻说，接受思想改造的人将会被抹去之前的记忆，因为记忆是塑造一个人的重要组成部分，只有将记忆清零，才是“脱胎换骨”的第一步。

处长还提出了另一种选择，就是供出“公社”的具体地点。“那些丧心病狂的野生诗人们从来不使用任何科技产品，我们根本没有办法找到他们的位置。”他跟我解释说。

我想要获救，就必须要出卖“公社”吗？如果这样做，倒还真不如清除记忆来得更舒服些。

就在我准备认命时，他出其不意地给了我“第三条路”。

“实不相瞒，”他笑着对我说，“我自己有一项副业，如果你同意签下这个合同，我就可以让你免于进行社会改造。”

于是，就有了刚刚的那一幕。我面对着桌子上的一纸合同。

“怎么样？”他注视着我。

从合同上我得知，这位“效率委员会”的行动处长，在本职工作之外还有一项事业——一部超长电视剧的幕后制片人。这部叫《即使变成甲壳虫卡夫卡还是进不去城堡》的电视剧目前已经播出了3000多集，是当今收视率最高的电视剧之一。这样规模庞大的电视连续剧需要众多编剧，而我面前的这张合同，就是让我无偿加入他的编剧团队，条件是写满500万字才可离开。

“我对你进行过调查，知道你有写作才华。我也读了你的书，风格很适合这部电视剧。”他继续怂恿道，“虽然没有报酬，但总比进行社会改造要宽容多了吧？仔细想想。”他靠在椅背上，将双脚放在桌面，微笑着，等待着我的答复。

我拿起笔，签下了自己的名字。

第十一章

1

“写作工厂”准则第一条：不能有“我”。

（因此，这一章我们将使用第三人称。）

在“写作工厂”的写手，不能有“我”的存在。这是白河来到“写作工厂”被告知的第一条准则，也是最重要的一条，因为“自我”的存在将会损害到整部电视剧的统一性，伤害到它好不容易建立起来的价值体系。

所谓的“写作工厂”其实是一座建于地下的旅馆。白河不知道这里有多少个房间，他就住在其中的一间。他只知道，每个房间里都住着一个像他一样的写手，他们有的是为了挣钱，有的像他一样由于种种原因被诓骗进来。他们的任务就是构思分配给他们的电视剧的某个部分，或者细节。旅馆的走廊两旁挤满了房间，地面铺着厚厚的红色地毯，走在上面毫无声响。每个房间的样式都是标准的，毫无区别。

有时白河会悄悄走出门，来到走廊中透透气。偶尔，他能看到其他一些写手急匆匆地从房间走出去，或者刚好进门。他们或许会对视一眼，但从不交谈。那些面目苍白的人让他印象深刻。他想，自己是不是也变成了一个面目苍白的人？他来到洗手间，愣愣地盯着镜子里的人脸。

这里的写手全部都为了一个目的而存在，就是延续那部超级电视剧《即使变成甲壳虫卡夫卡还是进不去城堡》。白河被分配到的任务是填充第3022集其中一个角色的故事大纲。旅馆房间构造很简单：一张单人床，一张书桌，还有床头柜。洗手间当然也是有的，并且很洁净。

刚到“写作工厂”时，他进行了为期三天的新人培训。培训会议上，他被老师反复提醒不能有“我”的重要性。

“写作者的通病就是过于自我。”老师在培训会上说，“这对于这部电视剧是绝对有害的。我们需要的是一个稳定的结构、价值观和叙事节奏，而自我的表达将会破坏一切，就像病毒一样扩散，最后发现时已经不可挽回了。”

每个写手拿到的任务都是被细致规定的，不能与整部剧有丝毫偏差。写手能做的就像字面理解的一样，只是流水线上的工人，无非是对素材进行组装和加工，但严禁加入自己的想法，一旦违反此条准则，必须推倒重写。

白河每天下午都要去会议室开会，将自己写好的文字交于审查员审核，通过后方可领取下一组写作素材。此外，写手们每天都要抽出时间集体观看往期电视剧，用以熟悉剧集风格。其间，会有专业讲解员为写手们拆分讲解电视剧的各种要素，让他们可以更深入地领悟这部剧的精神层面。

放映室，白河会偷偷观察其他人的表情。光影照在这些人的脸上，每个人的神情都很专注。他们穿着统一的着装，甚至发型都相差无几。

放映会结束，人们陆续回到自己的房间里。彼此没有交谈。白河坐在书桌前，琢磨着3022集的人物发展。对于这部剧的“精神”（讲解员经常喜欢提及的词），他还没有太多把握。房间里有一扇窗户，但由于是在地下，所以窗子外的景色全是虚拟的，为了让房间里的人不至于丧失时间感而产生心理问题，窗外会按照正常的时间进行昼夜交替，只不过，窗外的“太阳”“月亮”“树木”等全部是影像合成的。

此时此刻，白河正注视着窗外的“月亮”。他仿佛陷入了沉思，可具体在思考什么，连他自己也说不清楚。

白河已经失踪一周了，跟谁也没联系，这在以前是从没发生过的情况。陈涤开始有些坐立不安，他拨打白河的手机，总是无人接听。他在屋子里转来转去，想出去找白河，但最近他从窗口查看，发现了一些形迹可疑的人总在楼下转悠。他担忧是母亲知道了他的行踪而派来的探子，因此不敢贸然下楼。

“很奇怪啊。”阿鲸坐在沙发上，啜饮着啤酒，又摇了摇头，“不太正常。”

“要报警吗？”陈涤问。

阿鲸瞪了他一眼。

“别忘了我可是私家侦探。”阿鲸气恼地说，“自己的朋友失踪了却要报警，丢不丢人？”

“那怎么办？”

“容我想一想。”阿鲸说着将剩余的啤酒一饮而尽。

2

“写作工厂”准则第二条：要领会制片人的“精神”。

在“写作工厂”，白河每天的作息时间都是被严格规定的，例如起床时间——他之前链接到神经元的手机被替换成了闹铃，时间一到就会不停地刺激他的神经元，直到醒来，开始新的一天。通常，吃过早饭后（由专人运送），窗外的“风景”会切换成处长笑呵呵的脸。这是一天例行的教学时间。

所谓“教学”，其实就是由处长讲解《即使变成甲壳虫卡夫卡还是进不去城堡》这部电视剧的核心理念，用他自己的话说，就是电视剧的“精神”，为了使每个写手都能更好地去理解这部超级电视剧。不过，他讲述的内容经常与电视剧并无关联。有时他会动情地回忆自己小时候的奋斗历程，如何从贫穷的家庭逃离，经过不懈努力一步步成为“效率委员会”的领导层，之后又如何凭借智慧创造了这部传奇般的电视连续剧。

“我们的目标是要打造一部永不完结的电视剧，朋友们一起努力吧！”演讲的最后，他总会用这句斗志昂扬的话来结束。说完，窗外又恢复成了阳光明媚的虚拟风景。

到底什么是电视剧的“理念”？什么又是这部剧的“精神”？白河一头雾水。处长的话里根本没有如何写作剧本的具体指导意见。那到底什么是符合要求的剧本呢？

“要勤于思考。”讲解员对底下的写手们说，“最有价值的内容都隐藏在处长先生的讲话里，天资聪慧的人最终会恍然大悟——原来自己已经从讲话中学习到了一生中最宝贵的精神财富。”

可是白河认为自己并不属于天资聪慧的那类人。他的写作总是会陷入困境。清晨，吃过早饭，他几乎不眨眼睛地看着处长先生的每日例行演讲。他仔细琢磨处长先生的各种细微的表情、语气的强弱以及笑容的微妙变化。他用小本子记录下处长演讲中的要点，当然，有时他也不知如何记录，比如当处长先生用漫长的篇幅讲述自己小时候的事情，生动地描述一次童年时代的白日梦，某次离家出走，还有对于庸碌的同学们的蔑视。例行演讲结束了，窗外又亮起了太阳，白河依然无法领悟处长话语中隐藏的人生智慧，他的写作依然一团糟。

审核员又一次将他的稿子退回，理由依旧是简单的那几个字：过于自我。

“你的写作里有太多‘我’的成分。”审核员带着轻蔑的笑容对他说，“记住，这不是写小说，你是在为这部剧服务。”

白河愣愣地看着审核员。

“还不明白吗？你把自己看得太过重要，跟这部伟大的电视剧比起来，你只是一颗螺丝钉，没有资格加入自己的思想，因为重要的是它，不是你。这么说你可明白？”

回到房间，白河回味着审核员的话。他的稿子总是被退回，照这样下去，不知要过多少年才能完成合同规定的任务离开“写作工厂”。这样想着，他感到无比焦虑。他决定尽最大的努力理解审核员的话，以及处长先生的演讲。因为只有这样，他才可能尽早离开。

又是一个崭新的清晨。太阳消失了，窗子外再次出现处长先生的尊荣。白河坐在床沿，聚精会神地盯着那张总是笑眯眯的脸。演讲开始了！这一次，处长先生提起了小时候在河边发现的一只烂鞋子的故事。白河努力使自己的思维融入处长先生的讲述中，这里的每一个字都显得无比珍贵。

白河已经失踪十天了，陈涤坐在沙发上愣神。客厅无比寂静，这寂静像是有重量，将所有东西都沉沉地覆盖住。他不知道自己坐了多久。家里的酒已经喝完了，他本可以出去买，但从窗子望出去，楼下总有几个可疑的人影在溜达。是母亲派来的人吗？他并不确定，可他也不想节外生枝。毕竟，他马上就要去月球了。到那里，他就真的自由了。

就在明天。他之前苦苦等待的星际航班的排号终于轮到了他。本应该是兴奋的事，可陈涤却怎么也高兴不起来。他也不知道自己是怎么了。

屋子里出奇地安静。白河还没有回来。陈涤每天都会坐在客厅的沙发上，等待白河在下一刻推门而入，像往常那样手里拎着满满一大袋子的啤酒。白河究竟出什么事了？陈涤心中不安。他站起身，在客厅里转来转去。然后，他忽然意识到，于自己这还是第一次。

这是他第一次如此担心除自己以外的另一个人。

此前，他从来没有真正担心过谁。他唯一考虑的只有自己，对于别人，他都是以一种“体验”的心态去面对。他当然知道世间有着众多喜怒哀乐，可这些事在他面前就像是一出戏剧，有时能够触动他，却终归隔着什么。世界对他而言就是一次新奇的体验。他总是有这种感觉：自己是坐在电视机前看戏的人。他饶有兴致地专注着发生在周边的一切，体会着初入世界的感受，却又在内心深处认为一切的本质与自己无关。

而现在，某种崭新的情绪在他内心蔓延。他开始担心白河的安危，并因此坐立不安。为什么会这样？他像是突然从椅子上站起来，直接就走进了电视中。他忽然发现：生活不再是一出戏，而是变成了实实在在的东西。他就置身其中，并成为其中的一员。

很多事都无从解释。他想起自己第一次见到白河，就有种亲切感。他选择住进白河家里，也是为了这最初神秘的纽带。是白河将他带出了自己的世界，让他得以打开全部感官和思维，去感受他人，理解他人。而以前，他并没有参与到他人生活的愿望。

他能够感觉到，自己正一点点走出自我的边界，白河则无意中充当了这一过程的领路人。

可是，在这个关键的时刻，白河却莫名消失了。陈涤本想好好与白河告别，他想告诉白河：在自己寻求“新生”的过程中，他扮演了多么重要的角色。是的，他想要好好地与白河做一次告别。

容他考虑的时间不多了。一旦明天他没有赶上星际航班，他的票便即刻作废。在星际航班严重不足的情况下，他不知等多久才能再买到票。

这一次的抉择，甚至比他决定逃离家庭还要痛苦。

告别就那么重要吗？连他自己都不可思议。

就在这时，他听到有什么东西在敲击玻璃。他转过头，看见一只鸽子正站在窗沿上，歪着头盯着他……

3

“写作工厂”准则第三条：文学即商品。

白河感觉时间已经过去很久了。他睁开眼，看到窗子外“月亮”已经升了起来。它当然不是真的月亮，只是虚拟影像，可这月亮仍然给予他安慰。这日复一日的生活起初令他痛苦不堪，想到合同中遥遥无期的任务量，想到自己不知何年何月才能完成任务离开这里，白河甚至有了自杀的冲动。他想要逃走。奇怪的是，这里的守卫并不多。他偷偷溜出房间，来到走廊上。没有人阻拦他，他慢慢地往前走，尽量让自己看起来行为坦荡。他穿过长长的走廊，两旁是无数的房间，像是蜂巢般紧密地排列在一起。有些房间的门没有关严，从门缝望进去，每个房间的布局都是一模一样的，写手们都穿着同样的衣服，坐在书桌前奋笔疾书或苦思冥想。没有人注意到他。

走廊总是在意想不到的时刻突然拐弯。他拐了好几个弯，可面对的仍然是一模一样的走廊和房门。他很快就泄气了，知道自己无论如何也绕不出去。他想要回去，却又忘了门牌号。他就这样迷失在了走廊的迷宫中。

“找不到路了吗？”一个声音在他身后响起。

他回过头，竟然是处长先生。

“好巧啊……”白河有些心虚地跟他打招呼。

“这不是巧合。”处长先生露出他标志性的笑容，“我知道你在这里。‘写作工厂’里的一切都离不开我的视线。”

白河一时语塞，不知该说些什么。

“我知道，你的内心依然充满困惑。”处长先生仿佛看穿了一切，“你并不认同‘写作工厂’的理念，所以你很痛苦。”

白河盯着处长先生的脸，等待他接下来的话。

“在这个时代，文学已不再神圣。”处长先生缓缓地说。

“我从来不觉得文学有多么神圣。”白河说，“它只是我内心最真实的表达……”

“没有人会在乎你所谓的个人的表达。”处长先生笑着摇了摇头，“个人已经不再重要，个人的声音也只是一场幻觉。”

处长先生走到白河身边。

“走吧，我带你回去。”

白河跟在处长先生旁边，往回走去。

“希望你可以记住，文学也是商品的一种。”处长先生说道，“现在已经没有人愿意去了解一个毫不相干的人的内心，但人们却心甘情愿被影像蛊惑。人们放弃了思考，只是期待被灌输，影像是最容易的形式。因此，我事实上是在拯救文学。”

“拯救文学？”白河觉得不可思议。

“没错。”处长的笑容总是那么平缓、悠长，“在影像中，文学得以与商品牢固地结合在一起，尽管它是隐藏在幕后，但毕竟占据了一席之地。也只有与商品结合起来，文学才真正得以永存。文学即商品，而商品即永恒。”

似乎有些道理，又似乎完全没有道理。白河的脑子里充斥着各种矛盾的论调，它们彼此左突右撞，快要将他撑破了。

“到了。”处长突然在一扇门前站住。他提醒白河道：“记住你的门牌号哦。”

白河又回到了毫无个性的房间内。一个念头总是困扰着他：究竟什么才是有意义的？可他也意识到，眼前思考这个问题是可笑的，现在他什么也做不了，唯一能做的，就是好好坐下来，想想如何完成手头上的人物大纲。

他突然想起在每日例行的演讲中，处长先生曾反复强调的一句话：思考令人软弱。

字条上写着：“下午五点可否一起吃晚饭？我在你家车站等你。如果可以，请在纸条的背面写‘好’，如果不行，请写‘没空’。非常感谢。”

陈涤以前也见过这只腿上绑着纸条的奇怪鸽子，但他并没有追问。毫无疑问，它是写给白河的。他想，说不定这只鸽子与白河的失踪有关？他盯着鸽子的眼睛看了好久，鸽子也用无辜的目光与他对视。过了一会儿，陈涤回过神来，在纸条的背面写上“好”，然后重新卷起，绑在鸽子腿上。鸽子拍拍翅膀，毫不在意地飞走了。

五点，陈涤戴上墨镜冒险下楼，在车站旁的合成灌木丛中等待着。四周无人。陈涤看着手机上的时间。五点刚一过，一辆公交车准时进入车站停下。一个留着长发的公交司机从车上下来，点了一根烟慢慢抽着。烟快抽完了，陈涤注意到公交司机微微皱了皱眉，转过身，看样子正准备上车。陈涤连忙从灌木丛中走出来。

“你好。”陈涤犹豫着自己是否应该露出微笑。

公交司机没理会他，打开了车门。

慌乱中，陈涤下意识地攥住了公交司机的臂肘。他看到公交司机的眼中闪过一丝恐惧。

“你干吗？”公交司机吼道。

陈涤吓了一跳，可还是尽力稳住情绪，说：“我是白河的朋友。”

“我不认识什么白河。”公交司机挣脱开陈涤的手，一心往驾驶室里钻。

“他失踪了！”情急之中，陈涤大声说道。

公交司机的身体定住了。只见他慢慢回过头，脸上是困惑不解的表情。

“失踪？”

“千真万确，咱们上楼说吧。”陈涤警惕地环顾了四周——并没有可疑的人。

在客厅里，陈涤将白河失踪的情况一五一十地告知了公交司机。公交司机坐在沙发上，一只手摸着下巴，陷入了沉思。

“我不知道是否与这件事有关。”

“什么事？”陈涤愣愣地望着他。

于是，公交司机将老布委托白河参加专辑发布会的事告诉了陈涤，当然，他隐去了这件事的背景信息，只是说一个普通的朋友拜托白河帮个忙。

“这是一个重要线索。”阿鲸的声音突然响起。

两个人回过头，见阿鲸正站在白河的卧室门口。

“你怎么在这儿？”陈涤讶异道。

“我最近一直在寻找白河失踪的线索。”阿鲸一脸严肃地说，“刚刚我在他的卧室里查看了一番，当然一无所获，但幸运的是听到了你们的谈话。”

“你是说白河的失踪真的跟那个发布会有关？”陈涤问。

“我的直觉告诉我，一定有关。”阿鲸坚定地说。

“那怎么办？”

阿鲸从冰箱里拿出剩余的啤酒，“砰”的一声掰开拉环。

“容我想一想。”

4

“写作工厂”准则第四条：人类的本质是“娱乐”。

白河很苦恼，他的稿子经常被毙。审核员给出的理由也相当一致，无非是“沉闷”“无趣”或是“不贴近观众”等。当然，个别的稿子会通过，但寥寥无几。白河整日坐在小小的旅馆房间里苦思冥想，备受打击。

有一次，他感觉实在憋闷，就来到旅馆走廊，想用散步的方式让自己获得点灵感。平日里，走廊上经常会遇到像他一样写不出稿子的写手，他们穿着同样的衣服，驼着背，眼睛盯着地面，在长长的走廊里走来走去，有时口中还会自言自语，脑子里琢磨着电视剧里的各种细节。有的人情不自禁地开始进入角色，表演起来，想象着自己是剧中的人物。这样的场景最初令白河联想到了精神病院，但时间一长他也就习惯了。他偶尔也会代入到笔下的角色中，反复推敲着剧情接下来的发展。

一天夜里，大部分的写手都已睡下。他来到外面，没有别人。于是他放心大胆地默念起他正在写的人物的对话，并且分饰两角。可对话怎么也无法使他满意。他之前写了很多自以为很有水准的对话，但每次都会被退回来重写。他第一次对自己的写作才华产生了切实的绝望。

就在他快要陷入癫狂的状态时，一个人拍了拍他的肩膀。他转过身，看到处长面带慈父般的笑容，正盯着自己看。

“陷入困境了吗？”他的语气很柔和。

白河点了点头。

“我写的本子永远通不过。”白河越说越委屈，到最后几乎快要流下眼泪了，“我觉得自己辜负了您的期望……”

“不要过分苛责自己。”处长走过来，将手搭在白河的肩膀上，这次停留了较长的时间，“你只不过还没有过自己这一关。”

白河抬起头，疑惑地望着处长。他想要处长解释得更明白一些。

“你知道人类的本质是什么吗？”处长突然提出了这个看似无关的问题。

“人类的本质？”白河不知如何回答。这个问题实在太复杂了，他如何能用一两句话说得清呢?

“人类的本质是‘娱乐’。”处长说道。

“娱乐?”白河觉得脑子被什么硬邦邦的东西敲击了一下。

“人类从生下来就在追求自身的愉悦，不是吗?每个人从小就知道如何使自己舒服，根本不用学习，因为这是本能。人类成长的过程就是一个不断寻求娱乐自身的过程，我们所做的任何事情都指向一个最终的目的——娱乐。”

白河的大脑在飞速运转。

“我的理念是，只有洞悉了人类的本质，才能写出好的剧本。”处长继续说道；“你之所以陷入困境，也是因为没有洞悉本质的缘故。你认为娱乐低级，你想要输出自己的思想，可你却不知道，你所谓的思想在本质面前一文不值。”

“您的意思是，人类不需要思想?不好意思，我不太认同您的这个理念……”

“人类当然需要思想。”处长轻轻地打断了白河的话，“但你要知道，那些所谓的思想，无论多么高深，多么严肃，仍然是人类娱乐自己的某种手段，只是方式不同。”

白河有些喘不过气来。

“如果你知晓了这一点，也就是人类的本质，事情就好办了。”处长没有停歇，接着说道，“我们所做的事情，就是最符合人类本质的。或者说，我们跨过了思想的迷雾，直抵人类本质。你应该为你做的事心存敬意。”

处长最后对他露出了完美无瑕的笑容。

回到房间里，白河试图从处长的话中捋出头绪。窗外，虚拟的月光照射进来。白河的脑子依旧茫然，但又似乎有了一丝领悟。

唱片店内，正徐徐地播放着克利福德·布朗和和马克斯·罗奇的五重奏。就在布朗和哈罗德·兰德交替演奏的空挡，三个男人走进店内。店内原本就有两个男人——老年人和中年人——正在对坐小酌草莓威士忌，此时一并转过头来。

五个男人面面相觑。除此以外，没有其他顾客。

“白叔叔。”虽然很多年不见，但阿鲸还是一眼就认出了白山。

“阿鲸？”白山站起身，由于酒精的原因身体有些不由自主地摇晃，“你怎么来了？”说完，他又望了望阿鲸身后的两个男人，只见其中一人戴着墨镜和口罩，看起来鬼鬼祟祟的，另一人则身材强壮，长发披肩。

“我今天来是想找老伯问一些情况。”阿鲸说道。

五个人围坐在一起，店主老伯为他们每人都倒了威士忌。轮到长发男人时，他拒绝了。“我还要开车。”长发男人严肃地说。

“最近白河有没有找过您？”阿鲸顾不上喝酒，连忙问道。

“他确实找过我，怎么了？”店主老伯说起了上次白河询问他关于专辑发布会的事。

“这就对了，看来我的推理完全正确！”阿鲸激动得手舞足蹈，“我就猜到他一定会来问您，因为他身边只有您可能提供一些有用信息。”

“到底是怎么回事？”店主老伯更加诧异了。

“他失踪了。”公交司机说道。

“小河失踪了？”白山瞪大了眼睛。

“是的，我们怀疑跟一场音乐专辑的发布会有关。”公交司机说，“说起来真是抱歉，这是我们的责任，因为是我们委托白河去……”

“先不要管谁的责任了。”白山打断了他，“接下来怎么办？”

“老伯，上次您给他的邀请名单能给我看下吗？”阿鲸问。

“当然可以。”店主老伯在柜台的柜子里翻找了一阵，然后将写有邀请名单的纸条放在桌子上。

“如果我猜得没错，白河一定去找了名单上的某个人。”阿鲸说。

白山紧锁眉头。

“孙娅……”他盯着名单，喃喃道。

“您认识她？”

“唔，算是认识。”白山回过神来，“我有预感，小河肯定去找过她。”

“那太好了。”阿鲸使劲拍了一下桌子，“我们现在就去找她！”

5

“写作工厂”准则第五条：“爱”是一切的出发点。

自从上次与处长的交谈后，白河仿佛开窍一般，写出的稿子源源不断地被通过。他也说不出为什么，更不知道那次谈话之前和之后究竟哪里发生了改变。但他有一种朦胧的感觉：有什么东西放下了，不再束缚他了。是的，以前总有东西压在他的心头，而现在，他变得轻飘飘的，什么也不去想了，卸下了一切负担，专心钻研手中的剧本。

与此同时，他渐渐地适应了“写作工厂”的氛围，或者说他“爱”上了这里。一开始他当然是有抵触的，也十分痛苦，时刻想要逃离。但是随着时间的推移和理念的更新，他开始觉得自己就是“写作工厂”的一部分，他完全可以融入进去，并且体会到其中的欢乐。

白河根本无法解释自己最初为何会对这里的生活如此抗拒。现在想来，实在太过可笑！如此规律而心无旁骛的生活，他很久没有体会到了。上一次的时候应该还是在学校里，准备考大学。每天起床，阳光照在他的身上和脸上（尽管是虚拟的），他心情十分愉悦。很快，窗外的风景就要播放处长的演讲了，他必是专心致志，生怕落下什么关键内容。他觉得自己对这部电视剧的领悟越来越深刻了。

他发现自己爱上了这里。正如处长在某一次演讲中提到的：“‘爱’是一切的出发点。”他真的爱上了这里的生活。再也没有工作上的烦扰，再也不用体味孤独，他的每一天都是无比充实的。所有人——无论是写手们、审核员、讲师还是处长本人，都为了一个目的而奋斗——让这部电视剧可以进行下去。除此之外，他什么也不用考虑。

曾经，他找不到生活的方向，眼前分裂出无数道路，令他应接不暇。道路综合交错，反而使他不知如何是好。他只好在路口徘徊，迟迟不敢做出决定，因为他知道，稍有不慎就会选择一条错误的道路，蹉跎一生。每个人都想踏上光明大道，却不知如何分辨路上的陷阱。有人对，有人错；有人坦途，有人荆棘。人生之路究竟该如何选择？多少人为此焦躁不安？实在太累了。因此白河要感谢“写作工厂”，感谢处长，是他在阴差阳错之下为自己指明了道路。是“写作工厂”教会了他坚定，教会了他排除杂念、摆脱软弱与纠缠，只为一个目的奋勇向前。

现在，白河变得干劲十足。他埋头不停地写啊写，不再去纠缠个人的情感和理念，而是让个人彻底融入这部电视剧中。他对它产生了“爱”。有了“爱”，一切就好办了。

孙娅来到“双峰”时比约定时间晚了足足一小时，并且步子摇摇晃晃，很明显已经喝醉了。白山和公交司机同时起身，扶住孙娅的胳膊。

“起开。”孙娅不耐烦地说，“我可以自己走。”

他们放开孙娅，看着她坐在对面的椅子上，由于醉酒而呼吸沉重。

“好久不见了，我们的剧本总监先生。”孙娅抬起眼，脸上浮现醉意朦胧的笑容，盯着白山。

白山没有说话，沉默着抿了一小口酒。酒吧里晦暗的灯光看不出他的表情。

“找我什么事？”孙娅蹙起眉头，“我很忙，长话短说。”

阿鲸连忙原原本本地将来意述说清楚。经过这几次寻找，他说这些事已经是行云流水了。有条有理，不紧不慢。

“哦？失踪？”孙娅好像终于提起了兴致。

“没错，明明白白地失踪了。”阿鲸迫切地说，“所以我们很想知道发布会的地址是哪里，说不定就能找到他失踪的原因。”

“这个世界每时每刻都有人在失踪。”孙娅摇了摇头，叫了一杯酒，“而我们每个人早晚都会失踪——或早或晚。死亡也是失踪的某种形式。”

“不太懂您的意思……”阿鲸困惑不解。

酒端上了桌，孙娅一饮而尽。

“地址就在‘巴别塔’的顶层，但是我并没有去，而是把邀请名额让给了白河。”孙娅目光迷离地说。她还想要一杯酒，但被白山阻止了。

“酗酒可不好。”白山叹息似的轻声说道。

“康赫死了，你知道吗？”孙娅像是无意中提起报纸上的一则新闻。

“听说了。”白山说。

“我跟你没什么可说的。”孙娅说着站起身，摸索着朝门口走去，“我跟任何人都没什么可说的。我跟我自己也没什么可说。”

她就这样自言自语着消失在门后。

“你们千万别跟别人说，否则我的饭碗就没了。”

“巴别塔”的保安队长将阿鲸、白山、公交司机和小萝领进监控室。关门前，他还环顾了一下四周，确定没人看到才关上了门。

“随意调动监控设备是不允许的，你们一定别跟别人说。”保安队长打开识别设备时不停地念叨这句话。

“知道啦，知道啦，我们还能跟谁说呢？”小萝不耐烦地说。

保安队长胆怯地瞥了一眼小萝，住了嘴，开始鼓捣设备。

如果不是小萝帮忙，想查询顶层的信息是不可能的。而保安队长似乎有些惧怕小萝，对她的话言听计从。

“奇怪。”保安队长突然说道，“顶层内部的监控是加密的，我进不去。”

“看来确实有问题。”阿鲸严肃地抚摸着下巴。

“不过电梯口的监控没有加密，”保安队长接着说，“你们要看吗？”

“当然！”小萝说。

于是，他调出了电梯口的监控录像。按照孙娅提供的信息，发布会在早上九点半开始，保安队长便调出了这个时段的录像。

果然，录像中出现了白河的身影。他出了电梯后朝两边看了看，便走出了监控范围。

“再往前调一下。”白山说。

录像又往前快进了将近两个小时。在某一刻，白山忽然喊了“停”。画面恢复正常速度，只见六个穿着统一黑色制服的人正从电梯走出来。

“停。”白山又喊了一声。

画面暂停了。白山眉头紧皱。

“请把这个人放大一些……”他指着那个领头的人。

画面放大了，接着经过了清晰度处理。

“竟然是他。”白山怔住了。

“怎么，您认识这个人？”阿鲸问。

白山点了点头。

“看来事情有点复杂了。”白山面色凝重地说。

“曾经我也给‘写作工厂’写过剧本。”白山说道，“那是一个可怕的地方，每个人为‘写作工厂’写作的写手，必须签订合约，并且要集中化创作——所谓的‘集中化’，其实就是限制你的人身自由，理由是这样会使效率得到最大化。毕竟这个组织跟‘效率委员会’有着千丝万缕的关系。”

“这么说，这个‘写作工厂’已经存在很多年了。”阿鲸缓缓地点头道。

“确实如此。那时我仍然还抱有成为伟大剧作家的梦，生活却很拮据。小河刚刚上小学，我却连工作都没有着落。于是为了生活，也为了寻找机会，我跟‘写作工厂’签订了合同。足足五个月，我在那里待了足足五个月。简直像是一场噩梦。小河的妈妈根本不理解我为什么要这么做，等我回来时，她也快发疯了。说起来，我们感情破裂也就是从那时开始的。我怎么对她解释呢？那时我一心要当剧作家，为了实现这个梦想，我可以尝试任何可能性。让我做别的工作，我不甘心。”

“这么说，白河也跟‘写作工厂’签了约？可是他为什么突然……”

“我估计他是被骗去的。”

“骗？”

“后来我才了解到，‘写作工厂’的写手有些是资源签约，为了报酬或机会，而有些完全是被诓骗进来。他们往往是被‘写作工厂’

抓到了什么把柄，不得不为他们打工，变成了免费的脑力劳动者。”

“您怀疑白河属于后者？”

“我想是这样的。”白山说，“另外，所有‘写作工厂’里的写手都有一个共同点，就是他们并不是在真实的世界里写作。”

“不在真实的世界中？”阿鲸大吃一惊，“那在哪里？”

“在‘黑暗之邦’这款游戏中。写手们会被催眠，然后直接进入游戏，来到一个虚拟的时空中。那个游戏中的时空是‘写作工厂’精心搭建好的，会使写手们误认为是现实世界。在虚拟的时空中，写手们的反抗意志会被削弱，即使想要逃走，也不会发现自己其实是在游戏中。另外，他们的时间感也会发生错乱。我也是在完成合约规定的任务后才知道这一切的。那五个月我都是在被他们用营养液维持生命，而我意识里却以为过去了五年。回到现实世界时，我混混沌沌，身体虚弱，分不清虚拟与现实。甚至到了今天，我仍然会时常恍惚。”

“既然如此，事不宜迟啊。”阿鲸说，“要赶快救出小河，他现在一定也在受着折磨。”

“那里看守严密，恐怕救出他不是那么容易。”白山说。

“所以咱们要制定一个万无一失的计划。”阿鲸说着露出了微笑，“不瞒您说，我已经有一些思路了。只是，我需要大家的帮助。”

6

第二天是周六，“双峰”却是大门紧闭，门上写有“今日休店”的字样。阿鲸、白山、陈涤、公交司机、戴安和库珀聚在里面，商议了很久。最后，计划的每个细节都已一一安排妥当。阿鲸首先从座位上站起来，说：“开始行动吧！”他的心情异常激动，从小，他就向往小说和动漫中的英雄人物，拯救大家于危难之中。现在他终于在现实中有了实践的机会，他甚至觉得自己此前的所有积累就是为了今天。

“我已经迫不及待了。”戴安笑着说，“每天我除了刷杯子就是刷杯子，好久没有这么刺激的事了。”说着，她不满地瞥了库珀一眼。库珀只好赔笑。

于是，一行人兵分两路，“拯救白河计划”正式启动。

阿鲸带着白山回到家中，两人戴上浸入式头盔。

“您还记得在游戏中‘写作工厂’的基地在哪里吗？”阿鲸问。

“当然。”白山说，“那是一家地下旅馆。”

“还能找到吗？”

“我可以试试。”

两人进入游戏。

“说真的，自从离开‘写作工厂’后，我就再也没玩过游戏。”白山说，“我怕分不清虚拟与现实。”

“您可以抬头看看天空。”已经变成机甲战士的阿鲸说道，“这个世界里看不到月亮。”

他们穿行于危险丛生的街道中。路上遭遇了几次生化人的偷袭，好在规模很小，阿鲸可以轻松搞定。在白山的指引下，他们来到一处报废的舞厅前，那里悬浮着一个椭圆形的透明小球，散发着幽蓝的光芒。

“穿梭门。”阿鲸说。

“就是这里，从这儿就可以进入旅馆。”白山说，“这是‘写作工厂’在游戏中的基地出入口。”

“很好。”阿鲸说，声音中难掩兴奋，“现在我要呼唤我的兄弟们了，大战一触即发啊。”

另一边，陈涤和戴安穿上“双峰”服务生的制服，坐在公交司机的车子里，正往“巴别塔”行进。公交车中有两个手推车，里面装满了各种烈酒。陈涤和戴安牢牢地扶着手推车的把手，生怕一个急刹车让这些酒一起玩完。

“这可是我们珍藏的好酒啊。”路上，戴安不无心疼地念叨。

“为了确保计划万无一失，只能让你牺牲一下了。”陈涤说。

“你真的能喝得了这些酒？”戴安怀疑地打量着陈涤，“如果你喝醉了，那我们的计划就完蛋了。”

“放心，我曾经获得过一个称号，”陈涤说，“‘戴墨镜的酒神’。”

“啊哈？”戴安惊呼道，“你不是骗我吧？原来他们说的神秘人物就是你？！”

“如假包换。”陈涤得意扬扬地说。

“巴别塔”很快就到了。按照计划，假扮服务生的陈涤和戴安将带这两辆手推车上到顶层，而公交司机则在下面随时准备接应。

“注意安全。”临走时，公交司机对他俩说。

陈涤给他比画了一个“OK”的手势。

电梯缓缓上行。透过玻璃窗，雾一般的云层开始笼罩过来，窗外的景色变得像是在地图上看到的那样。

电梯里放着卢·里德的那首《完美的一天》。戴安活动了几下脖子和手腕，还有双腿。楼层一点点往上走，两个人陷入了沉默。戴安还戴上了小萝给她准备的兔耳朵。

顶层。电梯门打开。

他们推着手推车走出电梯，来到门口。两个穿黑色制服的人走过来，询问他俩的来意。

“今天是‘巴别塔’的店庆日，我们特意准备了这些酒免费犒劳客户，感谢您一直以来对我们的大力支持。”戴安笑容可掬地对他们说。

门口的制服人员有些犹豫。戴安一边面露甜蜜的微笑，一边慢慢往门里走，“这可都是好酒哦，尝尝就知道了。”

“等等，”其中一个说道，“你不能进……”

“来尝尝。”陈涤“砰”地打开了一只酒瓶，倒了满满两大杯递给面前的两人，“这可都是不多见的好酒啊。”

两个制服人员对视了一眼。

“最近也确实太无聊了。”其中一人嘀咕道。

“兄弟，有时也应该适当放松一下。”另一人拍拍自己同伴的肩，率先伸手拿了一杯，喝了一大口。

“干杯。”陈涤也给自己倒了一大杯。

“必须得说，你们‘巴别塔’的服务真是一流。这可都是好酒。

真的不要钱？”

“当然。”陈涤笑着说，“只限今天，以后可是要明码标价了哟。”

趁着门口两人都在乐不可支地喝酒时，陈涤从裤兜里掏出一个小小的东西。松开手，那个东西自行起飞，消失在大门之后。没有人看见。

那是一只侦查苍蝇。

“陈涤他们已经顺利进去了。”阿鲸说。他挥了挥手，打开了另一重视角，那重视角是侦查苍蝇传过来的实时影像。

传送门前的“战士”越聚越多了。白山没想到在游戏中阿鲸的号召力有这么大，这其中不乏拥有高级别武器的玩家。大家摩拳擦掌，准备大干一场。

“好了。”阿鲸宣布道，“人来得差不多了。为了消灭黑暗组织，冲吧！”

白山有点想笑，但那些玩家确实一个个进入了传送门。战斗马上就要开始了。

阿鲸打头阵，进入了地下旅馆。迎面就走来了一个身穿黑色制服的保镖——他的形象与现实中无异，这是为了不让写手们发现自己其实正置身于虚拟世界中。

“垃圾。”阿鲸说着举起手指，一阵激光从他的指尖射出，正击中前方的保镖。立刻灰飞烟灭。

此时，更多的战士出现在阿鲸身后。

“情况如何？”戴安用耳蜗中的隐形对讲装置与阿鲸联络。

“很顺利。”阿鲸说，“看来他们没想到有人会袭击这里，根本没有组织有效的反抗。”

“找到小河了吗？”

“侦查苍蝇还在找，暂时还没有发现目标。”

正在说话间，一个虎背熊腰的光头壮汉出现在戴安面前。他身高将近两米，肌肉发达且明显，局促的制服几乎随时都要撑开。戴安暗暗咋舌。

“你是谁？”那个人挑了挑眉，俯视着戴安，“你是怎么进来的？”

“我是‘巴别塔’的服务生，今天是我们的店庆，特意送来免费的好酒回馈我们的客户。”戴安故意摆了摆头，头顶的兔耳朵也随之起舞。她斟满一杯酒，递到那人面前。

“工作期间我不能喝酒。”那人面无表情地拒绝了，“对不起，这里你不能进来，请出去。”他用不容通融的平板语气说道。

戴安面带笑容，搜寻着他身上可能的弱点。

这时，四周突然响起警报声。那人显然也愣住了，然后转身跑向一个地方。跑到半截，他还不忘回过头，对戴安喊道：“快点回去！”

戴安连忙点了点头，做出惊慌而可爱的表情。直到他消失在走廊尽头。在戴安看不到的地方，还响起了许多忙乱的脚步声。

“现在才反应过来。”戴安叹息似的摇了摇头，“不专业。”

旅馆走廊里的敌人越来越多，但并不能阻止阿鲸一行人的进攻。

他每一个房间都要打开看一眼。里面往往坐着某个惊慌失措的写手。“回到现实吧。”阿鲸说着冲他们开了一枪。整座旅馆里已经乱成一团。“写作工厂”的打手们源源不断地出现，朝阿鲸他们开火。旅馆不一会儿就燃起熊熊大火。子弹、激光和魔法在逼仄的空间中穿梭往来。两边都有人倒下。

阿鲸一路向前，敌人在他面前纷纷变成粉末，气势无人可挡。就在这时，他看到一位身材高大的光头打手出现在走廊拐角，朝他迎面跑来。阿鲸知道这里的打手都是按照真实的形象录入游戏的，为的是迷惑旅馆里的写手。如果在现实中，这样的大汉是阿鲸无论如何也不敢招惹的，不过，此时此刻却是在游戏中。阿鲸无所畏惧，冷笑着看他一步步接近自己。

就在两人相距还有不到十米时，光头打手的身体突然出现了变化，开始膨胀、变形，似乎有什么东西要从他的体内钻出来。只短短几秒钟，光头打手就变身成一头畸形的怪物，像是由几种动物的肢体拼合而成，而它的口中长满利牙，这一幕令阿鲸联想起《异形》中的场景。

“嚯！”阿鲸连忙退后两步。

怪物的爪子横扫过来，击中了躲避不及的阿鲸的左肩。生命值立刻损失不少。

“这还有点挑战性！”阿鲸自言自语道。他开始朝怪物射击。只见怪物在面前开启了防御模式，阿鲸的子弹一时无法穿透它厚厚的防御层。

两人进入僵持阶段。

阿鲸心中着急，想要速战速决，失误却增多起来。眼看生命值渐渐降低，阿鲸越来越恼火。

突然，一束强光从阿鲸身后射出。那束强光瞬间便来到怪物的防御层前。光芒散尽，却是北野甜一手持刀，劈在防御层的正中央。防御层仍旧纹丝不动。北野甜在半空做了一个优雅的转身，轻喝一声，武士刀再次劈砍在怪物的防御层上。这一次，防御层被劈开一道裂痕，北野甜看准机会，突入内部。强光再次闪现。待恢复正常，怪物的头颅已被削下。

“你终于来了。”阿鲸松了口气，“这次赚了不少经验值啊。”

北野甜回过头，对他莞尔一笑。

这时，阿鲸收到了提醒。他打开另一重视角。

“喂？”他接通了与戴安的对讲装置。

“我在。”里面传来戴安的声音。

“我的苍蝇找到他了。”阿鲸说。

7

顺着侦查苍蝇记录的路线，戴安疾步朝目标走去。这次她干脆舍掉了推车，轻装前行。路上没有人阻拦他，那些保镖们都投入到了虚拟世界的战斗中。混乱还在持续。戴安在五彩缤纷的玻璃穹顶之下穿行过几条过道，按照侦查苍蝇提供的路线，白河就在往前五十米的左手边第二间屋子里。

戴安继续往前走。这时，她听到从一间屋子里传来音乐声。冰冷低沉的鼓点，配合着似乎不带丝毫情感的唱腔。音乐吸引了她。她悄悄接近屋子，拧动把手。屋门开了。是一间办公室模样的屋子，一个男人正坐在办公桌后面，闭着眼睛，将音乐声开到最大，头颅随着节奏微微摇摆，完全沉浸进去。外面的混乱好像与他毫无关系。

戴安蹑手蹑脚地走进去。

“又有什么事？”男人突然大声说道，“我不是说了吗，在听音乐的时候不要来打扰我。连这点事都处理不好，我真是养了一群饭桶！”

戴安忙停住脚步。好在男人仍然闭着眼睛。音乐依然在进行。

“到底有什么事……”一首曲毕，男人睁开眼睛，话说一半便止住了。他诧异地盯着戴安，“你是谁？”

“你又是谁？”戴安反问。

“你可以叫我处长先生。”男人狐疑地打量着她，“谁叫你进来的？”

“原来你就是那个‘处长’啊。”戴安走近他。

处长先生觉察出了不对劲的地方，冲戴安喊道：“你不要过来！”说着便打开桌面上的一块手掌大的暗门，里面是一只红色的警报按钮。戴安一个箭步跳到办公桌上，几乎同时，脚背已踢在处长先生的脸上。他同椅子一起跌倒在地，晕厥过去。

音乐仍然在继续。

戴安走到唱片机前，将唱片拿出来，放进旁边的唱片袋中，然后塞进衣服。离开办公室时，她轻轻地将门关上。

来到白河所在的房间，戴安看到房间里有八台如同宇宙飞船太空舱般的机械装置，就像科幻电影里为了减少宇航员体能消耗的冷冻仓。白河就躺在其中一台机器里。他的头上戴着侵入式头盔，胸前和手臂都接满了各种线路，营养液正缓缓地流入白河的静脉中。

戴安正要上前关掉电源救出白河，却发觉背后有人，猛然回过身来。

没错，确实有人，正是那个光头壮汉。

“原来你们的目标在这里。”光头壮汉面带冷笑。

“看来你是要阻止我咯？”戴安无奈地说。

“嗯哼？”壮汉表示出一副明知故问的表情。

“放马过来吧。”戴安将兔耳朵摘下扔到地上，摆好姿势——右臂前伸，手心向上摊出，左手握拳停在心窝处，大喝道：“咏春——日字冲拳。”

壮汉像是一座小山般朝戴安冲过来。戴安侧身闪过对方的拳头，手肘打击在他的太阳穴处。壮汉趔趄了一下，但很快就站稳了。他冲戴安笑了一下，继续发动进攻。戴安灵活地与其周旋，壮汉一时也无法近身，两人就这样在房间里绕来绕去。

终于，戴安逮到一个空当，一拳打在壮汉的脖颈上，接着又相继打在下巴、鼻子、胸口等部位。但壮汉似乎不为所动，只是气息明显沉重了许多。忽然，他从身后掏出一只匕首，差点划到戴安的脸颊。戴安大怒，飞腿扫向壮汉膝盖，上身却露出破绽，被壮汉擒住左臂。

“你完了。”壮汉狞笑着，将戴安拖近，企图擒住她的另一只胳膊。

“好啦好啦，我认输。”戴安求饶道。

“晚了。”壮汉并没停手的意思。此时，戴安从裤腿拿出一只小瓶子，趁其不备朝他脸上喷了几下。壮汉立刻放开了手，退后几步，捂住眼睛。

“啊啊啊！疼！我的眼睛看不见了！”几秒钟后，壮汉惨叫起来。他都快疼得直不起腰了。

“是你先不守规矩的。”戴安说，“就别怪我用上防狼喷雾了。”她贴近如无头苍蝇般的壮汉，连续痛击他的脖颈和小腹。终于，壮汉倒在地上，抽搐了两下，不动了。

戴安擦了擦额头的汗水，关掉白河头盔上的电源。

“我这是在哪儿？”白河睁开眼，茫然地望着戴安，“你怎么在这里？”

“等会儿再解释。”戴安说，“你能自己起来吗？”

白河晃晃悠悠地站起身。他感觉身体虚弱，头脑不清，恍如隔世。戴安搀扶着他，走出房间。两人沿着戴安来时的路回到大门前。所有的保镖都被阿鲸拖在了游戏中。他俩路过那几个房间时，可以看见里面戴着头盔的制服保镖们正在奋勇作战。没有人注意到他们，因此二人很顺利地回到了门口。

陈涤正焦急地等在那里。那两个守卫已经烂醉如泥地躺在他的脚下呼呼大睡。

“你们终于出来了。”陈涤松了一口气。

“到底怎么回事？”白河仍是一脸茫然，“我是在哪儿？”

“回去再跟你说。”戴安说，“可比你写的小说精彩多了。”

第十二章

1

我的新书终于写完了。我把它暂定名为《蚁蛉旅馆》。新书完成的那天傍晚，我感觉神清气爽。窗外，茂密的树林将天空彻底遮蔽，有一条小溪缓缓流过。无名的野花随着晚风摇曳。可以听到鸟鸣，但看不见它们的身影。它们隐藏在树冠中。

有时我觉得它们像是在我脑袋里鸣叫。

我走出屋外，伸展了一下四肢。写作除了是一项熬人的脑力劳动外，同时也可算作体力劳动。尤其是在森林中我无法使用电脑，只能用铅笔写。铅灰色的字迹写在稿纸上，像是随时都会被抹去，令我内心不安。我想起了当初给阿树写诗时的情景，那时我也是写在本子上，然后传给她看。我不敢在电脑上写作，因为每个学生的电脑都接入了学校的编码，随时可以被老师监控。我忽然觉得，我与“公社”的亲近其实从那时就注定了。那时是何时？中学，我与阿树同班，放学后我们一起回家，在她无法入睡的夜晚我为她念诗。

一切都过去了。曾有一段时间，我着迷于思考自己为何会变成如今这个样子，为何会置身此处？然而想这类问题毫无意义。我已经变成了这么一个人，我已经置身此处，仅此而已。

鸟鸣仍然在持续，仿佛在应和着溪水的潺动。

不远处，我看到一个晃动的人影。我走过去，发现是戴安在跟书店女孩钓鱼。她俩看见我都露出了笑容。

我被救出后，父亲、阿鲸、陈涤和戴安都被公交司机带回了“公社”。因为我们无法预料处长先生是否会对我们进行报复。在公交司机和砂原先生的建议下，我们躲进了森林中，暂避一段时间。

“双峰”不得不交由库珀全权打理。

“你行吗？”进入森林前，我们曾陪着戴安一同与库珀告别。

“没问题，放心好了。”库珀拍了拍胸脯，“我也该负起责任了。”

就这样，老布为我们安排了住房，甚至还想举办一个欢迎仪式，但是被我拒绝了。

“毕竟你受这么多苦，全因我而起。”老布很是过意不去，“他们针对的其实是我，却连累你这么多天。”

我对他说，这是谁也预料不到的，纯属意外。如果我知道会这么危险，我也可能选择不去冒险。因此，说到底还是我自己倒霉。我只想安静地待一段时间，放松一下心情。

这几日，我每天都在森林中闲逛，有时钓钓鱼，或者加入野生诗人的行列，跟他们一起探讨诗歌。到了晚上，吃过饭，我开始写作。林中沉寂，正是写作的好时候。重新写起小说，使我感到从未有过的欢愉，仿佛每个字都具有了质感，从我笔下写出后便静静地沉入我内心深处。

大约一个小时后，我放下笔。每天都是如此，即使再有灵感，我也只写一个小时，剩下的留到明天。

从写作工厂逃出来后，我还是落下了一点“后遗症”。我会时常恍惚，觉得自己仍然置身于虚拟的世界中。我抚摸着树干，铅笔，紧盯自己的双手，或者感受拂过面颊的清风，可仍然充满疑虑。

我所处的地方确实是真实的吗？

直到夜晚我来到外面，抬起头，看见天空中悬挂的那一轮明月，我才真切地感受到世界的真实性。我记得阿鲸曾说过，游戏中没有月亮，就是设计师为了让玩家不至于迷失其中，丧失虚拟与现实的分界。可是，设计师为什么选择月亮而不是别的更明显的方法呢？当我安静地仰望这颗真实可信的星球时，我似乎朦胧间感悟到了设计师的用意——再没有别的事物像月亮那样更深切地寄托着我们的思绪了。它静静地陪伴着人类的繁衍，从古至今，从人类的祖先第一次眺望夜空时就看到了它。

如今，我行走在月光下。无论我身处何处，我都将接受它的照耀，直至生命的尽头。

2

父亲在砍木头。

这段时间，我经常能够看到父亲砍木头的身影。他总是一个人，拿着斧子，将原木砍成两段，然后再切成更细的木条，用作取暖和烧火的原料。作为非“公社”成员，更不是野生诗人，他其实不必要干这些活的，但他默默地做着这些事情，好像如果不这样做就不知该如何自处。

这是父亲离开家庭，选择成为“漫游者”这些年来，我头一次真正意义上与他一同生活。所谓的“漫游者”指的是一群由于各种原因而对传统社会生活失去了信心或兴趣的人，选择自我放逐，在城市中四处流浪，靠打零工过活。但他们不同于普通的流浪汉，他们从前往往有着不错的生活环境和社会地位，属于自愿放弃了一切，漫游在无边无际的城市中。这一类人都有着不同的心理创伤，或不愿去面对的往事。

父亲的创伤是什么呢？我当然无从得知，但一定与母亲的出走有关。我没有机会去了解更多，或者说，我没有意愿去了解，因为母亲的离开和父亲的出走，让我对他们早已失去了信心，甚至说心怀怨恨也不为过。

不过，随着时间的流逝，曾经的怨恨也渐渐稀释了。“原谅”当然谈不上，但当我望着父亲砍伐木头的背影，看着他已经灰白的头发，我开始产生了一种“了解”的愿望。

我没有去打扰父亲，而是回到自己的木屋中，用老式唱片机听了一会儿旧唱片。《放任自流的鲍勃·迪伦》。我不知不觉地睡着了。没有做梦。

醒来后，天色已暗。我又听到了砍木头的声响。以为自己听错了，我从窗户望出去，发现父亲确实仍在那里砍木头。重复的动作，缺少变化。

我走出木屋。这时已经能够辨认出天边的星辰。狡黠地闪烁着。我朝那个身影走过去，一瞬间我产生了一个念头：他或许并不是父亲，是我认错了。然而那个身影听到了我的脚步声，扭过头，确是父亲无疑。

“从下午一直砍到现在？”我踟蹰了片刻，以此作为开场白。

“没有。”父亲停了下来，擦去脸上的汗珠，“刚才还去喝啤酒了。”

沉默。一时间我们都没有说话。天色愈加沉了，早春的气息已开始在森林中萌发。

父亲坐在了一块木桩上休息，我则直接坐在草地里。星斗越来越多，像是在不停繁殖。我抬起头，天空中已经挤满那些晶莹闪烁的小东西了。

“为什么？”我说。

“什么？”父亲茫然地看向我。

再过一会儿，我们就要看不清彼此的面容了。

“你为什么要离开我？”我盯着脚下的一小块草皮，小声地说，“妈妈为什么要离开我？”

父亲很久没有言语。就在我以为这次谈话也要无果而终时，他忽然说道：“我也背叛了她。”

我迅速地看向他的脸。可是黑夜真的来临了。

“那天他来找我。”父亲接着说道，“康赫，太空歌剧院的老板。他告诉我，如果我同意跟她离婚，他可以让我成为剧院的剧本总监。他非常清楚我想要什么——伟大剧作家的梦想。我需要一个平台，而太空歌剧院作为当时最负盛名的剧院，这个机会再合适不过了。”

我安静地听着。这是关于我的故事，但归根结底，是别人的故事。

“我同意了。”父亲说，“那一刻我决定忘记我曾经最深爱的人，忘记我曾经最珍视的东西。我知道自己是在跟魔鬼做交易。一次小小的交易，对别人来说微不足道，但是我知道之后的一切都将不一样了。我甚至感觉很兴奋。”

父亲站起身。黑黝黝的影子。

“不过后来的事你也知道了，”父亲的声音像是从很远处传来，“我们总是信心满满，自以为与魔鬼做交易就可以摇身一变，摆脱平庸者的命运。但是到头来，我们只是变成了一个内心坍塌的平庸者。”

父亲离开了，留我独自在这里。我比预想的还要平静。

因为我知道，人们来来去去、生离死别，甚至连故事也都是平庸的。

3

森林中的日子过得很快，转眼就过去了十多天。我的假期行将结束，可躲避还遥遥无期。到底要躲到什么时候？除了父亲和陈涤，我们都多多少少开始烦躁起来。自从那次营救计划后，阿鲸就没再见过北野甜，此时早已心痒难耐。而戴安更是一刻也闲不下来，整天帮“公社”洗碗碟和杯子，清理野生诗人们随意丢在草丛里的垃圾。我们都笑她“劳碌的命”。戴安撇了撇嘴，没说什么。

“少安毋躁。”老布对我们说，“我已经派砂原先生去打探消息了，一旦确定没有危险，我立刻送你们回去。相信我，我一定要保证你们的安全，否则我会良心不安。”

好吧，就按他说的，我们每日无所事事。我每天的生活就是听音乐和写东西。好在森林中购入了大量唱片，听是听不完的。同时，我在修改新写的小说，并且又有了一个新点子——我准备以野生诗人们的森林为原型，写一个完全虚构的小镇，而主人公则是小镇上唯一一名警察。他将经历许多光怪陆离的事情，最终领悟到了某些生活的道理，也可能更加迷茫。

陈涤每天都跟野生诗人们喝酒。他的酒量被诗人们所惊叹。他们勾肩搭背，厮混在一起，几乎到了形影不离的地步。

有一天下午，陈涤过来找我，告诉我他准备留在“公社”了。

“什么？”我完全没想到。

“没错，我要留在这里。”他兴奋得根本站不住，在屋子里走来走去，“这几天我开始写诗了，他们夸我写得不错。也就是说，我决定当一名诗人了。”

“可是你不去月球了吗？”

“以后还有的是机会嘛，况且星际航班的票也不好买。”他说，“我太喜欢这儿了，在这里我可以体验到从未有过的自由。”

为了营救我，陈涤放弃了他好不容易得来的航班票，对此我心中有愧。我们拥抱了彼此。

“喂，”他笑着说，“别搞得那么伤感嘛，又不是以后见不到了。”

晚上，我们一起去戴安的木屋串门。她刚刚练完拳，正大汗淋漓地听一张唱片。我听出这是Joy Division的主唱伊恩·柯蒂斯的声音，可里面的歌我却全都没听过，全部是陌生的曲子。

“唱片你从哪儿搞到的？”我很诧异。

戴安告诉了我唱片的来历。

“你知道吗，”我抑制住内心的激动，“你简直是个天才，戴安。我要去告诉老布，告诉他，你拿到了真正的《玩偶之屋》！”

“一点可疑之处都没有。”砂原先生对我们说，“我已经仔细打探过了，那个被称为‘处长先生’的人及他的手下并没有展开任何报复行动。”

“为什么呢？”戴安问。她边问边做着腿部拉伸运动。

“根据我的推测，那个处长先生应该也是在隐瞒着‘效率委员会’在搞他的私活，或者说，‘效率委员会’对此睁一只眼闭一只眼，但一定不是支持态度。因此他并不希望把事情搞大。”

“原来如此。”我明白了，“他一定是想，反正只是跑了一个，并没有多大损失，没必要抓住不放。”

“是这样的。”砂原先生点头。

“这么说我们可以回家了。”我转向老布，询问道。

“你们当然可以永远住在这里。”老布说，“但如果你们想回去，我就叫公交司机过来。”

“我还是回去吧。”我说，“明天我的假期就结束了，该去上班了。我可不想不明原因地旷工。”

“班有什么好上的？”老布掩盖不住鄙夷的语气，“上班的人都是现代社会的奴隶。”

“说得不错，但每个人都应该有他自己的选择。”

“好吧。”

几分钟后，公交司机走了过来。他的肩膀上还站着两只鸽子，就像停泊在港口里的两条白色的小船。他笑呵呵地问我们：“现在出发吗？”

“走吧！”我对他说。

我们一一告别。老布反复表达了对我们的感激之情，说认识我们是他“这辈子最幸运的事”，尤其是戴安，他认为能够偶然得到《玩偶之屋》完全是天助——老布相信冥冥之中的偶然性，而对试图将一切都安排到合理解释中的现代社会、科技深恶痛绝。

公交司机轻轻振动了一下手臂，鸽子听话地飞走了。我们跟着他走到森林入口。公交车就停靠在树木掩映的草地边缘。

上车前，我转过身对陈涤说：“再见了。祝你在这里过得愉快。”

“放心，这里的人都很善良。”他笑着说，“从来没想到，我竟然可以成为一名诗人。你知道吗，我写的诗在这里大受好评。”

“诗人都是天生的。”我说，“我当时怎么没发现呢？”

我、父亲、阿鲸和戴安四人坐上公交车，冲着窗外送别我们的人挥手。车子猛地往前蹿了一下，启动了。破旧的公交车颤颤悠悠地驶向了柏油公路。

终于回到了家。对我来说形容为“久违”丝毫不过分。当我迈进自家客厅的大门时，我甚至有一种恍如隔世之感，好像我是在外漂泊的浪子，几十年后终于回到了故乡。屋子里很安静，我还可以看到茶几上摆着阿鲸他们喝过的如静物般的空酒瓶。我将它们收拾好，又扫了扫地，叠起两件掉到地板上的衬衣，然后便无事可做了。我坐在熟悉的沙发上，愣了很久的神。我不知道自己想了些什么，或许是一片空白。屋子里太静了。

我意识到，自己的生活终于又回归了正轨。明天又是上班的日子，我又将面对无穷无尽的客户和报表，面对无时无刻的业绩考核。我伸了个懒腰，回到卧室准备睡一会儿。

4

日子确已恢复正常。上班时，我如饥似渴地投入到工作中，试图把之前经历的那些事全部抛之脑后。在繁忙的工作中，我竟获得了某种新生之感。时间因此过得飞快。晚上，我回到家，独自在客厅里喝酒、看电视，然后做一会儿家务。睡觉前，我会读一会儿书，直到进入睡眠。日子过得井然有序。

自从森林归来，阿鲸就没露过面，想必是每日与北野甜泡在游戏中，无暇顾及现实生活了。毕竟二人许久未见，应该十分想念彼此了。

我把新的小说发给了从未谋面的编辑。“你终于写完了。”他在电话里打趣道，“不过单看篇幅与普鲁斯特还是有一定距离啊。”

“怕是我真的写成普鲁斯特你也看不下去。”

“那可不一定哟。”他笑了一阵，似乎心情不错，“不过，我想跟你说的是，别管什么普鲁斯特，什么穆齐尔啦，能够认认真真地完成一部作品就已经是胜利，其余的以后再说吧。”

“你这可是在逼我放低标准啊。”我忍住笑。

“好了好了，我要开始看稿子了。”他说，“有问题随时沟通。希望这次你的书能评上A+。”

“估计够呛。”

“嗯哼。”他撂下了电话。

那天晚上空气舒爽，早春的气息弥漫在城市的角落中，令人不由自主地感到心境开阔。我不想窝在家中，便来到大街上四处闲逛。人们已经脱下厚厚的大衣，身体似乎也变得轻快起来。我无所事事地四处游走，看着前方大楼玻璃幕墙上的动态月球移民广告。耳边不时响起远处“飞车党”们划破夜空的马达轰鸣声。

我停下脚步。

现在，在我面前的是一家24小时便利店。无论多晚，它都灯火通明，洁白无瑕。里面的核动力灯泡总是开得很足，当你走进去，会有一种如入白昼的错觉。从我所处的位置看，里面空无一人。

我推门走了进去。门口的感应器发出“叮咚”的响声。

果真是空空荡荡，没有顾客，就连柜台后面的店员也不见踪影。如果不是货架上的商品全都码放得整整齐齐，我还以为刚刚有强盗打劫过。我走进去，站在卖酒的货架前随便看着。这时，店内播放的轻音乐正好结束，自动切换到下一首歌。

椎名林檎的《赌局》。

我急忙转过头，朝柜台方向看去。阿树并没有像过去那样站在那里，低头沉迷于与月亮有关的杂志故事中。柜台后面仍是空无一人。音乐过去好久，我才缓过神来，随手拿了一罐啤酒，来到柜台前结账。

一个年轻的男孩匆匆从储物间跑出来。

“抱歉抱歉，刚刚没有看到您进来。”他一个劲地向我道歉，不敢直视我。看起来他才刚刚大学毕业。

“没事的。”我说，将啤酒递给他。“对了，刚才那首音乐是你放的？”我问。

他这才慢慢抬起头，茫然地盯着我。

“音乐？”他挠了挠后脑勺，“应该是之前的店员留下的，我就随便放放。”

我付完钱走出便利店。

在门口，我喝完了那灌啤酒。

阿鲸与北野甜要结婚的事他早早就通知了我。当然是在游戏里。“你一定要参加哦。”阿鲸对我说，“非常盛大的婚礼！充值了不少钱，可能都不比真实的婚礼少，所以你一定要来……虽然你的人物等级是我的朋友里最低的。”

我答应了他。这么重要的事我肯定会去的，况且最近我也无事可做。说无事可做并不准确，因为其实工作上的事忙得我不可开交，但是当工作完成，可以有自己支配的时间时，便觉得无所事事——顾名思义，没有事情能使我提起兴趣觉得非干不可。

这段时间我去了一趟唱片店，跟老伯喝了最后一次酒。他马上就要移民到月球了，这一去再回来可就不知何年何月。该打包的东西已经整理完毕，唱片店里变得空空荡荡，曾经琳琅满目的唱片架如今只变成了一排排空架子。

“这应该是咱们最后一次见面了吧。”老伯呷着酒，缓缓地说。

“不一定啊。”我说，“以后有机会我去月球拜访您。”

“一言为定。”老伯笑着说，“今天想听点什么？”

“都行。”我说。

于是老伯放了一首亚特·派伯[①]的《你可好？》。我们谁也没说话，静静地听完这首四分钟的曲子，然后喝干了各自杯中的酒，像是平日那样互相告别。

我走出唱片店很久，音乐声似乎犹在耳畔。

几天后，我鬼使神差地去了市民公墓。排列整齐的墓碑，大小一致，方向一致，颜色也毫无差别。每块碑面正中都有一块电子屏幕，反复播放着逝者生前最喜爱的录像。我找到了康赫的墓碑。不知为何，我对康赫总有某种特殊的情感，然而我说不出那情感究竟是什么，更不知从何而来。按理说，他应该是我的仇人，他曾那样伤害妈妈。可是我对他却气愤不起来，或许是因为，他的毁灭超出了他个人的范畴，而使我思考到了更为深远的东西。我摇了摇头，提醒自己还是别想这么多了，无非庸人自扰。

很意外地，我遇到了那个患上抑郁症的宇航员。他看见我也很惊讶，但精神状态可以看出比上次见面时好了不少。

“没想到能在这儿遇见。”他说。

“真是太巧了。”我说。

---

① 亚特·派伯：（1925日9月1日至1982年6月15日）美国爵士乐萨克斯手。

我们一起站在康赫的墓碑前。电子屏幕上播放的是早年一段剧院的录像，画面上应该是一次排练，康赫坐在观众席上，聚精会神地看着前面的演员排演节目。这时，手持摄像机的人应该说了些什么，康赫忽然转过头，凝视镜头，露出了略显疲惫但完满的笑容。那时的他看上去还很年轻。

“您也认识康赫？”我问道。

“不算认识，只是知道他这个人。”宇航员盯视着墓碑上的画面，“因为我经常听歌剧嘛，久而久之就知道了他是很多剧目演出的策划人，但也仅是知道了而已。前几天从新闻里听说了他的事，就想过来看一眼，也像是给过去的自己一个交代。”说着，他看向我，“我已经很久没再听过歌剧了。”

我们沉默了一会儿。天空中飘荡着几缕淡漠的白云，完全可以忽略不计。来墓园的人很少，除我们之外大部分的墓碑前空无一人。无数个动态画面兀自播放着，像是独角戏演员，对着空无的观众展示着自己最动人的往昔片段。

5

阿鲸与北野甜的婚礼就在水晶海岸举行，那是他向她求婚的地方。我来到这里时，已经聚集了一大帮人。他们全都长得奇形怪状，带着各自的装备，互相交谈或是四处走动。毫无疑问，他们都是阿鲸游戏中的朋友，他们之中有谁曾加入过营救我的那场混战呢？这么想着，我的内心充满温情。我默默地来到人群之中，看着海岸边上，已经搭建起了一座小型城堡似的建筑，幽蓝色的水晶矿石正好围拢在城堡周围，搭配得天衣无缝。海浪轻轻舔舐着礁石，似乎比平日里要温柔了许多。

海岸边上，大约有五六十人。城堡上空盘旋着十余驾飞行器，也是来参加阿鲸婚礼的。趁着婚礼尚未开始，玩家们交流着装备情况，以及一些隐秘的任务副本。几分钟后，城堡突然亮起了灯光，吸引了众人的目光。灯光照耀中的城堡像是一块巨大而剔透的水晶宫殿，梦幻而绮丽。这时，每个人的耳边都响起了汤姆·维茨①的《你无法阻挡春天》。维茨低沉的嗓音仿佛是阿鲸内心的独白，他唱道："宝贝你不能隐瞒春天，也无法隐藏爱意……"

伴随着歌声，阿鲸和北野甜出现在了城堡的门楼上。他俩都换上了华丽的战服作为婚礼服。人们欢呼起来，朝天空发射子弹、激光、榴弹炮……这一幕让我想起电影里恐怖分子庆祝胜利时的行径。不过好在是虚拟世界，并无不妥。一直盘旋的飞行器连忙避开，其中一架飞行摩托躲闪不及，被炮弹击中，当场毙命。不过，这一意外并未打乱婚礼的进程，歌曲仍在继续，阿鲸仍在对北野甜深情告白。

"虽然我们无法在现实中见面，"我听到阿鲸这样说道，"但我们的心已经连接在了一起，这点是确定无疑的。无论是何种形态，无论是哪个世界，我都愿意跟你相伴。北野甜，你愿意嫁给我吗？"

"我愿意。"北野甜干脆地回答。

---

① 汤姆·维茨：（1949年12月7日——）欧美歌手，70年代，汤姆·维茨用他粗糙沙哑的嗓音唱出了对生活在社会底层、绝望的人们的关注，80年代起，他开始涉足表演和作曲，工作由此变得更加戏剧化。

两个人拥抱在一起。欢呼声更加热烈。我看着这一幕，心中可谓百感交集。毋庸置疑，这是一场特殊的婚礼，是人类与具有自主意识的程序之间的婚礼，甚至直到现在我都有种不真实感：这真的能算婚礼吗？阿鲸与北野甜究竟能维持多久？与一个电子程序相恋，不是太荒谬了吗？可是阿鲸的幸福是真实的，这是我唯一能确定的事物。

幸福感。想要获取它并不是件容易的事，即使是两个活生生的人在一起相处，能够获得幸福感的恐怕也寥寥无几。生活中有多少人，明明已无幸福感可言，却还与彼此生活在同一片屋檐下？这难道不是更大的不真实和荒谬吗？

就在我胡思乱想之际，我听到了一声特殊的提示音。起初我根本没有反应过来，仍沉浸在婚礼带给我的思绪中。然后，如同一阵电流击中了我，我终于意识到那声提示音对于我的含义——

阿树上线了。

由于我跟阿树是特别好友，因此对方只要在游戏中上线，都会有提示音提醒。不过我俩对游戏都兴致索然，所以并不经常在游戏中相遇。没想到此时此刻我竟收到了阿树的消息，我简直不敢相信自己的感官。

我连忙给她发去短信息：阿树，你在哪里？

我焦急地等待着她的回复。每一秒都被无限拉长，漫长得令我无法忍受。终于，大约五分钟后，我收到了阿树的回复：

最近还好吗？

我知道她就在附近，来参加阿鲸的婚礼。她可能就在人群中，只是改变了形象，让我辨认不出，或者，她干脆隐了身，就站在我的旁边，而我却对此一无所觉。

无论如何，我俩现在只能用游戏里的短消息交流。

“你在哪里，阿树？我想见你。”

我把这句话重复了十遍发给她，直到我醒悟这是一种多么犯傻的行为。好在阿树似乎并没有生我的气，过了一会儿，她回道：“好久不见了，小说写完了吗？”

我告诉她小说已经写完了，但不是很满意。它可能是一部很差的作品，从出版那一刻便无人问津，最终消失在茫茫书海。一百年过去，无论哪个星球的人都不会知道宇宙里曾出现过这么一本书。但是让我稍感释怀的是，大部分的书都是如此命运。

“你总是这么悲观。”阿树说。

“我想见你。”我再也不想扯什么小说和宇宙了。

“等着我。”她留下这么一句话。我再想追问时，发现她已经下线了。

婚礼仍在进行。我默默地摘下了浸入式头盔。

所有的光影都消失了。大海，城堡，蓝色水晶……此时，呈现在我眼前的只有空荡荡的房间，只有下午晦暗的光线，还有某种无从描述的情感，尘埃般静静地沉积在我的周围。

6

屋子里的颜色更深了。黑夜降临，犹如短暂的失明。夜色完全笼罩大地，本已被黑暗抹去的空间又渐渐浮现。事物从暗中显露，呈现出与白天时不同的样貌。我没有开灯。有时我会在黑暗中打量事物，这些我再熟悉不过的东西。但是，在黑暗中，好像有什么正在发生改变。哪里改变不得而知，但我知道它们确实不一样了，事物仿佛在黑暗中延伸、扭曲、膨胀或坍缩。然而，当我仔细观察时，它们又都原封未动。是否黑暗中的事物才会显示出自己真实的模样？没有人能给我答案。它们安静地待在那里，像是一个阴谋。

是有什么不一样了。

即使它们伪装得很好，可我确确实实地感受到——是有什么不一样了。

空气中有了细小的波动，屋子里的气氛也随之一变。我知道，是阿树来了。她走进了屋子。我可以感觉到她摇晃的身形，听到她的气息，还有她身体的温度。但我看不清她的样子。阿树整个人都包裹在浓重的夜色中。

她来到我的身旁，一只手放在我的肩上，带着某种寂静的意味，如同画中人的动作，永远悬置在某一刻。事物的轮廓慢慢显现，我安静地呼出一口气，听起来却像是一声长叹，把我自己都吓了一跳。我握住阿树的手。

“你离开了好久。”我对她说。

她沉默着。黑暗中的轮廓慢慢显现。我转过身，凝视着她的脸庞和眸子。

“这几个月我去了很多地方。”阿树轻柔地说，“我只是……有些害怕。”

“害怕什么？”

水银般的月色摇曳在窗边，像是发亮的水草。阿树来到窗前，凝望着城市夜幕中的五彩霓虹。今晚的月色极好，如梦似幻。我闭上眼，想到潮汐一类的景象。

“我怕你早晚会离开我。”阿树的声音也像是融入到了月光里。

“阿树……”我想要解释，但喉咙像是被什么堵住，无法说出一句完整的话。我只能默念着她的名字：“阿树……”

“到最后不都是这样吗？”阿树仍背对着我，但她的声音是准确无误而明晰的，“所有人都会变成这样。即使人不离开，心也会离开。我怕我们最后也会变成这种关系。就像我的父母，他们到死都没有理解过对方。那天我坐在车子的后座，看着他俩。一路上他们没说一句话，我感觉到一种空洞的氛围。他们虽然坐在一起，却像是在地球的两端。我想要大喊大叫。就在我将要喊出声的时候，车祸发生了，一切都改变了。有时我甚至会庆幸那场车祸，不知道为什么，我只是觉得生活在那样的氛围里还不如死掉。”

她的身体在颤抖。我走过去，轻轻扶住她。

“你不用害怕。”我在她耳边说，“我不会离开你。”

她转过身，紧紧地抱住我。

“对不起，”她说，“我不想给你带来痛苦。”

我抚摸着她光洁的后颈。“我知道，”我安慰说，“你不用担心。”除此之外，我发觉自己一句话也说不出。

“还有一件事要向你坦白。”她抬起头，明亮的眼睛注视我，“其实我可以睡着了。就像正常人一样，我忽然恢复了睡觉的能力，但我一直不敢告诉你。”

“为什么？”

“我怕告诉你，咱们的关系就会发生改变。这么多年你一直是我的守护者，而我也习惯了被守护的角色。我怕告诉你真相，关系就会打破。所以我一直隐瞒着，每次都等你睡着后才敢小睡一会儿，即使早已困得不行。”

她笑了起来。

“现在好啦，再也用不着隐瞒什么。‘月光是吐露真相的时刻’。我好困啊，真想好好睡一觉。”

说着，她来到床边，扑倒在床上。

“晚安。”她迷迷糊糊地说。

阿树的睡眠确实恢复正常了。我为她盖上被子，她已经进入到香甜的睡梦中。我站在床边，一时不知该做些什么。月光更加迷离，倾泻进来，充盈着房间。怎么会有这么亮的月光？一切都有点不真实。我从抽屉里取出一件东西——圆形的透明小盒子。

情感调节器。

书店女孩送给我的。此刻，我拿在手中，看着恬静沉睡着的阿树。我不知道她是否还会离开我。我不知道，我什么也不知道。我走向她，拿出瓶盖般大小的黑色装置。我看着她睡梦中的脸颊。

我在阿树旁边躺下，面对着她。我们近在咫尺，可以清楚地感觉到她的鼻息。她睡得这么安静自然，寂无声息，仿佛她本身就是一场梦幻。

“晚安。”我悄声对她说。